Jess Jochimsen
Abschlussball

Für Marten ist der Friedhof der richtige Ort: Friedhöfe sind ruhig, gut ausgeschildert und bieten ausreichend Schatten. Schon als Kind hat er die Befürchtung, nicht in diese Welt zu passen – und als sich die Möglichkeit auf ein Dasein frei von Unwägbarkeiten bietet, greift er zu: Er wird Beerdigungstrompeter auf dem Nordfriedhof in München und spielt den Toten das letzte Lied. Als Marten die Bankkarte seines soeben zu Grabe getragenen Klassenkameraden Wilhelm findet, beginnt eine groteske Irrfahrt. Er wird in einen Strudel merkwürdiger Ereignisse gezogen und lernt all das kennen, wovon er sich bislang so mühsam ferngehalten hat: andere Menschen, Geld, Abenteuer, die Liebe. ›Abschlussball‹ erzählt anrührend und komisch von einem wundersamen Lebensverweigerer, der binnen eines Sommers das Abenteuer seines Lebens bestehen muss.

Jess Jochimsen, 1970 in München geboren, studierte Germanistik, Politikwissenschaft und Philosophie und lebt als Autor und Kabarettist in Freiburg. Sein Debüt, ›Das Dosenmilch-Trauma‹, erschien 2000. Es folgten weitere Erzählsammlungen und zwei Bildbände. Der Monolog ›Was sollen die Leute denken‹ wurde unter dem Titel ›Und draußen blüht es dir‹ im Theater Rampe in Stuttgart als Ein-Personen-Stück uraufgeführt. Der Roman ›Bellboy‹ inspirierte Christian Lerch zu seinem Kinofilm ›Was weg is, is weg‹.

Jess Jochimsen

Abschlussball

Roman

dtv

Von Jess Jochimsen ist bei dtv außerdem lieferbar:

Was sollen die Leute denken
Bellboy oder: Ich schulde Paul einen Sommer
»Krieg ich schulfrei, wenn du stirbst?«
Liebespaare, bitte hier küssen!
»Mama und Papa hatte ich nicht, ich musste Renate und Eberhard sagen«

MIX
Papier aus verantwortungsvollen Quellen
FSC® C019821

5. Auflage 2023
2018 dtv Verlagsgesellschaft mbH & Co. KG, München

Umschlaggestaltung: Büro text+partner, Freiburg
Illustration: Jane Mumford, Zürich
Satz: C.H.Beck.Media.Solutions, Nördlingen
(Satz nach einer Vorlage von Gaby Michel)
Druck und Bindung: Druckerei C.H.Beck, Nördlingen
Printed in Germany · ISBN 978-3-423-14673-9

I

Wie es sich anfühlt, willst du wissen?
Nun … Eines Tages beginnst du zu schrumpfen
und alles wird langsamer.
Du beginnst, Leute, die einen Stock benutzen,
nicht mehr zu belächeln.
Du schläfst weniger. Brauchst eine Brille.
Alles nicht schlimm.
Es wird leichter, wenn du zwei Dinge verstehst:
Menschen erzählen sich Geschichten, um zu leben.
Und für den Tod brauchen sie die Musik.

1

Von den großen Friedhöfen der Stadt ist mir der Nordfriedhof der liebste. Er ist ruhig, schlicht und vor allem gut ausgeschildert. Außerdem gibt es ausreichend Schatten.

Wenn es das Wetter zulässt, warte ich draußen. Ich sitze auf einer der alten, runden Bänke vor der Aussegnungshalle und sehe den Friedhofsgärtnern beim Rauchen zu. Ab und an bedeute ich den zu spät kommenden Trauergästen mit einem Kopfnicken, dass sie ruhig in die Halle gehen dürfen, und wärme währenddessen das Mundstück in der Hosentasche an. Irgendwann öffnet sich das Portal und die Trauergesellschaft erscheint. Dann reihe ich mich unauffällig ein und gehe zu meinem Arbeitsplatz.

In einem meiner ersten Gespräche mit Berger erklärte er mir, dass der Gang zum Grab der entscheidende Punkt sei, weil es ab hier kein Zurück mehr gebe. In der Kapelle werde nur rumgesessen und zugehört, das tue niemandem wirklich weh. Beim Loslaufen ändere sich das. An den ersten Schritten der Prozession erkenne man, was Sache sei. Ob es eine gute Beerdigung werde oder ob jemand zusammenbreche, das sehe man in dem Moment, in dem sich der Zug in Bewegung setze, überhaupt sei das eine Offenlegung der

Verhältnisse. »Wer geht wo hinterm Sarg und mit wem?«, das sage mehr aus als jede Familienaufstellung.

Ich muss ihm recht geben. Ich habe es oft genug selbst erlebt. Ich habe Menschen gesehen, die gefasst aus der Halle traten und ein paar Minuten später am offenen Grab Kränze auf den Boden warfen und darauf herumtrampelten. Ich habe Heulkrämpfen und Panikattacken beigewohnt, habe wüste Beschimpfungen mitangehört und Erbstreitigkeiten, die ausgetragen wurden, noch bevor die erste Schaufel Erde auf den Sarg fiel. Was es auch war, immer hatte es sich während der ersten Meter, die der Trauerzug zurücklegte, angedeutet. Ein kurzes Aus-dem-Tritt-Geraten. Ein Stampfen. Ein wütendes Husten.

Es ist so: Die Bewegung löst, was sich während der Reden oder der Predigt aufgestaut hat, das ungewohnt langsame Schreiten lockert es weiter auf und am Grab entlädt es sich.

Berger ist ein Meister darin, die Zeichen zu deuten. Und oft genug greift er ein. Dann weist er die Sargträger an, einen kleinen Umweg zu laufen, oder er stoppt die Prozession, um eine winzige Veränderung an der Sargdekoration vorzunehmen und sich anschließend die Schuhe zu binden. Diese kurzen Einbrüche von Normalität reichen meist aus, um Schlimmeres zu verhindern. Liegt eine Katastrophe in der Luft, bittet Berger die Musiker, schon während des Laufens ein Lied zu spielen, damit der Tränenfluss der Gäste die unterschwelligen Aggressionen wegspült oder zumindest aufweicht.

Manchmal hilft alles nichts. Und manchmal hat Berger auch einfach keine Lust. Wenn er einen Kater hat oder ihm seine Auftraggeber unsympathisch sind, wenn er schon ahnt, dass er Monate auf sein Geld warten wird, dann lässt er den Dingen ihren Lauf.

Ich glaube, insgeheim freut sich Berger darüber, wenn seine Prophezeiungen eintreffen, wenn er später beispielsweise erzählen kann, er habe es gewusst, in dem Augenblick, als sich jene ältere Dame im teuren Kleid noch auf den Stufen der Kapelle lautstark geschnäuzt habe, weswegen der Zug kurz ins Stocken geraten sei und man sie mit vorwurfsvollen Blicken bedacht habe, da habe er, Berger, es bereits gewusst, dass just diese Dame eine Viertelstunde später die Fassung verlieren und der Verstorbenen ein für alle hörbares »Endlich ist die Hure verreckt« ins Grab nachrufen würde.

Solche Vorfälle sind allerdings die Ausnahme. Meist verlaufen die Abschiednahmen, die Berger betreut, ruhig und in großer Würde. Glaubt man der hervorragenden Auftragslage, sterben in den letzten Jahren entweder mehr Menschen als früher oder Berger hat sich den Ruf erworben, ein guter und gewissenhafter Bestatter zu sein. Der Grund dafür ist Bergers einfaches und banales Geschäftsmotto, dem letztendlich auch ich beipflichte: Es geht nie um die Toten, sondern um die Lebenden.

2

An dem Tag, an dem alles begann, blieben mir noch über zwei Stunden und ich war unschlüssig. Es war ein heißer Tag und wenn ich zu Fuß ginge, würde ich in meinem Anzug schon verschwitzt am Friedhof ankommen. Nähme ich den Bus oder die U-Bahn, wäre ich in weniger als zwanzig

Minuten da. Allerdings war es Samstag und die Verkehrsmittel würden voller Kaufwütiger sein.

Ich blickte in meiner winzigen Wohnung umher und überlegte, was es noch zu erledigen gab. Viel war es nicht: das Geschirr vom gestrigen Abend abspülen, Trötenöl nachfüllen, die neuen Schnürsenkel einfädeln und dann noch die seit Tagen nicht abgehörte Nachricht von Sonia auf dem Band. Vom Abwasch abgesehen war nichts dringend oder auch nur von Belang. Ein Teller, ein Messer, ein Glas und die leere Butterdose. Ich ließ diese vier Dinge fast aus Trotz in der Spüle stehen und machte mich auf den Weg.

An der Ecke zur Baumstraße hatten Kinder einen kleinen Flohmarkt aufgebaut. Ich stellte mich neben eine Frau und musterte wie sie das auf dem Boden ausgelegte Sammelsurium an ausrangiertem Spielzeug. Es wirkte wahllos.

»Das ist ja reizend, was ihr hier macht«, sagte die Frau, »aber meine Enkel sind leider schon zu alt.« Sie ging schnell davon und ich bezog ihre Flucht auf mich.

Auf einem Pappkarton stand »Bunt bemalte Steine«.

»Wollen Sie einen Stein kaufen?«, fragte ein vielleicht zehnjähriges Mädchen.

»Warum sollte ich?«, fragte ich zurück.

»Weil er schön ist«, sagte das Mädchen, »außerdem kostet er nur vierzig Cent.«

»Das sind zwei Gründe, einer davon ist gut.«

Das Mädchen sah mich verwirrt an. Ein Junge, der möglicherweise ihr Bruder war, zog hörbar seinen Rotz hoch und ließ dann langsam und konzentriert einen Spuckefaden in ein Gullyloch fallen.

»Hör auf, das ist eklig«, sagte das Mädchen.

»Warum sollte ich also einen Stein kaufen?«, nahm ich, mehr aus Verlegenheit, das Gespräch wieder auf.

»Man kann Kätzchen ertränken damit«, sagte der Junge.

Das Mädchen begann zu weinen. »Du bist so blöd!«

»Ich nehme einen«, sagte ich hastig und sah in die Kiste, »einen blauen.«

»Was ist denn in deinem Koffer?«, fragte der Junge. »Eine Maschinenpistole?«

»Nein.« Ich gab dem Mädchen das Geld.

»Was dann? Kann ich mal sehen?«

»Lieber nicht«, sagte ich und ging, das Köfferchen in der einen, den Stein in der anderen Hand, davon.

In meinem Rücken hörte ich, wie das Mädchen leise sagte: »Einen brauchen wir noch, dann reicht es für ein Eis.«

Obwohl der blaue Stein weniger wog als mein Köfferchen, merkte ich, dass mir das Gehen leichterfiel, seitdem ich in beiden Händen etwas trug. Ich versuchte, meine hängenden Arme ein wenig schwungvoller am Körper vorbeischlenkern zu lassen, ohne mit dem Koffer an den Oberschenkel zu stoßen. Es gelang und ich genoss es, wie mein Gang rhythmischer und beschwingter wurde. Entspräche das Gewicht des Steines dem des Koffers, wäre es vermutlich noch besser, dachte ich, ich hätte beim Kauf darauf achten sollen. Vielleicht wäre das ja eine zündende Geschäftsidee für die Kinder, Steine verschiedenen Gewichts anzubieten und sie an Taschen oder Tüten tragende Passanten zu verkaufen? »Damit Sie leichter gehen können: bunt bemalte Steine.« Und Leuten, die bereits mit beiden Händen etwas trugen, könnte man den Kauf eines Steines zum Gewichtsausgleich vorschlagen. »Beschweren Sie sich, um es leichter zu haben.«

Ich stellte mir vor, wie ich das Geschäft betreiben würde, angenommen, es wäre meines. Wahrscheinlich würde ich einen Schritt weiter gehen und die Einkaufstaschen der Leute komplett aus- und umpacken, die Einkäufe vielleicht sogar auf eine mitgebrachte Waage legen, um das Gewicht perfekt auszutarieren. Vermutlich würde ich, während ich die abgewogenen Waren akribisch zu zwei gleich großen Haufen aufschichtete, die Leute darüber hinaus fragen, ob sie den einen oder anderen eingekauften Artikel tatsächlich brauchten, ob es für den Fortgang ihres Lebens nicht viel besser wäre, einen Teil des erworbenen Krams auf der Stelle zu entsorgen. Sie brauchen das nicht! Schauen Sie, dort drüben steht ein Mülleimer, geben Sie sich einen Ruck! Oder geben Sie das Zeug mir. Behalten Sie nur das absolut Notwendige, den Rest nehme ich. Hier, ich gebe Ihnen einen Stein dafür. Sie kennen doch die Geschichte von Hans im Glück, nehmen Sie einen blauen, von deutschen Kinderhänden liebevoll bemalt.

Nichts würden die Leute von mir nehmen, dachte ich, nicht mal einen Stein. Und wenn doch, würden sie diesen nicht wegschmeißen, wie im Märchen, sondern nach Hause schleppen und auf den Fenstersims oder in den Vorgarten legen – zu den anderen, die sie irgendwann einmal in einem Andenken-Shop gekauft hatten und in die vom Hersteller »Love« oder »Happiness« eingraviert worden war, um die Käufer in Stein gemeißelt daran zu erinnern, was im Leben wirklich zählte.

In der Innentasche meines Sakkos vibrierte mein Handy. Weil ich keine Hand frei hatte, ließ ich es einfach klingeln. Ein weiterer Vorteil des Steins, er verhinderte die ständige Erreichbarkeit.

Ich warf den Stein einmal kurz in die Luft und fing ihn wieder auf. Was mache ich jetzt mit dir? Jemanden erschlagen? Es fiel mir niemand ein. Oder eine Scheibe einschmeißen? Ob es einen Unterschied machte, dies mit einem farblich ansprechenden Souvenir zu tun statt mit einem grauen, auf einer Baustelle entwendeten Pflasterstein? Ich könnte den blauen Stein in das Schaufenster eines der Andenkenläden werfen, dachte ich, natürlich nicht, ohne ihn vorher beschriftet oder graviert zu haben: mit »Hate«. Oder mit »Ich wollte nach Hause« oder »Jetzt brauchen Sie die Scheibe auch nicht mehr putzen«. Aber für Randale war ich zu alt. Ich hatte mich schon immer zu alt dafür gefühlt. Und nicht nur dafür.

Vielleicht singe ich dem Stein auch einfach etwas vor? Mal sehen, ob er weint. Aber ich war nicht Orpheus und geheult würde später noch genug, wenn ich spielte.

Ich rief mir die Titelliste, die Berger mir für diesen Tag durchgegeben hatte, ins Gedächtnis. Es war nichts darauf, das ich hätte üben müssen. Ich beschloss, die Fußgängerzone in einem Bogen zu umlaufen, und ging zur Isar hinunter. Am Ufer angekommen, warf ich den Stein ohne nachzudenken ins Wasser und hoffte auf irgendein Zeichen von Erleichterung. Ich spürte nichts.

3

Mein Handy meldete den Eingang einer SMS. Berger. Außer Berger schrieb mir selten jemand.

Ich schaute auf den Fluss und erinnerte mich an eine Szene in einem Buch von Gerbrand Bakker, das ich vor kurzem gelesen hatte. Darin geht ein Mann in einen Teich, um sich das Leben zu nehmen. Obwohl er nicht schwimmen kann, hat er sich zur Sicherheit die Manteltaschen mit schweren Haushaltsgegenständen vollgestopft. Aber das Wasser ist nicht tief genug. Noch in der Mitte des Teiches reicht es ihm kaum bis zur Hüfte, er hat es viel tiefer eingeschätzt und nun ist er nicht imstande, sich fallen zu lassen. Also bleibt er einfach stehen, bis seine Kollegen ihn irgendwann entdecken und ins Trockene bringen.

»Vielleicht war er verblüfft gewesen.«

Dieser Satz war alles, was der Erzähler dazu sagte. Der Vorfall wurde das ganze Buch über mit keinem Wort mehr erwähnt. An etwas anderes erinnerte ich mich nicht. Ich hatte mich nicht mehr auf die Geschichte konzentrieren können, das Bild des verloren im Wasser stehenden Mannes hatte mich nicht mehr losgelassen und alles andere überdeckt. Diese Sinnlosigkeit. Der Hausrat in den Taschen ... Immer wieder hatte der Mann in meiner Vorstellung eine andere Gestalt angenommen, mal eine willkürliche, die von Passanten etwa oder von Gästen, dann zunehmend eine mir bekannte, die meines Vaters, die von Berger und sogar die meiner Schwester. Aber egal, wen ich gerade vor Augen hatte, immer war der Gesichtsausdruck von spöttischem Erstaunen gekennzeichnet, von irrwitziger Verblüffung. Was zum Teufel habe ich hier zu suchen?

In der Kurzmitteilung schrieb Berger: »Änderung in der 18:30er. Hinterbliebene wünschen ›Wooden Heart‹ von Elvis. Kriegst du das hin?«

Als ich »ja« in mein Handy tippte, bemerkte ich, dass meine Finger blau gefärbt waren.

Ich schrieb »Muss i denn, muss i denn zum Städtele hinaus« und schickte die SMS ab.

Sekunden später rief Berger an. »Ist irgendwas?«

»Nein«, sagte ich.

»Weil du so geschwollen schreibst«, sagte Berger und schnaufte. Die Hitze machte ihm hörbar zu schaffen.

»Ich wollte dich nur wissen lassen, dass ›Wooden Heart‹ dieselbe Melodie wie ›Muss i denn‹ hat, das ist alles.«

»Das ist mir doch egal.«

»Ich wollte es nur gesagt haben, du bist doch derjenige, der auf halbwegs angemessene Trauermusik achtet.« Ich sang leise in den Hörer. »Und du, mein Schatz bleibst hier. Wenn i komm, wenn i komm, wenn i wieder wieder komm …«

»Zum Glück spielst du nur und singst nicht«, sagte Berger, »schon klar, das Lied ist saublöd. Aber heute ist mir das auch egal.«

»Hauptsache, die Angehörigen wissen Bescheid«, sagte ich.

»Ich weiß noch nicht mal, wer die Angehörigen sind«, sagte Berger und schnaufte wieder, »lief alles schriftlich. Ich weiß gar nichts. Geld ja, in Hülle und Fülle. Aber sonst nichts. Grabmal des unbekannten Soldaten. Komm jetzt.«

»Bin unterwegs.«

Berger hatte schon aufgelegt.

4

Die ersten beiden Beerdigungen an diesem Samstag waren gut über die Bühne gegangen. Der ausgewählten Kleidung und dem großen Andrang der Trauergäste nach zu urteilen, stammten die Verstorbenen aus besseren Verhältnissen. Auch hatten beide ein hohes Alter erreicht, was den Tod gemeinhin rechtfertigte und den Abschied leichter machte.

Ich hatte ausschließlich aus den Trauer-Charts gespielt. ›Time to Say Goodbye‹ und das ›Ave Maria‹. Die einzige Besonderheit war gewesen, dass die Hinterbliebenen in der zweiten Abschiednahme neben dem Schubert ein weiteres Lied gewünscht (und, wie Berger betonte, auch extra dafür bezahlt) hatten, ›Ein Stern, der deinen Namen trägt‹.

Ich hatte längst aufgehört, mir über die musikalischen Vorlieben der Trauergäste Gedanken zu machen. Seit Jahren spielte ich auf Beerdigungen und während ich in meiner Anfangszeit fast ausschließlich um Klassik, Kirchenlieder und Volksweisen gebeten wurde, war es in den letzten Jahren mehr und mehr in Mode gekommen, auch bekannte Popsongs und Schlager am Grab vortragen zu lassen. Weder die Kirche noch die Bestattungsinstitute hatten sich dieser Entwicklung entgegengestellt, warum auch, schien sie doch zu vollen Häusern und Kassen zu führen.

Berger war einer der Ersten gewesen, der offensiv mit diesem Wandel der Bestattungskultur umgegangen war. In seinen Prospekten und auf seiner Homepage formulierte er es würdevoll, aber deutlich: »Die Gestaltung des letzten Abschiednehmens wird immer persönlicher und entscheidend von der musikalischen Begleitung mitbestimmt. Traditionell mit christlicher Musik gestaltet, sind die Möglichkeiten heutzutage vielfältiger und müssen nicht mehr religiös geprägt sein. Ganz im Sinne des Verstorbenen kann jede Art von Musik gewählt werden. Ob Livemusik in der Trauerhalle, am Grab oder auf der anschließenden Trauerfeier, unsere Musiker können grundsätzlich jeden gewünschten Titel aufführen.«

Und so war es auch. Wir spielten, was beliebte. Zwar versuchte Berger, die Musikwünsche durch eine zweihundert Stücke umfassende »Liste gängiger Titel« ein wenig zu steuern, aber letztlich siegten die persönlichen Vorlieben der Leute. Whitney Houstons ›I Will Always Love You‹ verdrängte das ›Largo‹ von Georg Friedrich Händel, Chopins ›Tristesse‹ hatte das Nachsehen gegenüber ›Somewhere Over the Rainbow‹. Mittlerweile gab der Bund Deutscher Bestatter eine offizielle »Top Ten der Trauerhits« heraus und zementierte den Massengeschmack. Sarah Brightmans und Andrea Bocellis ›Time to Say Goodbye‹ rangierte seit Jahren unangefochten auf dem ersten Platz, seit einiger Zeit dicht gefolgt von ›Geboren um zu leben‹ der Band Unheilig; ein klassisches Stück fehlte unter den erfolgreichsten zehn.

Ich war nicht böse darüber, dass ich Mozarts ›Abendruhe‹ oder Haydns Andante aus dem Trompetenkonzert in Es-Dur nur noch selten spielte, dafür umso häufiger ›Tears in Heaven‹ von Eric Clapton oder ›Abschied ist ein scharfes Schwert‹ von Roger Whittaker. Es war der Lauf der Dinge und ich nahm ihn hin.

Die Begräbnisgeiger dagegen – Berger beschäftigte ausschließlich Violinisten und Trompeter – wurden nicht müde, den Verfall der Trauermusik zu beklagen. Auf den monatlichen Treffen, die Berger mit seinen Musikern abhielt, machten sie ihrem Unmut regelmäßig Luft.

»Was wir aufführen, ist ein derartiger Unfug, ich halte das nicht mehr aus«, murrten sie, oder: »Es ist einfach nur beschämend. ›Geboren um zu leben‹ spiele ich nicht mehr, da rotieren die Toten doch im Sarg. Unheilig – der Name sagt doch alles. Was soll man über so einen Mist denn improvisieren? Ich möchte einmal wieder aus Beethovens Dritter spielen oder zumindest das ›Ave Verum‹. Früher war das gang und gäbe … und heute? ›Ich hatt' einen Kameraden‹ und Helene Fischer!«

Ich hielt mich zurück. Berger berief die Treffen ohnehin nur ein, um den Musikern ein Ventil zu verschaffen. Denn letztlich beklagten sie vor allem ihr eigenes Schicksal: Bei keinem von ihnen hatte es für eine Karriere als Solist oder Orchestermusiker gereicht. Sie fanden weder Anschluss an die lokale Jazzszene noch einen Job in einer Tanzkapelle. Noch nicht einmal durch Musikunterricht konnten sie ihren Lebensunterhalt vollends bestreiten. Sie brauchten das Geld und waren auf der vermeintlich untersten Stufe des Musikerdaseins angelangt: Sie gaben die Jukebox auf Beerdigungen.

Nur Sebastian, ein weit über siebzigjähriger Geiger, der schon für Berger gearbeitet hatte, als ich anfing, beteiligte sich nie an den Schimpftiraden. Sebastian war groß, hager und hatte eine markante Hakennase. Wenn sich die Musiker trafen, saß er schweigend am Tisch, aß das von Berger spendierte Mahl und schien von den Klagen über die seichten Lieder völlig unberührt zu sein.

Ein einziges Mal sagte er: »Vielleicht muss das so sein. Vielleicht verdient ein entseeltes Zeitalter nur einen entseelten Tod.«

5

Ich hatte Pause. Die Abschiednahmen am Nachmittag sollte allesamt wieder ich begleiten, für die um 13:00 Uhr aber hatte Berger Sebastian eingeteilt. Ein willkommener Anlass, im Schatten zu sitzen, mich auszuruhen und Sebastians Kunst zu genießen.

Ich mochte den alten Geiger, nicht nur weil dieser ähnlich in sich gekehrt war wie ich, sondern vor allem, weil er nicht haderte. Sebastian sah sich nicht als gescheiterte Musikerexistenz, sondern – im Gegenteil – nachgerade dazu berufen, den Menschen zum letzten Geleit zu spielen. Fragte man ihn, was er sonst noch so machte, schüttelte er den Kopf, nichts, er sei Totengeiger. Als sei dies ein Beruf, den er vor vielen Jahrzehnten einmal gelernt hatte und in dem er voll und ganz aufging.

Statt einer Schnecke hatte Sebastian einen geschnitzten Totenkopf an seiner Violine und er trug sommers wie winters einen schwarzen Gehrock und einen Zylinder. Sein exzentrisches Äußeres rechtfertigte er durch sein Spiel. Er war der mit Abstand versierteste Musiker von uns allen und schwang sich nicht selten zu langen und waghalsigen Improvisationen auf. Sein Vorgehen folgte dabei einem immer ähnlichen Muster. Zunächst spielte er die Melodie oder den Kehrvers des gewünschten Titels schnörkellos und ohne jede Emphase. Sobald er sich sicher war, dass die anwesende Trauergesellschaft das Lied erkannt hatte (hierauf legte Berger Wert), wechselte er die Tonart. Er tat dies nicht durch eine sanfte Modulation, sondern völlig abrupt. Er riss die Töne förmlich aus ihrem bisherigen harmonischen Gefüge und trieb sie, meist mit einem sehr schnellen Lauf über zwei oder drei Oktaven, dorthin, wo er sie haben wollte; in Gefilde, in denen die wohlige Gewissheit des Wiedererkennens schwand, in denen das ohnehin schon schale Pathos vollends brüchig wurde. Meinte man im einen Moment noch, Sebastian variiere nun im Stile eines Feierabend-Jazzers die Ausgangsmelodie und eine Rückkehr zum ursprünglichen Lied sei jederzeit möglich, zerstörte er diesen Eindruck im nächsten Moment nachhaltig. Er forcierte oder verlangsamte das Tempo, änderte den Takt, brach ab, setzte an einem neuen, abwegigen Ort wieder an, streute Fetzen anderer Stücke ein, nur um auch diese sogleich wieder unkenntlich zu machen. Bisweilen verließ er die Felder gängiger Tonalität ganz und entlockte seinem Instrument nurmehr merkwürdige Klänge. Er klopfte und kratzte auf Saiten und Korpus herum, imitierte Umweltgeräusche, einen Windhauch etwa, eine Vogelstimme oder das Aufjaulen eines zufällig vorbeifahrenden, beschleunigenden Autos, er ließ seine Geige wimmern, flüstern oder schreien.

Hatten die Zuhörer zu Beginn gemeint, einem andächtigen Stück Trauermusik beizuwohnen, wurden sie mehr und mehr Zeuge eines wirren, der Situation scheinbar unangemessenen Tanzes. In ihr anfängliches Staunen mischte sich zusehends Verwirrung und stets auch spürbare Entrüstung.

Die ersten Male, bei denen ich Sebastians Vorträgen beigewohnt hatte, war ich mir sicher gewesen, seine Improvisationen seien seine Art der Kritik an den einfältigen, ja lächerlichen Musiktiteln, die gewünscht wurden. Bald aber begriff ich, dass es ihm darum am allerwenigsten ging. Das Stück Musik war ihm einerlei. Und auch an einer Provokation der Gäste war ihm nicht gelegen. Im Gegenteil, niemals brach sich die Entrüstung der Anwesenden Bahn, denn noch bevor sie sich wirklich hätte breitmachen können, hatte Sebastian sein Spiel schon wieder verändert. Er versöhnte das Publikum mit einer einfachen, melodiösen Phrase, verblüffte es mit einem fast heiteren Pizzicato, schmeichelte ihm … nur um es dann aufs Neue mit einem wütenden Crescendo zu verwirren.

Sein Können stellte Sebastian dabei nie zur Schau. Er stand stocksteif da und verbot sich noch die winzigste Andeutung eines irgendwie gearteten musikalischen Selbstbewusstseins. Das war das Geheimnis. Egal, wie schwindelerregend Sebastians Volten waren, immer blieb sein Spiel seltsam schlicht, immer wurde es getragen von einer unerklärlichen Aura von Einfachheit und Demut. Gegen Ende seiner Vorträge ließ Sebastian seine Klänge und Töne mehr abtropfen denn erklingen, es war, als führten sie einen letzten, stiller werdenden Kampf gegen das Unabänderliche und für das Gehen-Lassen. Und wenn sie sich schließlich vermeintlich müde und erleichtert zur Ursprungsmelodie zurückschleppten, hatten alle Anwesenden Tränen in den Augen oder weinten lauthals.

Kaum einer, der Sebastian nur ein oder zwei Mal am Grab hatte spielen hören, konnte erklären, was da gerade genau passiert war, woher die tiefe Aufgewühltheit rührte, die Bereitschaft, so hemmungslos und bisweilen auch grundlos zu heulen. Dabei war es einfach: Da hatte einer nicht die ohnehin erhöhte Empfänglichkeit der Trauergäste erfasst und durch sein Spiel um Tränenfluss gebuhlt (wie ich es mir manchmal unterstellte), sondern da hatte einer aufrichtig versucht, den Tod zu illustrieren. Bei jedem einzelnen Begräbnis, auf dem Sebastian musizierte, beschrieb er immer wieder neu all jene Gefühle, die das Sterben auslösen konnte:

Panik, Verwirrung, Staunen, Entsetzen, Entrüstung, Wut, Verführung, Dankbarkeit. Nur um die Traurigkeit musste sich jeder selbst kümmern, aber Sebastians Spiel machte allen ein ernst gemeintes Angebot.

Sebastian war der einzige von Bergers Musikern, dem es von Zeit zu Zeit gelang, über die geladenen Trauergäste hinaus Publikum anzuziehen. Und er war auch der einzige, den Berger nicht ab und zu kritisierte oder ins Gebet nahm. Wobei sich dessen Ermahnungen, die er uns anderen in schöner Regelmäßigkeit zuteilwerden ließ, auf die immer gleichen drei Dinge beschränkten:

»Ich will erstens, dass ihr halbwegs anständig gekleidet seid, zweitens, dass die Gäste das gewünschte Lied erkennen, und drittens, dass sie flennen. Wenn sie Rotz und Wasser heulen, ist alles gut, dann sind auch die ersten beiden Punkte nicht so wichtig.«

Diesbezüglich gab es bei mir keinerlei Anlass zur Klage. Ich trug einen Anzug, improvisierte selten (und wenn, waren meine Variationen kaum hörbar) und die Leute weinten sich die Augen aus.

Ich spielte so, wie ich lebte: ordentlich, leise und langsam.

6

Es steht ein Soldat am Wolgastrand/hält Wache für sein Vaterland.

Hatte es, als Sebastian zu seiner Interpretation des gewünschten Stücks von Franz Lehár ansetzte, unter den Trauergästen noch etliche gegeben, die wohlig schauernd vor allem diese beiden Zeilen assoziierten, so war, nachdem

Sebastians letzter Ton verklungen war, noch dem Letzten jedwede völkische oder gar militaristische Lesart des Liedes ein für alle Mal ausgetrieben worden. Nicht einer der Anwesenden würde sich je wieder eine Aufnahme dieses Titels anhören können, ohne an den seltsamen Geiger mit Zylinder denken zu müssen, der ihn einst am Grab eines Weggefährten so nachhaltig erschüttert und zum Weinen gebracht hatte. Sie würden es nie erfahren, aber Sebastian hatte sie – allein durch sein Spiel – mit den vergessenen Anfangsversen des Wolga-Liedes vertraut gemacht, mit jenem Text, den sie nicht kannten, weil er in den Versionen von Heino, Ivan Rebroff oder Freddy Quinn ganz bewusst ausgespart wurde: *Allein! Wieder Allein! / Einsam wie immer. / Vorüber rauscht die Jugendzeit. / In langer, banger Einsamkeit.*

Als sich der Friedhof geleert hatte, standen wir vor dem Portal der Aussegnungshalle in der Sonne und genossen es, während der Mittagspause nicht gedämpft, sondern in normaler Lautstärke sprechen zu können. Neben mir waren drei weitere von Bergers Musikern gekommen, um Sebastians Vortrag zu hören, und Berger nutzte die Gelegenheit, ein wenig Kritik an ihnen zu üben. Ulrich und Gregersen, zwei Geiger, die es beide aus Norddeutschland nach München verschlagen hatte, wies er auf deren stets ungeputzte Schuhe hin und Dittmar, einen beinahe kahlen Trompeter aus Fürth, der ähnlich viel Zeit auf dem Friedhof zubrachte wie ich, ermahnte er, seine Spucke gefälligst nicht in Anwesenheit einer Trauergesellschaft aus seinem Instrument laufen zu lassen.

Zu Sebastian sagte Berger nichts, an den anderen in Anwesenheit des alten Geigers herumzumäkeln, war seine Art, ihn zu loben. Weil Berger auch mich und meine Vorträge unerwähnt ließ, ergriff Dittmar das Wort: »Ich habe dir heute Morgen zugehört, darf ich mir eine Anmerkung erlauben?«

Weil keiner etwas sagte, fuhr er fort: »Dein ständiges C-Dur lass ich mal außen vor, aber fällt dir eigentlich auf, dass du in deinem betont langsamen Spiel immer in den Dreivierteltakt rutschst? Sowohl bei ›Ein Stern‹ als auch beim ›Ave Maria‹ warst du gegen Ende im Dreier. Willst du, dass die Leute anfangen, langsamen Walzer zu tanzen? Oder ist das eine Volksmusik-Reminiszenz?«

»Das wird jetzt aber kein Fachgespräch, oder«, sagte Ulrich und zündete sich eine Zigarette an.

Wir anderen schwiegen – Sebastian, weil er immer schwieg, Berger und Gregersen, weil ihnen Dittmars Gestichele von jeher egal war, und ich, weil ich mich ertappt fühlte. Es war mir noch nie aufgefallen, aber Dittmar hatte recht. Je länger ich darüber nachdachte, je genauer ich mir die Stücke, die ich in letzter Zeit gespielt hatte, ins Gedächtnis rief, desto deutlicher trat der schleppende Walzer zutage, in den ich beim Spiel stets – und ohne es zu merken – verfallen war.

»Es ist der Takt des Todes«, sagte Sebastian in die Stille, »und der des Volkes.«

Nun war unser Schweigen komplett. Keiner hatte es bislang erlebt, dass sich der hagere Geiger je in ein Gespräch eingemischt, geschweige denn sich zu musikalischen Fragen geäußert hätte. Sebastian sah in unsere erstaunten Gesichter, nahm seinen Zylinder ab und sagte dann im ruhigen Duktus eines Volksschullehrers, der einer Gruppe unwissender Buben zum x-ten Male einfachste Grundlagen vorbetete: »Trauermärsche waren ursprünglich immer im Dreivierteltakt komponiert. Das Ungerade symbolisierte den abgeschnittenen Lebenslauf des Toten, und die Leute haben das auch verstanden. Zu Hochzeiten und Begräbnissen gehörten Walzer, weil das Volk wusste, dass das Leben eine ewige Tippelei ist. Nur die Obrigkeit der Kirche mit ihren salbungsvollen Versen und ewigen Viervierteln hat immer versucht, Geradlinigkeit herzustellen, wo da doch keine ist, wo niemals eine sein kann.« Er wendete sich zum Gehen. »Wir sehen uns später.«

Dittmar war der Erste, der seine Sprache wiederfand. »Ich habe Sebastian noch nie so viel an einem Stück sagen hören.«

»Was meinte er mit Tippelei?«, fragte Ulrich.

»Auf der Walz sein«, sagte Gregersen.

Dittmar schüttelte den Kopf. »Das ist doch alles dummes Gerede.«

»Vielleicht«, sagte Berger und setzte sich in Bewegung, »aber auf mich wartet jetzt die Arbeit. Und auf dich, Marten, wartet deine Freundin.«

Er nickte Sonia zu, die nur ein paar Meter entfernt auf einer Bank saß. Ich war so in Gedanken gewesen, dass ich ihre Anwesenheit nicht mitbekommen hatte. Sie ist nicht meine Freundin, dachte ich, und sie warf mir, als wolle sie meine Gedanken Lügen strafen, eine Kusshand zu.

Als ich neben ihr Platz genommen hatte, drehte sich Berger noch einmal um und rief: »Ich hatte es dir noch gar nicht gesagt, die Halbsiebener wird ein Abschlussball.«

Sonias Gegenwart ließ mich augenblicklich zur Ruhe kommen. Sie war, wenn man von meiner Schwester Ricarda absah, die einzige Verbindung zu meiner Vergangenheit. Wir waren auf dem Gymnasium in dieselbe Klasse gegangen und sie kannte meine Geschichte. Nach der Schule hatten wir uns etliche Jahre aus den Augen verloren, dann trafen wir uns zufällig und kurz nacheinander auf drei verschiedenen Beerdigungen wieder. Seitdem sahen wir uns regelmäßig. Immer auf dem Friedhof. Ich, weil ich dort arbeitete, sie, weil sie gern dort hinging.

Ich fand schnell heraus, dass Sonia Bestattungen nicht etwa wegen der Verstorbenen besuchte, sondern einfach so. Ich störte mich nicht daran. Sonia gehörte zu den Menschen, die sich auf die Begräbnisse fremder Leute mogelten, um dort ungestört und in aller Öffentlichkeit das eigene Leben beweinen zu können. Es gab in München nicht wenige davon.

Nachdem wir eine Weile schweigend dagesessen hatten, siegte Sonias Neugier: »Was meinte Berger eben damit, Marten? Was ist ein Abschlussball?«

»Das ist etwas, das Leute wie du und ich aufgrund unserer mangelnden Teilnahme am richtigen Leben nicht kennen.«

Sie sah mich missbilligend an. »Du hast ja keine Ahnung. Im Gegensatz zu dir habe ich in meiner Jugend sehr wohl einen Tanzkurs besucht.«

»Dann weißt du ja Bescheid.«

»Auf den Abschlussball bin ich nicht gegangen. Mein Tanzpartner …« Sonia sprach nicht weiter.

»Wer war denn dein Tanzpartner?«, fragte ich.

»Das sage ich dir erst, wenn du mir erzählst, was Berger gemeint hat.«

Ich nickte. Warum sollte ich Sonia auch nicht von den raren Höhenpunkten, die mein Dasein als Beerdigungsmusiker bot, erzählen? Da sie zweifellos den ganzen Tag hier, zwischen den Grabsteinen, verbringen würde, würde sie es ohnehin mitbekommen.

Ob sie sich vorstellen könne, wie die Beerdigung eines Hartz-IV-Empfängers ohne Angehörige oder eines einsamen Obdachlosen ablaufe, fragte ich. Sie konnte es nicht. Also erklärte ich ihr, wie teuer eine Beisetzung durchschnittlich war und wie viele Menschen diese Kosten unmöglich aufbringen konnten, erzählte ihr von den Tausenden Armenbegräbnissen, die Jahr für Jahr in der Stadt stattfanden, erläuterte ihr den Unterschied zwischen einer ordnungsbehördlichen und einer Sozialbestattung, berichtete ihr von der Willkür der Behörden, von anonymen Gräbern und von Beerdigungen ohne jede Würde und Publikum. »Der Tod ist für diese Menschen die Fortsetzung dessen, was zu Lebzeiten mit ihnen geschehen ist.«

Dann erzählte ich ihr, dass es sich Berger schon seit langem zur Aufgabe gemacht hatte, diesbezüglich Abhilfe zu schaffen, erzählte, wie er immer wieder die Ämter abklapperte, wie er auf Veranstaltungen und in Foren um die Wiedereinführung des Sterbegeldes und für eine bessere Bestattungsvorsorge stritt, wie er sich darum kümmerte, dass es auch auf den Armenbegräbnissen Redner und Musik gab, und wie er Essen und Trinken organisierte, weil allein das oft genügte, um Publikum anzuziehen.

»Ich habe nicht die leiseste Ahnung, woher er die Energie nimmt, Sonia, und vor allem das Geld. Da gibt es irgendwelche Stiftungen und auch reiche Privatpersonen. Manchmal glaube ich, Berger verdient nicht schlecht daran, auf jeden Fall spielen wir ziemlich oft auf solchen Abschiednahmen und es sind nicht die schlechtesten.«

»Und ein Abschlussball?«, insistierte Sonia.

»Ein paar Mal im Jahr lädt Berger groß ein. Wenn er ausreichend Geld zusammengetrommelt hat, engagiert er ein Catering-Unternehmen, das hinter der Halle einen Stand aufbaut. Es gibt gutes Essen, Bier und Wein. Wir machen vor und nach der Grablegung Musik, im Sommer wird getanzt, es ist das reinste Spektakel.«

»Das ihr Abschlussball nennt.«

»Richtig.«

»Schöner Name.« Sonia legte ihre Hand auf meinen Arm. »Und so ein Abschlussball findet also heute Abend statt?«

Ich bejahte und erzählte weiter, dass Berger ein solches Fest gar nicht publik machen müsse, dass die Zukurzgekommenen und Erdabgewandten das allesamt mitbekämen, die Bettler und Grattler, die Nutten, die Diebe, die ungebetenen Gäste. Das komplette Lumpenproletariat putze sich heraus und gebe sich die Ehre. Sich einmal wieder richtig satt essen, sich betrinken und feiern, darum gehe es.

»Und weißt du, um wen es nicht geht? Um den, der begraben wird. Bei einem Abschlussball geht es ausschließlich um die – um die es sonst nie geht.«

Ich richtete mich auf, aber Sonia hielt mich zurück. »Heute nicht«, sagte sie leise, »heute geht es auch um den, der begraben wird.«

Ich sah sie verständnislos an.

»Ich habe versucht, dich anzurufen«, sagte Sonia, »ich habe dir sogar auf den Anrufbeantworter gesprochen …« Sie hielt inne, dann sagte sie stockend: »Um halb sieben … ist die Beerdigung von Wilhelm Schocht.«

Mehr als ein ungläubiges Kopfschütteln brachte ich nicht zustande. Ich hatte mein Leben in den letzten Jahren derart darauf ausgerichtet, Überraschungen zu vermeiden, dass ich jetzt nicht wusste, wohin mit meinen wirren Gedanken und aufsteigenden Gefühlen. Ich hatte fast alles aus der Schulzeit vergessen oder verdrängt, die meisten meiner Klassenkameraden eingeschlossen, die Erinnerung an Wilhelm jedoch traf mich mit voller Wucht. Wilhelm Schocht, der Wortführer unserer Klasse, der Musterschüler, der Alleskönner, der Mädchenschwarm …

Auch wenn ich es in diesem Moment niemals hätte benennen können, wusste ich doch sofort, warum mich die Erinnerung so bedrängte: nicht weil Wilhelm in so ziemlich allem das exakte Gegenteil von mir gewesen war, sondern weil er (im Gegensatz zu mir) so plötzlich aufgegeben hatte. Kurz vor dem Ende der zwölften Klasse hatte Wilhelm Schocht aus heiterem Himmel die Schule verlassen und war nie wieder aufgetaucht.

»Alles in Ordnung?«, fragte Sonia.

Ich konnte nicht antworten und sah nur auf die Uhr. Die Mittagspause war fast zu Ende und ich war froh, mich zu meiner Trompete flüchten zu können.

7

Ich hatte mich auf einem fast eingewachsenen Bänkchen im blickdichten, der Niebuhrstraße zugewandten Teil des Friedhofs zurückgezogen und dachte nach.

In knapp zwei Stunden würde Wilhelm Schocht zu Grabe getragen werden. Und ich würde spielen. Zum ersten Mal ein letztes Lied für jemanden, den ich kannte. Gekannt hatte. Ob es einen Unterschied machte?

Meine Erinnerung an Wilhelm war mittlerweile klar und deutlich. Ich hatte seinen federnden Gang vor Augen, seine Unbeschwertheit, sein strahlendes Gesicht. Es war das Gesicht eines Jungen, dem alles wie von selbst zufiel, dem alles gelang. Und von einem Tag auf den anderen war dieses Strahlen verschwunden gewesen. Nach der Studienreise (an der ich nicht teilgenommen hatte) war Wilhelm noch eine Woche in die Schule gekommen und dann nie mehr erschienen. Es hatte wilde Gerüchte gegeben: Wilhelm sei auf der Reise ausgeraubt worden. Er habe sich in eine verheiratete Frau verliebt und sei mit ihr durchgebrannt. Sein Vater sei im Gefängnis und er müsse sich um seine Mutter kümmern. Aber das waren Hirngespinste gewesen, Schülergerede, das mit der Zeit verstummte. Ein neuer Klassensprecher wurde gewählt. Die Mädchen suchten sich ein neues Objekt ihrer Begierde. Das Leben ging weiter. Den wahren Grund für Wilhelms Verschwinden hatte niemand herausgefunden und es hatte mich auch nicht sonderlich interessiert.

Trotzdem saß ich nun auf einer Friedhofsbank und zerbrach mir den Kopf. Es ging mir nur mittelbar um Wilhelm, das stand außer Frage, ich hatte ihn gar nicht wirklich gekannt. Außerhalb des Klassenzimmers hatten wir keinerlei Kontakt gehabt und auch in der Schule kaum ein Wort miteinander gewechselt. Es war seine damalige Verweigerung, die mich so beschäftigte, seine irre Konsequenz. Weniger der Mensch interessierte mich als vielmehr seine, wie mir jetzt schien, unerhörte Tat. Einzig Wilhelm hatte seinerzeit einen rigorosen Schritt getan und einfach nicht mehr mitgemacht. Im Gegensatz zu allen anderen. Auch zu mir.

Was mich in diesem Moment plagte, war nicht, dass ich einem ehemaligen Mitschüler zum letzten Geleit spielen sollte, und auch nicht, dass ich dabei aus dem Takt geraten könnte. Was mich plagte, war der Einbruch einer vergangenen Möglichkeit in meine sorgsam gepflegte, beschauliche Gegenwart.

Eine junge, hochschwangere Frau kam den schmalen Weg auf das Bänkchen zu und riss mich aus meinen Gedanken. Sofort sondierte ich meine Fluchtmöglichkeiten. Außer der, sich wie ein auf frischer Tat Ertappter in die Büsche zu schlagen, gab es keine. Die Bank befand sich am Ende einer Sackgasse und dort war es so eng, dass ich nicht an der Schwangeren vorbeikommen würde. Ich würde warten müssen, bis sie mich erreicht hätte, um aufzustehen, ihr dadurch meinen Platz anzubieten und erst dann auf dem Weg wieder ins Innere des Friedhofs gelangen zu können. Ohne einen Blickkontakt oder einen kurzen Wortwechsel würde sich das kaum bewerkstelligen lassen. Vielleicht würde die Frau aber auch rechtzeitig bemerken, dass die Bank besetzt war, und kehrtmachen, aber sehr wahrscheinlich war das nicht. Schwangere beanspruchten allein durch ihr Auftreten jeden sich bietenden Sitzplatz und erhielten ihn widerspruchslos. Zumindest bildete ich mir das ein.

Aber auf der Suche nach einer Sitzgelegenheit konnte sie eigentlich nicht sein, es gab bessere und schönere auf dem Nordfriedhof, vor allem welche, die weniger abseits lagen. Die Frau konnte diesen Weg nur zufällig eingeschlagen haben, das Bänkchen lag so versteckt, dass nur wenige davon wussten. Im Sommer übernachtete hier oft ein Obdachloser. An heißen Tagen wie heute hielt sich hartnäckig sein Geruch über dem Bänkchen, der Geruch nach altem, ungewaschenem Mann. Er rührte von den Tüten mit seinem Schlafsack und seinen Habseligkeiten her, die er in unmittelbarer Nähe im Gestrüpp verborgen hielt. Mich störte der Geruch nicht, aber es war klar, dass die schwangere Frau gar nicht anders konnte, als ihn mit mir in Verbindung zu bringen. Mein ordentlicher schwarzer Anzug würde wenig helfen, für die Frau würde unweigerlich ich es sein, der sie mit dem Gestank von Alter und Verfall belästigte.

Schon legte die Frau ihre Hände schützend auf ihren Bauch, eine Geste, die ich bereits oft bei Schwangeren beobachtet hatte und bei der ich mir jedes Mal vorstellte, die werdenden Mütter hielten so den in ihnen wachsenden Kindern die Augen zu. Oder die Ohren. Hör weg, Kind! Sieh nicht hin! So wie der sollst du nie werden! Ich bewahre dich davor!

Ich schämte mich meines Unbehagens, kam aber nicht umhin: Schwangere schüchterten mich ein, sie waren so raumgreifend, so proper und rein. Ich fürchtete mich vor ihrer Zukunftsversessenheit. Sie waren prall gefüllt mit Lebenslust und hatten stets diesen Ausdruck von durch nichts zu erschütternder Rechthaberei. Ich bin das Leben und du dem Tod geweiht, schienen sie in einem fort zu sagen, und jetzt mach Platz!

Die junge Frau hielt inne und suchte meinen Blick.

Sie hob kurz ihre Hand, drehte sich um und ging.

Nur wenige Minuten später erschien Sonia. Als sie sich setzte, rümpfte sie die Nase. Ich deutete auf die beiden Plastiktüten des Stadtstreichers im Gebüsch.

Nach einer Weile sagte sie: »Ich glaube, außer uns beiden wird niemand zu Wilhelms Beerdigung kommen. Niemand von früher, meine ich.«

Ich fragte, wie sie darauf komme, und sie erzählte mir, dass ihr Wilhelms Tod keine Ruhe gelassen habe und sie deswegen recherchiert, aber nicht das Geringste herausgefunden habe. Es gebe keinen Eintrag für »Schocht« im Telefonbuch, keine Meldeadresse, einfach nichts. Noch nicht mal im Internet habe sie etwas über Wilhelm finden können, es existiere kein Profil in irgendeinem der sozialen Netzwerke und selbst die Namenssuche bei Google habe keinen einzigen Treffer ergeben, so etwas müsse man erst mal schaffen. Als ob es ihn nicht gäbe, nie gegeben habe.

Wie sie denn überhaupt von seinem Tod erfahren habe?

Durch Zufall, aus der Zeitung. Sonia kramte in ihrer Handtasche, zog einen Ausriss aus der ›Süddeutschen‹ hervor und zeigte ihn mir.

Es war die kleinste und kürzeste Todesanzeige, die ich je gelesen hatte.

»Wilhelm Schocht ist tot.«

Darunter waren in kleineren Lettern Ort und Zeitpunkt der Beisetzung genannt. Ich las die Anzeige mehrmals durch, als läge irgendein tieferer Sinn darin verborgen.

»Mehr steht da nicht, Marten.«

Ich gab ihr das Stück Zeitung zurück.

Wer die Anzeige aufgegeben habe, wisse sie nicht, sagte Sonia, Wilhelms Vater sei schon seit Jahren tot und seine Mutter in Australien oder so. Eine Frau oder Freundin habe er nicht gehabt. Auch keine Freunde. Zumindest habe Verena das erzählt. Und bevor ich fragte, nein, Verena lebe in Hamburg und nur weil sie in grauer Vorzeit ein paarmal mit

Wilhelm geschlafen habe, werde sie nicht kommen. Und auch sonst niemand. Einfach niemand. Niemand wisse etwas über Wilhelm Schocht. Selbst Babette nicht.

Ich guckte sie erstaunt an. Babette Waldherr. Wenn sich Sonia die Mühe gemacht hatte, Babette zu kontaktieren, hatte sie es wirklich wissen wollen. Die beiden hatten sich zu Schulzeiten nicht ausstehen können.

Wir schreiben uns gelegentlich, sagte Sonia, auch wenn Babettes Bussis und Smileys sie rasend machten. Babette lebe in einer anderen Welt, Pöring, verheiratet, drei Kinder.

Aber auch Babette, erzählte Sonia, habe seit der Schule angeblich keinen Kontakt mehr zu Wilhelm gehabt, sei sich aber sicher, dass dieser immer in München gewohnt habe. Dass sein Vater gestorben und seine Mutter ausgewandert sei, habe sie ebenfalls gehört. Mehr wisse Babette allerdings auch nicht und es interessiere sie auch nicht besonders.

»Ich bin dann sogar zu Wilhelms Elternhaus nach Berg am Laim gefahren«, sagte Sonia weiter, »es steht wohl seit zwei oder drei Jahren leer.«

Eine Nachbarin habe ihr erzählt, bis dahin habe Wilhelm zumindest sporadisch dort gewohnt, allein, zurückgezogen und unauffällig.

Sonia strich den Zeitungsausriss glatt. »So sieht es aus, Marten. Wilhelm Schocht ist tot. Davor hat er anscheinend irgendwie gelebt.«

Wir schwiegen einige Minuten, dann sagte ich: »Deswegen hast du mich also angerufen.«

Sonia nickte.

Ich fragte: »Weißt du eigentlich, warum Wilhelm damals von der Schule gegangen ist?«

»Ich habe keine Ahnung.«

Wir ließen es dabei bewenden. Es spielte keine Rolle mehr. Wilhelm Schocht war tot. Und egal, wie einsam er auch immer gewesen sein mochte, heute würde er einen großen Bahnhof bekommen.

Sonia sagte: »Wilhelm war mein Tanzpartner. Damals, auf dem Abschlussball. Ich bin einfach nicht hingegangen.«

Ich sagte: »Heute bist du ja da.«

»Ja«, antwortete sie, »und du machst die Musik.«

8

Die Abschiednahme von Wilhelm Schocht verlief, wie Sonia gemutmaßt hatte.

Niemand aus meinem früheren Leben war erschienen, dafür die halbe Münchner Unterwelt, die verbliebenen Reste der Schwabinger Bohème und sämtliche Streicher, Verrückte und Faktoten, die die Stadt zu bieten hatte. Die illustre Versammlung umfasste mindestens zweihundertfünfzig Personen und nahm den Platz vor der Aussegnungshalle komplett in Beschlag.

Nachdem Sonia mich auf dem versteckten Bänkchen zurückgelassen hatte, hatte ich genug Zeit gehabt, um mir einzureden, dass alles in Ordnung sei:

Dass ich den Toten kannte, war Zufall.

Dass Berger ausgerechnet mich eingeteilt hatte, war ebenfalls Zufall.

Dass am heutigen Samstag so viel zusammenkam: Zufall.

Warum dem so war? Egal. Es war müßig, darüber nachzudenken. Manchmal kam eben viel zusammen. Und heute war so ein Tag. Es würde auch wieder auseinandergehen. Morgen. Oder übermorgen.

Die Frage nach dem Warum führte ins Nichts.

Wieso? Weshalb? Warum? Wer nicht fragt, bleibt dumm. Glatt gelogen. Warum-Fragen waren etwas für Kinder und Gottsucher.

Warum ist die Banane krumm?

Warum muss man sterben?

Warum lebt man überhaupt?

»Weil die Berge nicht lachen und das Gewürm nicht singt.«

Hatte der Philosoph Emil Cioran einmal dazu gesagt.

Es war ein Samstag wie jeder andere auch. In drei, spätestens in vier Stunden würde ich zu Hause sein. Zurück in meinem überschaubaren Leben, in dem außer ein paar einfachen Erledigungen nichts und niemand auf mich warteten.

Ich würde die Nachricht auf dem Anrufbeantworter löschen, ich würde abwaschen. Den Teller, das Messer, das Glas und die leere Butterdose. Und dann würde ich schlafen.

Hätte man nicht gewusst, dass der Ort ein Friedhof war und es sich bei der Menschenansammlung um eine Trauergemeinschaft handelte, hätte man wohl eher auf eine noch etwas steife Gartenparty von Freaks getippt oder auf ein Fest in einem riesigen Anwesen, dessen Besitzer verreist waren und welches nun von den Bediensteten zweckentfremdet wurde. Im Säulengang des Nordbaus (in dem sich die Feuer- und Erdaufbahrung sowie der Verabschiedungsraum befanden) war eine große Theke aufgebaut, hinter der ein halbes Dutzend weiß gekleideter Kellner damit beschäftigt war,

Brot aufzuschneiden, Schinken, Käse und eingelegtes Gemüse auf Teller und Platten zu drapieren und Bier, Wein und Sekt in Gläser zu füllen. Dass es sich dabei um echte Gläser handelte und nicht um Plastik- oder Pappbecher, verstand sich von selbst. Berger wusste, dass er später nicht einmal die Hälfte davon wieder zurückbekommen würde, weil sie entweder zu Bruch gegangen oder von den artig in einer Schlange anstehenden Gästen einfach mitgenommen worden wären, aber das war ihm egal. Bei einem Abschlussball musste alles stimmen. Nichts war zu teuer oder zu edel. Es hätte auch nicht ins Ambiente gepasst, das an diesem immer noch sehr warmen, frühen Maiabend eher an eine Hacienda als an einen Gottesacker erinnerte: die wie ein großzügiges Herrschaftshaus wirkende Aussegnungshalle mit ihren zahlreichen Giebeln und Säulen, ihren imposanten Rund- und Bleiglasfenstern und ihrem hoch aufragenden Turm in der Mitte. Der weitläufige, weiß gekieste Platz vor dem mit bunten Fresken verzierten Portal. Die beiden Brunnen inmitten der rosenumrankten Rotunden links und rechts. Und von überall der Blick auf die Baumpracht des alten Friedhofsmittelteils. Die von Linden, Platanen und Rotbuchen gesäumte Rasenfläche, an die sich die Arkaden anschlossen. Der von Schwarzerlen und Eichen begrenzte Weg zu den Ehrengräbern. Die zahlreichen Pfade zu den Urnenmauern, die mit Eschen, Eiben und Ahorn bepflanzt waren. Und gleich in der ersten Reihe, neben den herausgeputzten Liegestätten und Marmortafeln, ein völlig verwilderter Grabstein mit der Inschrift »Tot ist, wer vergessen ist«.

Die heute Anwesenden waren »Vergessene«, waren von der Gesellschaft Ausgesonderte, aber tot, das waren sie nicht. Und der heutige Samstag diente zu nichts anderem, als sich dieser Tatsache zu versichern. Alle hatten ihre beste Kleidung an, alle tranken Wein, den sie sich selbst niemals leisten konnten, und alle feierten, dass sie am Leben waren.

Vor der nördlichen Rotunde war Wilhelm Schochts Sarg aufgebahrt. Es war eines der günstigeren Modelle, die Berger im Sortiment hatte, eine schlichte, hell gebeizte Kieferntruhe (Modell »Pasing«, sechsfache Griffgarnitur, doppeltes Deckblatt, Karnieskehlung, Leisten aus Buchenmassivholz). Der Sarg war auf einem einfachen Holzkatafalk aufgebockt und wurde außer von ein paar kleinen Jungen, die selbstvergessen einen Fußball unter dem Sarg hin und her kickten, von niemandem beachtet. Geschmückt wurde er mit einem von Bergers Standardkränzen sowie mit zwei Trauerschleifen, von denen nur wir Eingeweihte wussten, dass unser Bestatter sie zu Dutzenden im Keller lagerte. (Sie stammten aus einer Lieferung mit Fehldrucken, die Berger für Zwecke wie diesen aufbewahrt hatte.) Beide Schleifen waren in einem ausgeblichenen Lila gehalten, auf der einen stand »Deo volente«, auf der anderen »Deine Spur wird bleiben«.

Fünf Meter neben dem Sarg stand eine kleine Bühne, die die Aufmerksamkeit der Leute auf sich zog. Nicht zum ersten Mal hatte Berger etwas tiefer in die Tasche gegriffen und die »Musettinos« engagiert, drei steinalte Münchner Gipsy Swinger, die keine Gelegenheit ausließen, ihre kümmerlichen Renten aufzubessern, und (wie unser Bestatter gern erzählte) schon so manchen Wirt und Veranstalter in den Ruin getrunken hatten. Vor allem aber galten sie – in ihrer Besetzung Schlagzeug, Kontrabass und Gitarre – als eine der besten Begleitbands der Stadt und Bergers Solisten rissen sich darum, mit ihnen zu musizieren. Im Moment spielten sie

Django Reinhardts ›Minor Swing‹ und Gregersen und Ulrich lieferten sich ein beeindruckendes Wettrennen, wessen Geigensolo näher an jenes von Stéphane Grappelli herankäme. Ich holte mir ein Glas Wasser, stellte mich seitlich an die Bühne und hörte zu. Gregersen und Ulrich waren beide gut, sie konkurrierten offen miteinander, ließen sich gegenseitig aber genug Raum, sodass das Stück unter dieser Konkurrenz nicht litt, sondern es im Gegenteil fortwährend interessanter und spannender wurde. Als sie geendet hatten, brandete Applaus auf. Ulrich und Gregersen gaben sich die Hand und verbeugten sich sichtlich gerührt. Und als Sebastian, der wie aus dem Nichts aufgetaucht war und plötzlich neben mir stand, seinen beiden Kollegen ein für alle gut hörbares »Schön war das« zurief, kannte deren Stolz keine Grenzen mehr und sie verbeugten sich ein zweites Mal, bevor sie (von den neidvollen Blicken der drei alten Jazzer begleitet) die Bühne in Richtung Tresen verließen.

Berger nutzte die kurze Unterbrechung, um seinerseits beschwingt auf die Bühne zu steigen, was ihm angesichts seines Gewichts erstaunlich gut gelang. Er nahm ein Mikrofon von einem Stativ, pustete ein paarmal hinein, um zu prüfen, ob es eingeschaltet war, und bat dann um Gehör.

»Wie ihr alle wisst«, sagte er und wartete, bis vollständig Ruhe eingekehrt und auch das Besteckklappern der Kellner verstummt war, »wie ihr alle wisst, haben wir uns heute hier versammelt, um Abschied zu nehmen. Abschied von einem, der bis vor kurzem noch unter uns war, den manche von euch vielleicht gekannt und geschätzt haben, andere, zu denen auch ich gehöre …«, Berger kramte einen Zettel hervor, »ich bin kein großer Redner. Also, wir erweisen heute Wilhelm Schocht die letzte Ehre und ich freue mich, dass so viele Menschen gekommen sind und dass auch das Wetter mitspielt.« Berger faltete den Zettel zusammen und sagte seinen Spruch auf, den jeder, der schon einmal einem seiner Abschlussbälle beigewohnt hatte, kannte. »Es war der ausdrückliche Wunsch des Verstorbenen, dass das heute kein Trauerspiel wird, sondern ein heiteres Verabschieden – eines, von dem viele von uns vielleicht wünschen, dass es auch uns dereinst zuteilwerden möge.« Die Versammlung nickte zustimmend, Berger fuhr fort. »Kurz zum Organisatorischen: Wie ihr seht, ist der Sarg schon draußen. Angesichts des schönen Wetters haben wir entschieden, nicht in die Halle zu gehen. Die »Musettinos« werden jetzt noch zwei, drei Stücke spielen … währenddessen könnt ihr euch gerne weiter am Buffet gütlich tun. Dann wird Arno von Bettini«, Berger deutete auf einen etwa 70-jährigen Mann, der zum festen Stab seiner Trauerredner gehörte und heute mit einem hellen Frack und einer farblich abgestimmten, rundlich geschnittenen Fliege seinem Ruf als Schwabinger Dandy alle Ehre machte, »Arno wird also ein paar Worte sprechen, und anschließend lade ich euch alle zu einem kleinen Spaziergang in den Nordteil ein, wo wir«, Berger schaute wieder auf den Zettel, »Wilhelm Schocht zu Grabe tragen werden. Hernach treffen wir uns wieder hier zu einem schönen Ausklang. Ach so, zwei Dinge noch: Das hier ist ein Friedhof. Was nicht heißt, dass nicht geraucht und getrunken werden darf, aber ich bitte euch, ein bisschen aufzupassen und vor allem die Aschenbecher zu benutzen. Und was die Fußball spielenden Jungs angeht …«, Berger grinste, »ich glaube sagen zu dürfen, dass das die vielen Toten hier nicht stört, solange 1860 gewinnt.« In die vereinzelten Lacher hinein schloss er: »Ernsthaft, Buben, wenn ihr ein Stück da rübergeht«, er zeigte mit dem Daumen in nördliche Richtung, »kommt ihr zum Ehrenhain für die Luftkriegsopfer, da stört's wirklich keinen. So, und jetzt wünsche ich uns allen einen schönen Abend.« Unter Applaus stieg Berger von der Bühne, tupfte sich den Schweiß ab und nahm dankbar ein Glas Bier entgegen.

Als die »Musettinos« (nach zwei weiteren Reinhardt/Grappelli-Stücken, bei denen beide Male Ulrich soliert hatte), ›Autumn Leaves‹ anstimmten, trat Sonia zu uns. Sie hatte ein leeres Weinglas in der Hand und strahlte. Ihre Wangen waren vor Aufregung gerötet. Sebastian ließ es sich nicht nehmen, Sonia mit einer kleinen Verbeugung zu begrüßen, ihr wortlos das leere Glas zu entwinden und ihr ein neues, gefülltes zu bringen. Sonia bedankte sich mit einem angedeuteten Knicks und lächelte den alten Geiger an. Wir prosteten uns zu und lauschten der Kapelle. Inzwischen stand Dittmar auf der Bühne und trotzte dem eigentlich zu Tode interpretierten Gassenhauer mit einer leichtfüßigen und gefühlvollen Trompete tatsächlich schöne Facetten ab.

Nachdem auch Dittmar seinen verdienten Applaus entgegengenommen hatte, betrat Arno von Bettini die Bühne. Er klopfte mit einer Gabel an ein leeres Glas und bedeutete den Musikern mit einem Nicken, dass sie hier vorerst nicht mehr gebraucht würden. Die »Musettinos« ließen sich das nicht zweimal sagen und strebten der Bar zu. Dittmar gesellte sich zu uns.

Noch einmal klopfte Bettini an sein Glas, dann winkte er einem Kellner zu, der prompt herbeieilte, um es ihm abzunehmen und ein volles an den Bühnenrand zu stellen.

Bettini richtete in aller Ruhe das Mikrofonstativ auf seine beachtliche Körpergröße von über zwei Metern ein und wartete dann, bis alle still waren. Schließlich sagte er: »Servus miteinander«, und nach einer kurzen Pause sagte er noch einmal: »Servus.«

»Der große Bettini sagt Servus«, spottete Dittmar und Berger mahnte ihn zur Ruhe.

Das Wort Servus, sagte Bettini, stamme aus dem Lateinischen, aber das brauche er ihnen ja nicht zu erklären. Es bedeute: Ich bin zu Diensten. Und nicht mehr und nicht weniger wolle er heute sein. Sein guter Freund Berger habe ihn darum gebeten, sich mit ein paar Worten in den Dienst desjenigen zu stellen, dem sie heute das letzte Geleit gäben. Er werde es kurz machen und frage deshalb nur: Was wissen wir von unseren Mitmenschen?

Er ging in die Hocke, nahm einen Schluck Wein und richtete sich mit großer Geste wieder auf. »Ich frage noch mal: Was wissen wir von unseren Mitmenschen? Was wissen wir zum Beispiel von einem jungen Mann namens Wilhelm Schocht?« Niemand reagierte.

Bettini sprach weiter: »Was wissen wir von ihm? Wir wissen nichts. Habe ich recht? Er liegt da drüben in einer Holzkiste. Seinetwegen sind wir überhaupt hier, haben aber nicht die geringste Ahnung, wer er war, wie er lebte, was er tat. Und warum nicht? Weil er uns egal war. Weil wir nicht hingeschaut haben. Weil uns unser eigenes Süppchen stets wichtiger war. Weil«, er machte eine bedeutungsschwangere Pause, »weil wir schon lange nichts mehr wissen wollen – von Menschen wie Wilhelm Schocht. Aber ich sage euch Folgendes: In dem Maße, in dem wir nichts mehr wissen wollen – von anderen, von uns, von Gott und der Welt, in dem Maße will die Welt nichts mehr von uns wissen. Wir alle sind dieser Wilhelm Schocht. Wir alle sind die, von denen niemand mehr etwas wissen will.«

Sonia nahm meine Hand und drückte sie.

Schon oft hatte ich Arno von Bettini reden gehört, aber er beeindruckte mich jedes Mal aufs Neue. Der Hüne ließ sich Zeit und wartete, bis sich seine Worte bei der seltsamen Zuhörerschar verfangen hatten, bis all die Immer-Bedürftigen, Dauer-Klammen, Gestrauchelten und notdürftig wieder Zusammengeflickten, die hier den Friedhofsplatz bevölkerten, verstanden hatten, dass sie gemeint waren.

»Wer bin ich?«, fragte Bettini jetzt mit fester Stimme, wobei er jedes einzelne Wort betonte, »wer – bin – ich? Eine große Frage, nicht wahr? Wer ist das, der hier vor euch steht und Reden schwingt? Der sich aufplustert im feinen Zwirn? Arno von Bettini. Allein schon der Name ... Alter Adel? Ach was, ein ganz armes Würstel bin ich. Aber wenn ich mir schon anmaße, hier und heute was zu sagen, dann bitte schön die Wahrheit.«

Und diese Wahrheit, so Bettini, sei, dass auch er absolut nichts über den Verstorbenen wisse, nicht wisse, ob er Angehörige oder Freunde habe, und wenn, ob diese hier seien, dass er nicht einmal wisse, wer dieses Begräbnis heute eigentlich bezahle, die Familie Schocht, wenn es sie denn überhaupt gebe, oder Berger oder sonst wer. Eine Trauerrede solle er, Arno von Bettini, halten, eine Rede über einen, den er nicht gekannt und über den niemand etwas zu sagen habe.

»Ich habe niemanden gefunden, liebe Freundinnen und Kameraden, der mir irgendetwas über Wilhelm Schochts Leben erzählen konnte. Aber heißt das, dass es deswegen nichts zu erzählen gibt?«

Er, Arno von Bettini, spreche oft auf Beerdigungen und meist werde er überhäuft, ja nachgerade, er bitte die Ausdrucksweise zu entschuldigen, »zugeschissen« mit Anekdoten und Geschichten über den Toten. Was dieser alles geleistet habe und geschafft und getan, wie er gewesen sei, und so weiter und so fort. Und diese Geschichten könne er dann natürlich wiedergeben am Grab, aber wirklich wissen, wie einer gelebt habe, ob er ein guter Mensch gewesen sei oder eine Sau, das tue man dann auch nicht. De mortuis nil nisi bene, über die Toten nur Gutes, heiße es doch immer so schön, aber das bedeute nichts anderes, als ein Leben, so verpfuscht es auch immer gewesen sein mochte, ins rechte Licht zu rücken.

»Aber was, so frage ich euch, was ist mit denen, bei denen nichts ist, das man ins Licht rücken kann, weil sie immer im Schatten standen?«

Letztlich sei es vollkommen egal, wie viel man über einen wisse, wie viel man im Vorfeld erfahren habe oder eben auch nicht, denn letztlich, und das sei seine, Arno von Bettinis, tiefe Überzeugung, letztlich sei jede Friedhofsrede immer wieder aufs Neue eine reine Erfindung.

»Aber erfinden, liebe Trauergemeinde, erfinden heißt nichts anderes als erinnern. Und das wollen wir nun tun. Erinnern wir uns an Wilhelm Schocht, der, gerade mal mit Mitte dreißig, von uns gegangen ist. Ich stelle mir diesen Wilhelm Schocht als kleinen Bub vor, der hoffnungsfroh in die Welt geschaut hat, der, als er klein war, vielleicht Fußballer hat werden wollen oder Feuerwehrmann, der zur Schule gegangen ist, vielleicht einen Beruf erlernt hat ... und der dann irgendwann eine falsche Abzweigung genommen hat, irgendwie vom Weg abgekommen ist. Vielleicht habe ich ihn ja sogar einmal getroffen? Oder jemand von euch? Zufällig, in der Bahn oder auf der Dult? Denkt nach. Wer war Wilhelm Schocht? Könnte es der Kollege gewesen sein«, Bettini warf einer Gruppe Tippelbrüder einen kurzen Blick zu, »der zuverlässig auf unsere Sachen im Park aufgepasst hat, als wir am Viktualienmarkt Nassauern waren? Oder der bei der Schlägerei am Giesinger Bahnhof dabei war, letzten November? Der uns rausgehauen hat? War Wilhelm nicht der Kauz, der sich am Neubruch oder an der Ingolstädter Straße herumgetrieben hat und immer weggelaufen ist, wenn die Nutten ihn ansprachen?« Zwei stark geschminkte ältere Frauen, die direkt vor uns standen, senkten ihre Köpfe. »Wer war dieser Mensch? Von wem nehmen wir heute Abschied? Wen lassen wir heute hochleben? Ich will es euch sagen.« Bettini griff nach seinem Weinglas. »Wir sind das. Wir alle! Erheben wir also unsere Gläser und trinken – auf uns. Denn wenn wir Wilhelm Schocht betrauern, betrauern wir uns. Und wenn wir ihn feiern, feiern wir uns. Wir sind es, derer wir gedenken, wenn wir uns an ihn erinnern. An Wilhelm Emmanuel Ludwig Schocht, geboren am achten Jänner neunzehnhundertachtzig in München, gestorben ebenda, heuer am dritten Mai.«

Der große Bettini prostete der Versammlung zu und leerte sein Glas in einem Zug. Die Anwesenden taten es ihm gleich. »Und nun, liebe Freundinnen und Freunde«, schloss er, »wenn einer unter euch sei, der etwas sagen möchte, der tue das jetzt.«

Vereinzelt war Klatschen zu hören, Arno von Bettini strich seinen Frack glatt und kletterte vom Podest.

Sonia platzte heraus: »Irre!«

Sofort bedeutete Berger ihr, ruhig zu sein.

Sonia guckte verwirrt. Ich flüsterte ihr ins Ohr, dass es noch nicht vorbei sei.

Eine Weile geschah nichts. Dann humpelte einer der Stadtstreicher, dessen sauberer, aber viel zu kurzer Anzug nicht verdecken konnte, dass er offene Beine hatte, zu Wilhelms Sarg. Er lehnte seine Krücke an den Katafalk und legte dann seine flache Hand auf die Seitenwand der Truhe. Man sah, dass er seine Lippen bewegte, hörte aber kein Wort. Er wirkte wie jemand, der einem Kind, das sich in seinem Zimmer eingeschlossen hatte, durch die Tür gut zuredete. Nach einer halben Minute beendete er seinen lautlosen Monolog und humpelte zu seinen Kollegen zurück.

Als Nächstes trat eine der Dirnen an den Sarg, hauchte einen Kuss auf einen der Beschläge und blieb schweigend stehen. Als dürfe auch hier auf dem Friedhof eine Freudendame nie ohne männliche Begleitung aus dem Haus, gesellten sich zwei ganz in Schwarz gekleidete, ältere Männer zu ihr und nahmen sie in ihre Mitte. Einen Moment verharrten die drei in dieser Pose, dann rezitierte der korpulentere der beiden (der wegen seiner Vergangenheit als Münchner Rotlicht-Größe nur »der dicke Franz« genannt wurde) mit lauter Stimme den berühmten Laufhaus-Slogan des »Leierkasten«: »Du kommst als Fremder und gehst als Freund.«

Kaum war der Satz verklungen, stieg ein klein gewachsener Mann mit imposantem Schnauzbart und einer auffallenden Lederjacke auf die Bühne. »Es stimmt, meine Damen und Herren«, sagte er, »Wilhelm war dabei, als uns letztes Jahr diese Perlacher Arschgeigen aufgemischt haben, vorm »Verona« am Giesinger Bahnhof. Er hat sich wacker geschlagen. Wollte ich nur loswerden: Merci, alter Freund.«

Nun wechselten sich in rascher Folge Menschen am Sarg und auf der Bühne ab. Manche grüßten stumm, andere murmelten Worte des Dankes oder der Anteilnahme. Es war nicht auszumachen, ob sie Wilhelm Schocht tatsächlich gekannt hatten oder nur so taten, ob sie einen Bekannten, einen Fremden oder sich selbst betrauerten. Ich merkte, wie Sonia neben mir immer unruhiger und aufgeregter wurde, und meinte auch, den Grund dafür zu kennen. Was hier passierte, war genau das, wonach sie auf ihren häufigen Beerdigungsbesuchen immer gesucht hatte: Momente aufrichtiger Anteilnahme, ganz egal, wem diese galten.

Einer nach dem anderen defilierte vorbei und es glich einem geglückten Schauspiel, wie es jedem gelang, einen einzigartigen Auftritt hinzulegen. »Wilhelm, du warst ein Guter«, rief einer, andere zogen stumm ihren Hut oder machten einen Diener. Eine alte Frau brach in Tränen aus und wimmerte in tiefstem Bairisch: »Mei Bua, o mei armer Bua.«

Ein Mann, der nicht viel älter sein konnte als ich, schnappte sich das Mikro und brüllte: »Wie oft habe ich dem Wilhelm gesagt, dass er so nicht weitermachen soll und dass er es doch eigentlich draufhabe, aber er wollte ja nicht hören. Ach, hätt' ich ihm nur mal ordentlich den Kopf gewaschen, dem Depp, oder ihm eine saubere Watschn verpasst.« Er sprang von der Bühne, lief zum Sarg und gab diesem spielerisch einige Ohrfeigen. Dann spuckte er auf den Boden und fing an, hemmungslos zu weinen.

Nun begannen auch andere, Wilhelm Schocht wüst zu beschimpfen, weil er aufgegeben habe, anstatt mehr aus seinem Leben zu machen, anschließend bezichtigten sie sich selber, die alleinige Schuld an Wilhelms viel zu frühem Tod zu tragen. Grobe Momente mischten sich mit solchen von ungeahnter Zartheit, und nie schien einer der Kondolierenden den anderen kopieren oder übertrumpfen zu wollen, es war, als brächte jeder eine ureigene, ganz spezielle Empfindung aus seinem Inneren hervor, die er nur in diesem Rahmen zulassen konnte. All die Tagediebe, für die es seit Jahren nichts mehr zu holen gab, all die Nachtschwärmer, deren Nächte schon seit langem nichts Schwärmerisches mehr hatten … Es war bewunderungswürdig, was sie an Mitgefühl aus dem Hut zu zaubern vermochten. Selbst der groteske Tanz eines selbst ernannten Stadtindianers und der Auftritt eines verrückt gewordenen, alten Eisbach-Surfers (der abgesehen von ein paar Luftballons, die seine Scham verdeckten, nackt war) waren auf ihre Art angemessen.

Ich erkannte den Obdachlosen, der seinen Schlafplatz beim Friedhofsbänkchen hatte. Er leerte seine Hosentasche aus und legte ein paar Münzen auf den Boden.

Ich sah die junge Schwangere, der ich heute begegnet war, ihr Gesicht war bunt von verlaufener Schminke.

Noch einmal trat die bairisch sprechende alte Frau auf: »I hob ma's scho denkt, wiar a auf d Welt kemma is, den bring i ned durch. Mei armer Bua!« Einer der Tippelbrüder nahm sie tröstend in den Arm und erzählte, während er sie sanft wegführte, dass Wilhelm ihm einmal eine Ducati geschenkt habe, obwohl er doch gar nicht Motorrad fahren könne.

Nachdem ein barfüßiges Mädchen mit verdreckten Dreadlocks leise ›We Shall Overcome‹ gesungen und währenddessen unablässig den Sarg gestreichelt hatte, gab sich Sonia einen Ruck und betrat die Bühne. Ich hielt den Atem an, als sie dort so sonderbar verloren stand, aber Sonia schien genau zu wissen, was sie tat.

»Ich bin mit Wilhelm zur Schule gegangen«, sagte sie mit belegter Stimme, »danach haben wir uns nie wieder gesehen. Was ja nicht weiter ungewöhnlich ist, finde ich, also, dass man sich einfach aus den Augen verliert. Aber es gab einen Moment in unserem Leben, also in Wilhelms und meinem, es gab einen Abend ... da hätte ich da sein sollen, glaube ich, und war es nicht. Mehr wollte ich gar nicht sagen.«

Mit schnellen Schritten kam Sonia wieder zu uns und verbarg das Gesicht hinter ihren Händen. Ich nahm sie in den Arm, doch bevor ich ihren spontanen Auftritt einordnen konnte, rollten einige Friedhofsangestellte einen mit rotem Tuch behangenen Sargwagen neben den aufgebahrten Sarg. Sie stellten die Bremsen fest, bockten mit geübten Handgriffen die Truhe auf und zogen sie auf die Ladefläche. Als sie in Position lag, trat eine der Kellnerinnen heran, hielt eine Flasche Rotwein in die Höhe und wartete, bis es mucksmäuschenstill wurde.

Aus dem Hintergrund rief Arno von Bettini: »Es ist vollbracht. Und nun leb wohl!«

Die Kellnerin schlug – wie bei einer Schiffstaufe – den Flaschenhals an der Kante des Sarges ab und goss den Inhalt behutsam über das Deckblatt. Auf dem hellen Holz sah der Wein aus wie Blut.

In diesem Moment griff der Gitarrist der »Musettinos« in die Saiten und stieß einen lauten Juchzer aus. Sein Auftakt wurde im Hintergrund von einer Trommel und einer Tuba aufgenommen, und als auch zwei Klarinetten und einige Saxofone und Posaunen dazukamen, erkannte ich, dass C. Austin Miles' Gospelsong ›In the Upper Garden‹ angestimmt wurde, eines von Bergers erklärten Lieblingsliedern, wenn es daranging, in den nördlichen – oberen – Teil des

Friedhofs zu marschieren. (Die übertragene Bedeutung des »himmlischen Gartens« war ihm egal.)

Bei den Musikern handelte es sich, wie ich schnell bemerkte, um Mitglieder der »Express Brass Band«, einem Münchner Instrumentalisten-Kollektiv, das oft auf Begräbnissen spielte und die mit Abstand beste Marching-Band der Stadt war. Es musste in der Tat viel Geld im Spiel gewesen sein, dass Berger sich die Brasser – zusätzlich zu den »Musettinos« – hatte leisten können.

Die »Express Brass Band« wurde ihrem Namen gerecht und pfiff auf die Konvention, dass auf einer Jazz-Beerdigung bis zur eigentlichen Grablegung düstere Klagelieder und erst danach Swing-Versionen zu spielen seien. Schon nach den ersten Metern, die die Prozession zurückgelegt hatte, gab es keinen mehr, der nicht mitwippte, -summte oder -tanzte. Schunkelnd verließ die Menge den Platz vor der Aussegnungshalle, lief links am Verwaltungsgebäude vorbei und bog in den breiten Weg zwischen den »60er«- und »70er«-Grabstätten ein. Die Band vorneweg, gefolgt vom Wagen mit Wilhelm Schochts gefährlich schaukelndem Sarkophag darauf, dahinter Berger, Sonia, die anderen Solisten und ich, und hinter uns eine mit jedem Schritt beschwingter und ausgelassener werdende Ansammlung schräger Vögel und irrer Typen. Alte und Junge hielten sich an den Händen. Traurige Gestalten lachten übers ganze Gesicht. Vom Leben Gezeichnete malten sich lautstark eine rosige Zukunft aus. Als wir den Ehrenhain der Luftkriegsopfer passierten, bot sich den vom Fußballspielen verschwitzten Buben ein bizarres Bild von Erwachsenen, die sämtliche Regeln von Anstand und Benimm im Zuge der Musik über Bord geworfen hatten. Das hier war kein Kiesweg auf einem Münchner Friedhof mehr, es war eine aus allen Nähten platzende Straße in New Orleans. Hier wurde nicht ein vergessener Schulabbrecher aus Berg am Laim zu Grabe getragen, sondern mindestens Danny Moses Barker, Professor Longhair oder eine der anderen unvergessenen Größen Louisianas, die ein legendäres Jazz Funeral erhalten hatten. Die »Expresser« spielten ›Oh Happy Day‹, ›Rock of Ages‹ und andere Klassiker und die Stimmung wurde immer aufgeheizter. Aus den Trauergästen wurde eine schaulustige Festgemeinschaft, die Gläser und Taschentücher schwenkte und auf den Gräbern tanzte.

Immer wieder zerrte mich Sonia am Arm, sodass ich fast meinen Trompetenkoffer verlor, und schrie aus voller Kehle: »Das kann doch alles gar nicht wahr sein!«

Kurz bevor die Spitze des Zuges die äußerste Grabreihe vor der Crailsheimstraße erreicht hatte, gab es keine Trauernden mehr, es gab nur noch eine einzige, wogende und singende Second Line, die der Musik nacheiferte.

Als sich die Band daranmachte, mit ›Deep River‹ ihr Set zu beenden, war plötzlich Dittmar neben mir, klopfte mir jovial auf die Schulter und sagte: »Die Latte liegt heute hoch, Marten.«

Seine Provokation focht mich nicht an. Die Musik trug mich und sie würde es weiterhin tun. Ich hatte Dittmars heutige Bemerkung bezüglich meines Hangs zum Dreivierteltakt nicht vergessen, aber das ließ mich kalt. Ich hatte genug Zeit gehabt, mich auf mein Können zu besinnen. In wenigen Minuten würde ich diese Prozession mit einem letzten Lied würdig beschließen.

In diesem Augenblick erinnerte ich mich schlagartig wieder. Das Lied! ›Muss i denn‹. Wie hatte ich das den ganzen Tag über verdrängen können? Bergers SMS von heute Morgen. »Hinterbliebene wünschen ›Wooden Heart‹ von Elvis. Kriegst du das hin?« Dass ich das hinkriegen würde, war nicht die Frage, sondern: Wer zum Teufel hatte diesen Wunsch geäußert? Berger behelligte seine Musiker mit einer kurzfristigen Änderung niemals einfach so. Schon gar nicht auf einem Abschlussball. Es musste also doch jemanden geben. Angehörige, Freunde … Nur wer? Sonia hatte doch gesagt, dass es in Wilhelms Leben niemand mehr gegeben habe … Ich versuchte, mich an das Abschiedsritual von vorhin zu erinnern. War da doch jemand dabei gewesen, der unserem ehemaligen Klassenkameraden so nahe gestanden hatte? Der Geld hatte? Nein. Unmöglich.

Und was war das ursprünglich gewünschte Stück gewesen? Was war durch das bescheuerte ›Muss i denn zum Städtele hinaus‹ ersetzt worden? Ich erinnerte mich nicht und merkte, wie meine Finger anfingen zu zittern und mir der Schweiß ausbrach.

Der Zug war zum Stehen gekommen, die Brass Band war verstummt und als wäre es genau so vorgesehen gewesen, brach die Dämmerung herein. Die Träger ließen Wilhelm Schochts Sarg in die Grube gleiten und zogen die Seile heraus. Arno von Bettini griff in einen Kübel mit Rosenblättern und warf eine Handvoll davon auf den Sarg. »Servus, junger Mann.«

Als ich meine Trompete aus dem Köfferchen holte und das Mundstück aufsetzte, hörte das Zittern auf und ich wurde ruhig. Ohne dass ich danach gesucht hätte, kam mir wieder ein Ausspruch Ciorans in den Sinn. »Die Musik ist die Zuflucht der vom Glück angewiderten Seelen.«

Ich dachte nicht darüber nach, sondern sagte, so laut ich konnte: »Wilhelm Schocht ist tot. Dieses Lied ist für ihn.«

Dann begann ich zu spielen.

Leise. Langsam.

Die C-Dur-Tonleiter hoch: *Muss i denn/muss i denn/zum Städtele hinaus/Städtele hinaus.*

Und wieder runter: *Und du, mein Schatz, bleibst hier.*

Es war ganz einfach. Tonika, Dominante, Tonika.

Schon nach den ersten Tönen hatte die Menge das Lied erkannt, und die Ersten begannen zu weinen. Niemand dachte an den dümmlichen Elvis-Titel vom Herz, das so leicht zu brechen sei, weil es nicht aus Holz sei. Alle hatten das alte schwäbische Volkslied im Ohr: Einer geht, einer bleibt, so simpel war das. Wie in der Liebe, so im Tod.

Ich wiederholte die Phrase. Hoch bis zum A und wieder runter auf C. Einer geht, einer bleibt.

Mehr gab es nicht zu sagen. Mehr musste man nicht wissen. Ich spielte den Teil wieder und wieder.

Muss i denn/muss i denn … Ja, ich musste.

Und du, mein Schatz … Ja, du musst auch.

Nach der sechsten oder siebten Wiederholung wurde die Versammlung unruhig. »Kommt da noch was?« Nein. Einer geht, einer bleibt.

»Mach hin, Mann!« Ich machte nicht. Tonika, Dominante, Tonika. Ich sah Bergers Kopfschütteln, sah Sonias verheulte, aufgerissene Augen, sah Dittmars Grinsen, die Latte liegt heute hoch, Marten … und du weißt nicht mal, wie der B-Teil von ›Muss i denn‹ geht.

Dann sah ich Sebastian, er nickte mir zu.

Nach einer letzten Wiederholung erlöste ich die Zuhörer und spielte weiter: *Kann i auch nicht immer bei dir sein / hab ich doch mei' Freud'* ... Freude? Nein! Keine Freude! Ich hielt den Ton und verweigerte die Fortführung der Melodie. Kein *Wenn i wieder komm.* Kein Einkehren beim Schatz. Und vor allem: Keine *Freud' an dir.* An *dir* am allerwenigsten! Ich zerstörte den Ruhepol der Unterdominante, höhlte die Freude aus und verharrte auf dem eingestrichenen C. Hielt einfach den Ton. Ließ ihn anschwellen und wieder zusammensacken. Keine Freude. Einer geht, einer bleibt. Ich hielt einfach den Ton. Woher nahm ich die Luft? Zehn Takte, zwanzig, ...

Bis da kein Takt mehr war.

Kein Hadern.

Kein Denken.

Und dann bewegten sich meine Finger von alleine, F – As – Des, der Neapolitaner, der Klang, der sich nicht recht entscheiden mag, ob Dur oder Moll, der Akkord der Trauer und des Schmerzes. Ich spielte ihn nur kurz an, dann begann ich zu improvisieren. Langsam und beinahe einfältig. Und im Dreivierteltakt, im breiten, humpelnden Walzer. Dem Takt des Volkes – der Einsamen, Unzulänglichen und Bedürftigen. Dem Takt des abgeschnittenen Lebenslaufs Wilhelm Schochts. Ich gab mich dem Dreier ganz bewusst hin, wurde dadurch noch langsamer, noch leiser. Ließ die Lippen lockerer, hörte auf zu pressen und sang förmlich in mein Mundstück hinein. *Weine nicht, weine nicht*, alle weinten, *wenn i weiter wandern muss*, die ewige Tippelei, *weiter wandern muss,* ein letztes Flüstern, *als wär' alle Lieb' vorbei.*

Als die Tränen getrocknet waren und die Versammlung längst wieder zu den Klängen der »Musettinos« auf dem Friedhofsplatz feierte, stand ich mit Berger und Sebastian an der Bar. Wir sogen die Atmosphäre in uns auf und sahen dem bunten Treiben zu. Immer wieder kam Sonia vorbei und versuchte, einen von uns auf die Tanzfläche zu zerren. Ohne Erfolg.

»Es ist so schön«, rief sie, »und ihr steht nur rum und trinkt.«

Sie tat, als sei sie beleidigt, und stürzte sich dann wieder voller Begeisterung in die Menge.

Irgendwann sagte Sebastian: »Gut war das nicht, wie du heute gespielt hast, Marten, aber du hast zum ersten Mal wirklich an den Tod gedacht.« Er gab mir die Hand und tippte dann mit dem Finger an seinen Zylinder. »Ich bin durch die Tür.«

Als er verschwunden war, murmelte Berger: »Also irgendwas hat der alte Fiedler heute. Vielleicht hat er einen Narren an dir gefressen?«

Er wies einen der Kellner an, die letzte Runde einzuläuten, und klopfte mir dann mit seiner großen Pranke auf den Rücken.

»Weißt du, was an ›Muss i denn zum Städtele hinaus‹ wirklich lustig ist?«

Ich verneinte.

»Dass keiner der heute hier Anwesenden die Stadt seit Jahren verlassen hat.«

Ich fürchtete, dass er damit richtiglag. Zumindest, was mich anging.

Der Platz vor der Halle leerte sich langsam und die Musiker packten ihre Instrumente ein. Bergers Aufräumtrupp sammelte den Müll ein und harkte Glasscherben und Kippen aus dem Kies. Morgen würde hier nichts mehr an das rauschende Fest erinnern. Die sonntäglichen Besucher würden durch den Eingang an der Ungererstraße treten und den Nordfriedhof so vorfinden, wie sie ihn kannten. Als sauberen und stillen Ort.

»Komm, wir gehen noch ein paar Schritte.« Sonia hakte sich bei mir unter und schleifte mich mit.

Wir liefen schweigend durch den nur noch spärlich beleuchteten Friedhof und schlugen, als würden wir von einem Magneten angezogen, den Weg in Richtung Wilhelms Grabstelle ein.

Als wir sie erreicht hatten, dachte ich: Einen Stein wird er wohl nicht bekommen.

Wir blickten auf das frisch aufgeschüttete Grab, in dem noch ein Spaten steckte und das mit einem Band abgesperrt war. Im Mondlicht wirkte es wie eine Baustelle.

»Du hast großartig gespielt«, sagte Sonia.

»Danke«, sagte ich.

Sonia drehte sich zu mir, nahm meine Hand und sah mich an.

Ich wich ihrem Blick aus.

Sonia lächelte und ließ mich los. »Das war also mein erster Abschlussball.«

Sie hob einen Kieselstein auf und warf ihn auf den Erdhaufen.

Als wir uns auf den Rückweg machten, hörte ich nach wenigen Schritten, wie es unter meinem Fuß knackte. Ich bückte mich und hob ein flaches, weißes Stück Plastik auf: eine Bankkarte in einer weißen Schutzhülle. Irgendeiner der Weltabgewandten musste sie während der wilden Prozession verloren haben. Ich zog die Karte heraus, sie schien unversehrt zu sein. Nur das Etui war beschädigt, es war gesprungen und an der Kante abgesplittert. Ich schob die Karte zurück und steckte sie vorsichtig in die Innentasche meines Sakkos. Allzu viel Geld dürfte auf dem zugehörigen Konto nicht liegen, dachte ich, aber egal, ich würde die Karte bei nächster Gelegenheit beim Pförtner abgeben.

Zurück in meiner Wohnung war ich zu aufgewühlt, um sofort ins Bett zu gehen. Eine Weile lief ich unschlüssig hin und her.

Dann löschte ich Sonias Nachricht auf dem Anrufbeantworter, ohne sie vorher anzuhören.

Ich spülte ab: Teller, Messer, Glas und die leere Butterdose.

Als ich meinen Anzug auf den Bügel hängte, fiel mir die Bankkarte wieder ein. Ich fischte sie aus der Innentasche und betrachtete sie genauer. Es war eine EC-Karte der Münchner Sparkasse, wie auch ich eine besaß. Unter dem Chip stand der Name: Wilhelm Schocht.

II

Du willst immer noch nicht spielen, habe ich recht?
Und auch nicht reden?
Musst du nicht … Dann hör einfach weiter zu.
Das mit dem Müssen ist übrigens auch so eine Sache.
Es lässt nach.
Auch das Sollen. Und das Können.
Du kannst keine Geschichte mehr erzählen,
ohne dabei dein ganzes Leben zu erzählen.
Alles nicht weiter schlimm.
Also wirst du schweigsam. Fängst an, mit Dingen zu reden oder Selbstgespräche zu führen.
»Guten Morgen, Schinkenbrot.«
»Guten Morgen, Zahnseide.«
Irgendwann wird es leichter:
In der Lebensmitte beginnt das Zahnfleisch zurückzugehen.

1

Manchmal frage ich mich, warum in meiner Kindheit niemandem etwas aufgefallen ist. Es hat doch Anzeichen gegeben: meine Lärmempfindlichkeit. Mein Hang zur Wiederholung. Mein häufiges Kranksein.

Alle paar Wochen zog ich mir eine Erkältung zu und es verging kaum ein Jahr, in dem ich nicht mindestens einmal mit Grippe, Keuchhusten oder Lungenentzündung länger das Bett hüten musste.

»Was machst du nur für Geschichten, Kind?«, sagte meine Mutter. Und mein Vater: »Als hätten wir nicht genug andere Sorgen.«

Diese anderen Sorgen waren für die Zeit typisch: ein sich in die Länge ziehender Hausbau. Das immer knappe Geld. Anhaltender Ärger mit Handwerkern und Nachbarn.

Meine Eltern hatten in den Siebzigerjahren ein riesiges Grundstück im Osten der Stadt erworben und verbrachten die nächsten Jahre mit dessen Bebauung. Zwar war der Kaufpreis vergleichsweise niedrig gewesen, weil das Grundstück inmitten der Einflugschneise des Flughafens lag, aber doch hoch genug, dass die finanziellen Mittel den Hausbau nur abschnittsweise erlaubten. Die Folge war, dass ich in einem Haus aufwuchs, in dem ständig gebohrt, gehämmert und geflickt wurde. Ein Haus, das Jahr um Jahr größer und verschachtelter wurde und dessen Anbauten sich wie Geschwüre auszubreiten schienen. Es kam vor, dass ich mich zu Hause verlief.

Manchmal, wenn ich das Haus von außen betrachtete, dachte ich: Es hat Beulen. Hoffentlich tut ihm nichts weh.

Dass meine Eltern selten Zeit hatten und immer gestresst waren, dass bisweilen das Geld für dringend benötigte Dinge des Alltags fehlte, dass Luxusgüter oder gar Urlaube unmöglich waren, machte mir, im Gegensatz zu meinen beiden Geschwistern, nichts aus. So war es eben. Ich nahm es hin. Den Elternsatz »Wir tun das alles für euch« dagegen empfand ich als Drohung.

Vor allem aber beschlich mich ein Gefühl von Fremdheit. Ich stapfte schniefend und hustend, einen Ohrenschützer gegen den Baulärm tragend, durch meine frühe Kindheit und fühlte mich fehl am Platz. Ich konnte nicht genau benennen, was mich bedrückte. Es war eher eine Ahnung, die mehr und mehr zu einer mich ständig begleitenden Furcht wurde. Die Furcht, nicht recht in diese Welt zu passen und – schlimmer noch – dass es keine zu mir passenden Menschen gab.

Doch, es hatte Anzeichen gegeben, aber weder ich noch meine Nächsten waren in der Lage gewesen, sie zu deuten: mein Gleichmut. Meine Fähigkeit, Langeweile auszuhalten. Meine Schweigsamkeit.

Einmal, ich war gerade in die Schule gekommen, nahm mein Großvater mich beiseite und fragte, was mir fehle.

Ich sagte: »Irgendwie ist alles zu viel.«

Mein Großvater verstand mich nicht. Es waren nicht die Zeiten des »alles zu viel«, es waren die Zeiten des »immer zu wenig«. »Du hast doch, was du brauchst, mein Junge«, sagte er.

»Ich wäre gern so wie du.«

Mein Großvater lachte. »Das Leben ist lang und die Welt ist weit, Marten. Warte mal, bis du groß bist.«

So groß kann ich gar nicht werden, dass ich da reinpasse, dachte ich. Die Welt müsste kleiner werden.

Zu Beginn der zweiten Grundschulklasse sollten wir Steckbriefe ausfüllen; Name, Geburtsdatum, Lieblingstier, Sternzeichen, solche Dinge.

Als Lieblingsfarbe gab ich »Grau« an. Auf die Frage »Was willst du einmal werden?« schrieb ich: »Pensionskrieger«.

Die Lehrerin strich es durch und ersetzte es durch »Gastwirt«.

Ich nahm es hin. Dabei hatte ich bei meiner Antwort an den Großvater gedacht, der damals gerade in Rente gegangen war.

2

Meinen ersten Zusammenbruch hatte ich im Alter von zwölf Jahren. Als der Arzt, der mich im Krankenhaus behandelte, nach dem Grund meiner Erschöpfung fragte, konnte ich nur mit den Schultern zucken. »Ich weiß es nicht, aber jetzt geht's ja wieder.«

»Kein Wunder«, der Arzt schaute auf das Krankenblatt, »du hast vier Tage lang geschlafen, fast ununterbrochen. Also, was ist los?«

»Ich weiß es nicht.«

Dabei wusste ich es sehr genau. Was sich in früheren Jahren nur angedeutet hatte, war mir inzwischen zur Gewissheit geworden: Ich war ein alter Mann. So einfach war das. Und alte Männer waren eben von Zeit zu Zeit sehr erschöpft.

Erklären konnte ich das nicht. Weder dem Arzt noch meinen Eltern. Sie hätten mir nicht geglaubt. Sie hätten es nicht verstanden. Auch mit meinen Geschwistern und meinen Mitschülern konnte ich darüber nicht sprechen. Es war ungerecht und grotesk. Die anderen Kinder wurden älter und ich alterte. Ich spürte das Alter körperlich. Alles tat mir weh, ich entwickelte Schrullen und wurde immer langsamer. »Auf Marten muss man warten« wurde während meiner Schulzeit zum geflügelten Wort.

Die anderen Kinder entdeckten die Welt und ich hatte genug von ihr. Ich wollte einfach nur fertig werden. Fertig sein – mit allem, was zu tun war. Hinsetzen wollte ich mich, wie mein Großvater, einfach hinsetzen, eine Pfeife anzünden und auf das Tagewerk schauen. Und nicht mehr aufstehen müssen.

Als meine Klassenkameraden in die Pubertät kamen, begannen bei mir die Knie- und Rückenbeschwerden.

Gegen meine Kurzatmigkeit empfahl der Arzt Sport und das Erlernen eines Blasinstrumentes. Also kaufte mir meine Mutter eine Trompete. Beim Fußball machte ich den Schiedsrichter.

Nach dem Krankenhausaufenthalt durfte ich zwei Wochen lang zu Hause bleiben. In der ersten Woche las ich und sah fern, dann mistete ich mein Zimmer aus. Mein Spielzeug, meine Kindersachen, meine Comics, alles schmiss ich in den Müll. Ich brauchte es nicht mehr. Ich sortierte Kleidungsstücke aus. Ich riss die Poster von den Wänden, erinnerte mich nicht, warum ich sie überhaupt aufgehängt hatte. Was hatten mir die mittelmäßigen Fotografien von Hunden, Popstars und Sportlern je bedeutet? Sie kamen mir albern vor.

Tisch, Stuhl und Bett – das musste genügen. Ich montierte sogar den mit Tiermotiven verzierten Lampenschirm ab, die nackte Glühbirne empfand ich um ein Vielfaches passender.

Nur das Poster von Albert Einstein ließ ich hängen, jenes berühmte Foto, das den Physiker als alten Mann zeigt, der der Welt die Zunge rausstreckt.

Als meine Mutter mein kahles Zimmer sah, strich sie mir über den Kopf und sagte: »Was für einen erwachsenen Jungen ich doch habe.«

3

Kurz vor meinem vierzehnten Geburtstag erkrankte mein Großvater unheilbar an Krebs und meine Mutter verunglückte tödlich auf einer Wanderung im Fichtelgebirge.

Während meine um zwei Jahre ältere Schwester Ricarda ihre Trauer mit der sofortigen Übernahme aller häuslichen Pflichten beiseiteschob, kam es meinem damals bereits volljährigen Bruder Pavel (der sich schon länger weitgehend aus dem Familienverbund ausgeklinkt hatte) zupass, kaum noch elterlicher Kontrolle unterworfen zu sein. Mein Vater kapselte sich zusehends ab. Er kam aus dem Büro für Vermessungstechnik, in dem er arbeitete, praktisch nicht mehr heraus und quälte sich die wenige freie Zeit, die er sich gönnte, mit den Fragen, warum ihm eigentlich nichts erspart bliebe, wieso die Formulare für den Antrag auf Halbwaisenrente so kompliziert waren und wie, um alles in der Welt, es möglich gewesen sein konnte, bei gutem Wetter, auf einem beinahe ebenen Waldweg unterhalb des Ochsenkopfes so unglücklich zu stürzen, dass man sich dabei eine tödliche Kopfverletzung zuzog.

Ich reagierte auf die Schicksalsschläge wütend und verwirrt. Mein Alterungsprozess mit seinen Malaisen und Kümmernissen hatte mich zur festen Überzeugung kommen lassen, dass ich keinesfalls jemanden aus meiner Familie überleben würde. Dass meine Mutter mir mit dem Sterben zuvorgekommen war und mein Großvater es unweigerlich ebenfalls tun würde, empfand ich abwechselnd als ungerecht, unerklärlich und als bodenlose Frechheit.

Einen Monat lang zermarterte ich mir den Kopf. Phasen großer Niedergeschlagenheit wechselten sich ab mit Müdigkeit und Erschöpfung, dann versagte mein Körper zum zweiten Mal seinen Dienst. Pavel, der mich bewusstlos auf der Wohnzimmercouch gefunden hatte, brachte mich in das Krankenhaus, in dem auch mein Großvater lag.

Dort bescheinigte man mir einen Kreislaufkollaps – kein Wunder, bei dem, was ich durchgemacht hatte. (Die genaue Diagnose allerdings ergab nur Dinge, die ich von alten Menschen kannte: ein schwaches Herz, Unterzuckerung und Dehydration, Vitamin- und Eisenmangel, eine leichte Arthritis in den Beingelenken, eine Disposition zum Abbau von Gewebsflüssigkeiten und eine – bei jungen Menschen seltene – Form von senilem Nasenkatarrh.)

»Der Junge hat es gerade schwer«, erklärte mein Großvater den Ärzten und übernahm es (trotz seines eigenen, immer schwächer werdenden Gesundheitszustandes), sich rührend um mich zu kümmern. Er las mir vor, sah schweigend mit mir fern, versorgte mich mit Süßigkeiten aus dem Krankenhauskiosk und tat alles daran, meine vermeintliche Trauer zu lindern und mich behutsam auf die Zukunft vorzubereiten. Mal versuchte er mich mit dem Satz »Also, wenn der Krebs so weitermacht, muss ich mir schon mal keine Gedanken mehr machen, wem ich meine Organe vererbe« zu erheitern, mal ermahnte er mich, fortan besser auf meine Ernährung zu achten, in der Schule gut aufzupassen und meine Hausarbeiten gewissenhaft zu erledigen.

Als er zu schwach wurde, mich zu besuchen, saß ich an seinem Bett. Dort wurde er bis zu seinem Tod nicht müde, meine Zweifel am Leben zu zerstreuen, während ich mit wissenschaftlichem Interesse seinen rasanten Verfall beobachtete.

Der letzte Satz meines Großvaters lautete: »Jetzt musst du in meine Fußstapfen treten, Marten.«

Er ahnte nicht, wie ernst ich das nahm.

4

Nachdem meine Familie von sechs auf vier Personen geschrumpft war, kehrte in unserem Haus Ruhe ein. Bei den Renovierungs- und Bauarbeiten herrschte Stillstand, mein Vater vergrub sich weiter in sein Schweigen, Ricarda schuftete im Haushalt und Pavel betrübte der Umstand, dass er (als Einziger) keine Halbwaisenrente erhielt. Ich hörte auf zu wachsen, wurde zunehmend vergesslicher und fügte mich dem Lauf der Dinge.

»Das Leben muss weitergehen« war der eine Satz, den ich zu dieser Zeit oft hörte und dem ich immer weniger Glauben schenkte, der andere lautete: »Du schaffst das alles schon, Marten.«

Und ich schaffte es; beileibe nicht alles, aber doch das, was von mir erwartet wurde, und das war in erster (ja, eigentlich einziger) Linie, in der Schule mitzukommen. Es erstaunte mich sehr, wie reibungslos das bayerische Gymnasialsystem zu durchlaufen war, wenn man sich auf das Nötigste beschränkte. Aufgrund meines fortschreitenden Alterns war ich davon überzeugt, dass ich nichts von dem in der Schule Vermittelten je brauchen würde. Also konzentrierte ich mich ausschließlich auf jene Fächer, die für das Versetzen in die nächsthöhere Klasse von Belang waren. Nie las ich auch nur eine Zeile, die über den vorgeschriebenen Stoff hinausging, nie beherzigte ich auch nur eine der wohlmeinenden, zusätzlichen Lektüreempfehlungen, nie tat ich mehr, als ich musste. Ich hätte es auch nicht gekonnt. Da der schulische Wissenserwerb fast ausnahmslos auf Auswendiglernen beruhte, verwendete ich meine ganze Kraft und Energie eben hierauf. Denn mit dem Einprägen tat ich mich aufgrund meines nachlassenden Merkvermögens schwer. Ich legte Hunderte von Listen an, paukte tagelang Formeln und Daten, memorierte ohne Unterlass Vokabeln, nur um alles direkt nach den jeweiligen Prüfungen wieder zu vergessen.

Ich erschien pünktlich, machte meine Aufgaben, bereitete mich vor und fiel während meiner gesamten Schullaufbahn nicht ein einziges Mal störend auf – wenn man davon absah, dass ich während des Unterrichts häufig einschlief. Die Lehrer sahen es mir nach, sie entschuldigten es mit meiner familiären Situation, wie auch so ziemlich alles andere: mangelnde Aufmerksamkeit, Fehlstunden, schlechte Noten, häufiges Kranksein, vergessene Hefte, dauerhaftes Seitenstechen in den Turnstunden, eine fast komplett eingestellte Bereitschaft an der mündlichen Beteiligung – alles schob man auf die Schicksalsschläge, die ich erlitten hatte. Bisweilen halfen mir die Lehrer sogar oder drückten ein Auge zu. Sie befreiten mich von der Teilnahme an Bundesjugendspielen, Wandertagen und Exkursionen, ich durfte die Klassenfahrt schwänzen, nahm weder am Schüleraustausch noch an der Studienreise teil, belegte kein einziges Wahlfach, besuchte weder Schulfeste noch Partys und verabredete mich so gut wie nie mit Klassenkameraden. Solange ich ausreichende schulische Leistungen erzielte, und das tat ich, war alles in Ordnung.

Die wenige Zeit, die mir für außerschulische Dinge blieb, verbrachte ich mit Schlafen, Spazierengehen und dem Polieren meiner Trompete.

Ich hatte mir das Instrument nicht ausgesucht, es war mir verschrieben worden und so betrachtete ich es auch: als lästige und wirkungslose Medizin. Allein die Tatsache, dass ich die Trompete von meiner Mutter geschenkt bekommen hatte (und dass auch sie es gewesen war, die mir – ein halbes Jahr vor ihrem Tod – einen Lehrer ausgesucht hatte), hielt mich davon ab, die Musik und den Musikunterricht als komplett sinnloses Unterfangen anzusehen, wie den Sport oder andere Freizeitaktivitäten.

Mein Lehrer war ein freundlicher Rumäne namens Radu Barcagiu, der sich an meiner Weigerung zu üben, ja überhaupt in die Trompete hineinzublasen, wenig störte. Stattdessen verbrachten wir ganze Stunden ausschließlich damit, über Wartung und Pflege des Instruments zu sprechen. Er wusste alles über Putzöle und Lackpolituren, hatte ein Faible für edle Durchzugschwämme und Mundrohrbürsten und konnte sich wortreich darüber ereifern, wenn einer seiner Schüler zum Polieren versehentlich Frottee oder Wolle verwendet hatte anstelle von Textilien aus reiner Baumwolle mit Feinrippgewebe.

»So wie man sein Werkzeug behandelt, behandelt es dich«, sagte er oft.

Ich pflegte meine Trompete gut, aber ich spielte nicht darauf. Ich nahm sie regelmäßig aus dem Koffer, wischte mit meinem Lappen über Schallstück und Rohr, tat ab und zu einen winzigen Tropfen Öl an die Drehzapfen und legte sie dann vorsichtig zurück ins Futteral. Der Trompetenkoffer gefiel mir besonders. Es war ein schlichter, mit schwarzem Kunstleder überzogener Holzkoffer mit silberfarbenen Scharnieren und Eckbeschlägen. Sein Inneres war gepolstert, mit blauem Samt ausgeschlagen und wies einzig die exakte Aussparung für das Instrument sowie eine längliche Vertiefung für das Mundstück auf. Er diente ausschließlich dem Aufbewahren einer Trompete. Nichts anderes konnte mit ihm transportiert werden, nichts anderes passte hinein, er war perfekt. Die Trompete zu lang vom Koffer zu trennen, erschien mir als Zweckentfremdung.

Hatte ich das Instrument in den ersten sechs Monaten Unterricht zumindest manchmal halbherzig zur Hand genommen, so machte ich den Koffer nach dem Tod meiner Mutter gar nicht erst auf. Herr Barcagiu ließ mich gewähren und vielleicht war das der Grund, warum ich weiter zu ihm ging. Er fragte mich, ob die Trompete in Ordnung sei, ob ich das richtige Pflegemittel verwendet habe und ob auch ja kein Öl direkt an die Ventile gelangt sei. Ich antwortete stets zu seiner Zufriedenheit und den Rest der Zeit schwiegen wir und starrten auf den geschlossenen schwarzen Koffer.

Ich genoss die stillen Stunden bei Radu Barcagiu sehr.

Eines Tages, nachdem wir wieder fast die gesamte Zeit schweigend unseren Gedanken nachgehangen hatten, sagte er: »Mir fällt eine Geschichte ein.«

»Welche?«, fragte ich.

»Ich kann sie dir noch nicht erzählen, Marten«, sagte er, »aber vielleicht schaffe ich es, sie bis zum nächsten Mal aufzuschreiben.«

In der nächsten Stunde gab er mir ein vollgeschriebenes Notenblatt.

»Ich kann keine Noten lesen«, sagte ich, was nicht einmal gelogen war, denn das Wenige, das wir in der Schule an Notenkunde gelernt hatten, hatte ich umgehend wieder vergessen.

»Das macht nichts«, sagte Herr Barcagiu, »es ist ohnehin noch nicht fertig.«

Er nahm seine Trompete und spielte mir, ohne dabei auf das Notenblatt zu schauen, ein kurzes, nicht allzu schweres Stück vor. Als er geendet hatte, konnte ich mich nicht entscheiden, ob ich es heiter oder traurig finden sollte.

»Schön«, sagte ich.

»Finde ich auch«, sagte er.

Er spielte das Stück ein zweites und drittes Mal und in den folgenden Trompetenstunden spielte er es immer wieder. Manchmal radierte er auf dem Notenblatt eine Passage aus und fügte eine neue hinzu, aber ich konnte, wenn er spielte, kaum Unterschiede erkennen. Es war immer das gleiche Stück und doch klang es jedes Mal ein wenig anders.

»Es heißt ›Das Lied des Fährmanns‹«, sagte Radu Barcagiu, »ich glaube, es ist meine Geschichte.«

Ich bat ihn, mir zu erklären, was er damit meine, aber Herr Barcagiu schüttelte den Kopf und sagte, dass man Geschichten nicht erklären könne. »Man kann sie nur erzählen, Marten.« Dann griff er zum Instrument und spielte ein weiteres Mal sein Lied.

Am Abend dieses Tages schloss ich mich in meinem Zimmer ein, nahm die Trompete aus dem Koffer und steckte das Mundstück auf. Ich holte tief Luft, presste die Lippen zusammen und blies so schnell und fest ich konnte ins Instrument. Nach einem kurzen Röcheln entstand tatsächlich ein Ton. Er war sehr leise, aber klar und viel höher als jene, die im ›Lied des Fährmanns‹ vorkamen. Die ganze Woche übte ich diesen Ton und in der nächsten Stunde spielte ich ihn Herr Barcagiu vor.

»Das ist unglaublich, Marten«, sagte er, »dein Ansatz ist falsch, deine Atemtechnik ist falsch, eigentlich ist alles falsch, aber das ist ein dreigestrichenes C! Lass uns anfangen.«

Ab diesem Tag lernte ich ernsthaft Trompete zu spielen. Radu Barcagiu korrigierte meine Haltung und die Stellung meiner Lippen, ließ mich wochenlang Tonleitern gegen ein Butterbrotpapier summen, erläuterte mir die Funktion der Ventile, trug mir endlose Atem- und Fingerübungen auf und brachte mir das Notenlesen bei. Er lobte mich überschwänglich, wenn ich Fortschritte machte, und wurde nicht müde, mich zu kritisieren und zu verbessern, wenn ich etwas partout nicht hinbekommen wollte. Schon bald gelangen mir einfache Stücke, dann schwierigere und nach drei Monaten spielte ich fehlerfrei ›Das Lied des Fährmanns‹.

Auch wenn ich schnell erschöpft war und kaum drei Lieder nacheinander spielen konnte, ohne danach eine längere Pause zu machen, begriff ich, dass ich gut war, und entwickelte einen noch nicht gekannten Ehrgeiz, besser zu werden.

»Mehr Kraft, Marten«, feuerte mich Herr Barcagiu an, »blas stärker, du bist doch kein alter Mann. Ja, so ist gut.«

Das war vielleicht das Schönste an der Musik: Wenn ich spielte, fühlte ich mich sonderbar jung. Ich konnte sämtliche Lieder auswendig und vergaß niemals auch nur eine Note. Ich entwickelte mich. Mit der Trompete am Mund entwickelte ich mich in die richtige Richtung. Und an guten Tagen war ich mir sicher, dass ich mir mein Altern immer nur eingebildet hatte.

In den sechs Jahren, die ich letztlich zu Radu Barcagiu ging (bis er zurück nach Bukarest zog), wurde ich zu einem guten Trompeter. Zwar scheiterte ich nach wie vor an sehr schnellen Kompositionen und besonders laut wurde mein Spiel auch nicht, aber ich verfügte über einen großen Tonumfang und eine hervorragende Intonation. Und was den Klang meines Instruments anging, so bescheinigte ihm Herr Barcagiu eine »stille Reinheit«, an der er, als mein Lehrer, nichts mehr verbessern könne.

Als ich das letzte Mal bei ihm war, sagte er lachend: »Barcagiu ist das rumänische Wort für Fährmann, Marten, und ich habe noch immer alle sicher an ihr Ziel gebracht.« Von nun an müsse ich allein weitergehen, es werde mir gelingen. »Du hast deinen Ton gefunden.«

Weil wir nie eine Trompetenschule verwendet hatten, sollte ich erst sehr viel später – als ich mich mehr mit Büchern beschäftigte als mit allem anderen – erfahren, dass ausnahmslos keine Anfängerfibel für das Trompetenspiel auf den Hinweis verzichtete, dass man, um auf dem höchsten und beliebtesten Blechblasinstrument einen Ton zu erzeugen, die Lippen so zusammenpressen müsse, als wolle man die Worte »Mutter« oder »Mama« sagen.

In der Schule und in meinem Elternhaus ging währenddessen alles seinen Gang. Dass ich neben dem zu absolvierenden Lernpensum offenkundig in der Lage war, ein Instrument zu erlernen, ließ meinen Vater zur Erkenntnis gelangen, dass ich mein Leben wohl geregelt kriegte. Er sprach fortan noch weniger mit mir als ohnehin schon. Es war mir recht.

Auch mit Pavel redete ich kaum, manchmal wechselten wir wochenlang kein einziges Wort. Pavel wohnte zwar noch bei uns, ging aber obskuren Dingen des Broterwerbs nach und war fast nie zu Hause. Ricarda sorgte dafür, dass ich nicht verhungerte, und entband mich weitgehend von allen häuslichen Pflichten. Er ist der Jüngste und hat es so schon schwer genug, dürfte sie in diesen Jahren häufig gedacht haben.

Da oft genug nur wir beide daheim waren, oblag es ihr, sich um mich zu kümmern, mir Dinge vorzuschreiben oder zu verbieten, aber meist gefiel sie sich nur wortreich in dieser Rolle und ließ mich ansonsten machen, was ich wollte. Sie rügte mich, als ich anfing, Pfeife zu rauchen, untersagte es mir aber nicht. Sie missbilligte es, dass ich lieber auf dem Friedhof spazieren ging, als mein Zimmer aufzuräumen, schritt aber nicht ein. Und als ich sie darum bat, die alten Hosen, Hemden und Anzüge unseres Großvaters für mich umzunähen, zeigte sie mir zwar einen Vogel, tat es dann aber bereitwillig. Zum einen sparte das Geld und zum anderen half es mir ja vielleicht, über den Verlust hinwegzukommen.

5

Noch vor dem Abitur bekam ich meine ersten grauen Haare. Sie vervollständigten mein sonderbares Erscheinungsbild: Ich war der verloren wirkende, langsame Typ, der wenig sprach. Der mit den altmodischen Klamotten. Der mit der toten Mutter. Und jetzt wurde ich grau.

Meine Mitschüler begegneten mir abwechselnd mit Mitleid, Ablehnung, Unverständnis und Neid. Die einen hielten mein Gebaren und meinen Kleidungsstil für peinlich, andere für extravagant, wieder andere interessierten sich die gesamte Schulzeit über nicht für mich. Ich wechselte von der Rolle des Unsichtbaren in die des Freaks und wieder zurück. Ich war der, der sich aus allem raushielt, der nie dabei war, der keine Freundschaften pflegte. Niemand – mich eingeschlossen – wusste so genau, wie ich tickte.

Ein paar Mal unternahm ich Anläufe, das normale Leben eines Jugendlichen zu führen, aber diese Versuche erschöpften mich schnell oder endeten kläglich. In der Disko war es mir zu laut, im Schwimmbad geriet ich sofort aus der Puste und Spieleabende, Sportveranstaltungen oder die Teilnahme an politischen Versammlungen überforderten mich restlos.

Drei oder vier Mal nahm ich an einer Bandprobe teil. Einige Jungen aus der Parallelklasse hatten eine Band gegründet und fragten mich, weil sie einen Bläsersatz suchten, ob ich mitmachen wolle, ich spiele doch Trompete und mein Outfit stimme auch. Also saß ich neben einem pickeligen Saxofonisten in einem dunklen Raum, ließ ohrenbetäubenden Gitarren- und Schlagzeuglärm über mich ergehen und spielte ab und zu eine Tonfolge, die zu schnell für mich war. Als ich einfach nicht mehr hinging, fiel es niemandem auf.

Ich lebte vor mich hin und konzentrierte mich ausschließlich darauf, die Schule zu einem guten Ende zu bringen; bis es allerdings so weit war, empfand ich so ziemlich alles, was mir widerfuhr oder was ich tat, als: anstrengend, unpassend, kindisch, falsch.

Meine Pubertät verlief unterdessen problem- und ereignislos. So wenig ich dem Umstand, dass mir bereits Bart, Achsel- und Schambehaarung wuchsen, Bedeutung beigemessen hatte, so wenig überraschte mich das Auftreten meiner Geschlechtsreife. Ich verbuchte diese körperliche Veränderung unter den anderen Zipperlein, die mich im Verlauf meines Älterwerdens ereilt hatten, sie würde mich von nun an begleiten wie meine Müdigkeit oder mein Gleichmut oder wieder verschwinden wie meine Gelenkbeschwerden oder meine Rhinitis. Es war mir einerlei.

Als Ricarda, weil mein Vater diesbezüglich keinerlei Anstalten machte, sich verpflichtet fühlte, mich aufzuklären (was sie mit deutlichen Worten und ungeahntem Detailreichtum tat), wusste ich weitgehend Bescheid und brachte den langatmigen schwesterlichen Erklärungen und Mahnungen wenig Anteilnahme entgegen.

Von einem erhöhten Ausschütten an Testosteron bemerkte ich nichts, zu masturbieren langweilte mich schnell und Pornofilme fand ich eintönig. Eine Zeit lang gefiel es mir, meinen schlaffen Penis gelegentlich mit einem alten Kugelschreiber meines Großvaters zu bemalen und darauf zu hoffen, später, im erigierten Zustand, spannende Muster zu erkennen.

Da mir die Regeln des Flirtens (wie die Bereitschaft zu längeren Gesprächen generell) abgingen, lernte ich keine Mädchen kennen und hatte auch nicht vor, das zu ändern. Diese Tatsache hielt die Mädchen (oder zumindest einige von ihnen) allerdings nicht davon ab, sich ihrerseits für mich zu erwärmen. Sie verwechselten mein Altern mit Reife, meine Schweigsamkeit mit Klugheit und mein seltsames Auftreten mit Coolness und begannen, sich um mich zu bemühen. Um nicht als vollends weltfremder Sonderling zu enden, ging ich ab und zu mit einem der Mädchen aus und erwies mich bei diesen Zusammenkünften als guter Zuhörer, der gerne lang und ziellos spazieren ging oder schweigend dem Sonnenuntergang zuschauen konnte.

Mit drei der Mädchen (Babette Waldherr, Veronika Scharnagl und einer »Isa«) schlief ich und empfand dies als angemessen. Nicht, dass sich damit das Geschlechtliche für mich erledigt gehabt hätte, es begleitete mich weiter, als wiederkehrendes, mal schönes, mal anstrengendes Ereignis, aber zum wichtigen, gar zentralen Baustein meines Daseins wurde es nicht. Ich vögelte wie ein alter Mann: sehr selten, aber wenn, dann rücksichtsvoll, wortlos und ausdauernd.

Je näher ich dem Ende meiner Schulzeit kam, desto mehr trieb mich etwas anderes, Elementareres, um: die Erkenntnis, dass ich mit dem Erlangen der Hochschulreife keineswegs an einem Ziel oder Endpunkt angelangt sein würde, wie ich stets angenommen hatte. Irgendetwas würde ich machen müssen. Einen Beruf ergreifen. Einen Plan haben. Ein Leben leben.

»Wie stellst du dir deine Zukunft vor?« – »Was willst du werden?« – »Wohin soll die Reise gehen?« So lauteten die drängenden und gebetsmühlenartigen Fragen zu dieser Zeit. Ich wusste nicht das Geringste darauf zu sagen. Mir hatten sich diese Fragen nie gestellt.

Ihre Beantwortung durch Militär- oder Zivildienst aufzuschieben, kam für mich – im Gegensatz zu fast allen anderen Jungen meines Jahrgangs – nicht infrage, da ich aufgrund meiner zahlreichen Wehwehchen und Alterserscheinungen (sowie eines durch Tinte bläulich gefärbten Geschlechtsteils) ausgemustert wurde.

Allein, meine Lehrer sprachen vom »Ernst des Lebens«, der bald begänne, und meine Klassenkameraden von »grenzenloser Freiheit« und von der Welt, die nun endlich offen stünde. Unentwegt diskutierten sie die Wahl eines bestimmten Studienfachs oder schwärmten von einer langen Reise, vom anstehenden Auszug von zu Hause, vom Übersiedeln in eine andere Stadt.

Ich hatte über all das noch nicht mal ansatzweise nachgedacht und es machte mir Angst. Abenteuer, Veränderung, Zukunft – das waren Begriffe, die in meinem Kosmos nicht vorkamen, weil sie für Dinge standen, die ich vermeiden wollte. Was ich wollte, waren: Regeln, Gleichförmigkeit und Feierabend.

Wie aber sollte ich das je erreichen? Wo anfangen? Es folgte eine zehrende Phase des Überlegens und Abwägens (in die ein weiterer, nicht ganz so heftiger Zusammenbruch fiel).

Ricarda besorgte mir eine Informationsbroschüre mit dem Titel »Berufe von A bis Z, wie man einsteigt und was man verdient«, aber weiter als bis zum Buchstaben B kam ich nicht.

»Bademeister«, »Bankkaufmann«, »Baugeräteführer« ... Wie sollte das gehen?

»Beigeordneter Sachverständiger«, »Bekleidungsingenieur«, »Botschafter« ... Was war das?

»Boxer«, »Bühnentänzer«, »Bundeskanzler« ... Ich gab auf.

Im Berufsinformationszentrum, das ich aufsuchte, wurde mir gesagt, ich solle mich bei meiner Wahl von meinen Vorlieben, Neigungen und Talenten leiten lassen. Aber welche sollten das sein?

»Es muss doch irgendetwas geben, das Sie können oder mögen, Marten«, sagte die Dame, die mich beriet, aber ich zuckte nur mit den Schultern.

»Ich spiele Trompete.«

»Das ist doch mal was.«

Sie suchte mir die Unterlagen für »Orchester- und Schulmusiker« heraus, aber nachdem ich gelesen hatte, dass dafür ein Studium am Konservatorium vonnöten wäre (und für dieses wiederum eine Aufnahmeprüfung nicht nur im gewünschten Soloinstrument, sondern auch in den Fächern »Klavier«, »Gesang«, »Harmonielehre«, »Musiktheorie« sowie ein »Rhythmusdiktat«), winkte ich desillusioniert ab.

Der Selbsteinschätzungsfragebogen, den ich schlussendlich ausfüllte, ergab eine Eignung für »eine sitzende Tätigkeit in der Verwaltung oder Ähnlichem«.

Mir wurde schmerzhaft klar, wie wunderbar klein und überschaubar die Welt während meiner Schulzeit doch gewesen war und dass diese Welt nun auf einen Schlag wieder riesig und furchteinflößend zu werden drohte und ich unweigerlich in ihr verloren gehen würde, wenn sich kein Platz für mich fände.

Irgendwann fasste ich einen Entschluss. Im Gegensatz zu Ricarda, die auf Lehramt studierte, und zu Pavel, der verschiedenen Jobs im Eventbereich nachging und viel herumkam, entschied ich mich für eine Ausbildung zum Bibliotheksassistenten. Ich hatte diese Tätigkeit in »Berufe von A bis Z« zwischen »Bewährungshelfer« und »Binnenschiffer« entdeckt und sie erschien mir verglichen mit allen anderen zumindest als Möglichkeit: Zwei weitere Jahre Lernen, dann Laufbahn im mittleren Dienst. Verbeamtung ja, Aufstiegsmöglichkeiten nein, Kontakt mit Menschen minimal.

Mein voraussichtlicher Schulabschluss reichte für die Bewerbung aus und als ich das Abiturzeugnis schließlich in Händen hielt, verließ ich mit einer Zusage des Landes Bayern, aus mir einen Assistenten an der Staatsbibliothek zu machen, und ohne genaue Vorstellung davon, was das bedeutete, die Schule und ging nach Hause. Abgesehen von Sonja sah ich nur einen der Menschen, die mich dreizehn Jahre meines Lebens begleitet hatten, je wieder.

Der Abiturparty blieb ich fern. Am Abend des Festes fand mich Ricarda tief schlafend, spärlich bekleidet und einen Kugelschreiber in der Hand im Lieblingssessel meines Großvaters. Sie legte meinen Zustand als »Liebeskummer« aus und schickte mich mit dem tröstend gemeinten Satz »Für so was bist du jetzt doch viel zu alt!« ins Bett.

6

Die drei Monate zwischen dem Schulende und dem Beginn meiner Ausbildung verbrachte ich im Bett. Es war, als hätte mein Körper die Anstrengungen der Schulzeit gerade noch so geschafft und müsste nun die elenden Mühen des Lernens und Älterwerdens endlich aus sich herausschlafen. Im September 1999 fühlte ich mich das erste Mal in meinem Leben ausgeruht und alles wurde anders.

Zunächst wurde mein Vater arbeitslos. Das Vermessungsbüro, in dem er bislang seine Tage und halbe Nächte verbracht hatte, meldete Konkurs an und schickte ihn nach Hause. Dort stellte er seine Kommunikationsbereitschaft völlig ein und verließ den Platz vor dem Fernseher nur noch selten.

Kurz darauf wurde Pavel dabei erwischt, wie er in der Eventfirma, bei der er beschäftigt war und die sich damals vor allem im Auf- und Zumachen von Tanzlokalen auf einem drei Jahre zuvor eröffneten Veranstaltungsareal am Ostbahnhof engagierte, Gelder in die eigene Tasche wirtschaftete. Pavel wurde fristlos gekündigt und so war auch er wieder die meiste Zeit im Haus und stand unserem Vater dort in den Punkten Fernsehen und Schweigen in nichts nach.

Ricarda dagegen verließ uns. Die Tatsache, von einem bärtigen Nordiren namens Ryan geschlagen und ausgenutzt worden zu sein, konnte meine Schwester nicht daran hindern, Ryan in dessen Heimat nachzureisen, wo sich dieser einer Splittergruppe der IRA angeschlossen hatte, um Nordirland so lange mit Terror zu überziehen, bis es endlich ein freies Land wäre. Sechs Wochen später herrschte auf der

Insel Frieden, Ryan begann zu trinken und Ricarda zog nach Augsburg, um dort ihr Lehramtsstudium zu beenden.

Ich wurde Teil der arbeitenden Bevölkerung.

In der Staatsbibliothek lernte ich, dass es noch etwas anderes als das Lesen von Büchern gab, nämlich deren Erfassung, Katalogisierung und Ordnung. Ein Buch war nicht (wie zu meiner Zeit auf dem Gymnasium) Sprache gewordenes Wissen, welches man sich durch aufwendige Lektüre aneignen musste, ein Buch war eine kurze Nummernfolge, eine eindeutige Signatur, unter der es an einem exakt definierten Ort einsortiert war und dort jederzeit mühelos gefunden werden konnte. Die Tatsache, dass es in meinem Leben nun nicht mehr darum ging, Informationen aufzunehmen und zu verarbeiten, sondern nur noch darum, diese Informationen zu sammeln, zu ordnen und verfügbar zu machen, entlastete mich sehr. In meinen ersten Wochen in der Staatsbibliothek wurde ich regelmäßig sogar von einem seltsamen Stolz erfasst. Ich gehörte nicht mehr zu den Abertausenden, die Bücher ausleihen oder lesen mussten, ich gehörte zu den wenigen, die diese Bücher bereitstellen konnten. Die große Mehrheit wollte wissen, was in den Büchern stand, ich war Teil der beneidenswerten Minderheit, die wusste, wo diese Bücher standen.

Auch der zweite Wortteil meines Berufszieles »Bibliotheksassistent« kam mir entgegen. Ich trug keine Verantwortung, fällte keine Entscheidungen, ich assistierte lediglich. Stets waren es übergeordnete Stellen – die von Bibliothekaren, Archivaren, Kaufleuten und anderem Fachpersonal besetzt waren –, die festlegten, welche Bücher angeschafft und nach welchem System sie in welchem Bereich abgelegt wurden. Meine Aufgabe war vor allem das Einordnen und Ausheben der Medien und ich begnügte mich gerne damit. Die Arbeit als Assistent an der Staatsbibliothek schien die einer besseren Hilfskraft zu sein, die eines Handlangers, eines Amtsdieners, und wie geschaffen für Frühvergreiste wie mich.

Mich eingeschlossen waren wir neunzehn Assistentenanwärter und die Ausbildung fiel mir (vielleicht, weil ich zu den Älteren gehörte und das Abitur besaß) leicht. Das Wenige, das wir an Beamten- und Verwaltungsrecht zu lernen hatten, begriff ich rasch und auch die fachspezifischen Kenntnisse erwarb ich schnell und ohne Aufwand. Ich bekam eine Ahnung von den Fertigkeiten des Bibliografierens und des alphabetischen Katalogisierens, lernte Mikrofiche und Zettelkasten zu bedienen, und auch das Computersystem, die Anwendungsprogramme sowie der Online-Katalog stellten mich nicht vor größere Herausforderungen. Ich durchlief die für die Ausbildung vorgeschriebenen Stationen, ergatterte einen Praktikumsplatz an der nahe gelegenen Universitätsbibliothek, genoss es, mit dem Rollwagen durch die endlosen Gänge der Magazine zu gehen, und fand mit einem abgeschiedenen Sitzplatz in der Katalogabteilung einen Ort, von dem ich mir vorstellen konnte, mein Leben lang an ihm zu bleiben.

Die größte Zuversicht erlangte ich durch das die gesamte Staatsbibliothek durchdringende Wesen des bayerischen Beamtentums, mit all seiner Gemütlichkeit und klaren Struktur. Sämtliche Abläufe waren verbindlich geregelt. Es gab ausnahmslos keinen Vorgang, der nicht geprüft, gegengeprüft, vermerkt, genehmigt, abgestempelt und in mehrfacher Ausführung zu den Akten gelegt wurde. Mochten die vielen Ordner, Registraturen und Datenbanken, die unzähligen Vorschriften und Regelungen bisweilen auch kompliziert oder sogar unsinnig erscheinen, so erfüllten sie doch ihren Zweck: An der zweitgrößten Universalbibliothek Deutschlands geschah nichts, das nicht nachvollzogen und bei Bedarf lückenlos bis zu den Wittelsbachern zurückverfolgt werden konnte. Wo bald zehn Millionen Publikationen beherbergt werden wollten, war kein Platz für Chaos. Solange niemand grob die Regeln verletzte (und selbst für diesen seltenen Fall gab es Pläne, Verfahren und Richtlinien), dann lief der Betrieb an der StaBi wie eine zwar etwas antiquierte und nicht allzu leistungsfähige, aber doch tadellos funktionierende Maschine.

Und klemmte es einmal in der Maschinerie, dann klemmte es eben. Nach der Mittagspause oder nach dem Wochenende würde es schon weitergehen. Stapelten sich irgendwo Aufträge oder Bücher, dann stapelten sie sich halt. Feierabend und Urlaub waren auch wichtig. Die Arbeit an der Bayerischen Staatsbibliothek riss für keinen der knapp fünfhundert in ihr Beschäftigten je ab, aber sie war für jeden zu jeder Zeit zu bewältigen.

Und für diese Arbeit wurde ich gemäß des für den mittleren öffentlichen Dienst gültigen Besoldungsgesetzes vom ersten Tag an gut bezahlt. Ich erhielt schon im ersten Ausbildungsjahr mehr als eintausend Mark im Monat, wurde bereits nach der Probezeit auf Widerruf verbeamtet und hatte beste Aussichten darauf, nach den beiden Lehrjahren übernommen zu werden.

Das Geld, ein Aspekt in meinem Leben, dem ich bislang kaum Bedeutung beigemessen hatte, war also mit einem Male da. An meiner Stellung als Sonderling änderte sich dadurch allerdings vorerst wenig. Ich trug weiter die unzeitgemäßen Anzüge meines Großvaters, knüpfte so gut wie keine Kontakte und hielt mich abseits. Im Gegensatz zum engen Klassenverbund in der Schule gelang mir das im großen Betrieb der Staatsbibliothek um ein Vielfaches leichter, zumal die meisten meiner Kollegen ähnlich verschroben waren.

Die angespannte Situation in meinem Elternhaus, die zunehmend einer desolaten und aus dem Ruder laufenden Wirtschaft dreier schweigender Männer glich, entschärfte ich, indem ich auszog. Ich verfügte nun über die Mittel und vor allem über ausreichend Kraft, dass mir dieser Schritt nicht schwerfiel. Nach kurzer Suche fand ich eine kleine, günstige Wohnung in der Clemensstraße und verließ am ersten Valentinstag des neuen Jahrtausends, kurz vor meinem zwanzigsten Geburtstag, den Ort, an dem ich aufgewachsen und so rasant gealtert war.

Mein neues Heim bestand aus einem Wohnzimmer mit Küchenzeile, einem winzigen Bad und einem zweiten, noch winzigeren Raum, in dem man gerade so ein Bett unterbringen konnte. Da der Vormieter eine Spüle, einen Gasherd, ein paar Töpfe und Geschirr sowie einen kleinen Tisch zurückgelassen hatte, passten die Dinge, die ich mitnahm, bequem in Pavels Golf. Es war nicht viel mehr als ein Rucksack mit Kleidern und Bettwäsche, meine Trompete, ein Stuhl und eine Matratze.

Als ich meinem Vater zum Abschied die Hand gab, sah er kaum vom Fernseher auf. Und als mein Bruder mich keine halbe Stunde später mitsamt meiner Habe in Schwabing absetzte, fühlte ich mich sonderbar frei und leicht.

»Wer hätte gedacht, dass du einmal vor mir ausziehen würdest«, sagte Pavel, als wir auseinandergingen, »aber du wirst sehen, es wird dir gefallen.«

Er behielt recht. Mir gefiel die Einsamkeit der Wohnung und mir gefiel, mich langsam in ihr einzurichten und heimisch zu fühlen. Mir gefielen die fremde Straße und das unbekannte Viertel und mir gefiel, wie beides Schritt für Schritt vertrauter wurde. So wie es mir in der StaBi gelang, Fuß zu fassen und meine Arbeit zufriedenstellend zu erledigen, so bewältigte ich die einfachen Anforderungen meines Alltags. Hatte ich Hunger, ging ich in den Supermarkt und besorgte mir Essen. Waren meine Kleider schmutzig, ging ich in den Keller und stopfte sie in die Waschmaschine.

Ricarda schenkte mir zum Einstand einen kleinen Kühlschrank und einen Staubsauger, der in ihrer Wohngemeinschaft ausrangiert worden war, und bestärkte mich in der Ansicht, Dinge wie Kochen, Putzen oder Einkaufen als etwas anzusehen, das sich lernen ließ.

Also lernte ich. Ich suchte mir ein Rezept aus dem Kochbuch, ging in einen Laden, erwarb die benötigten Zutaten und folgte anschließend den Anweisungen. Es gelang. Brauchte ich Utensilien, die ich nicht besaß, kaufte ich sie mir. Ich stellte einen Koch- und einen Putzplan auf. Ich brachte meine Anzüge in die Reinigung und meine Schuhe zum Schuster.

Je besser ich organisiert war, desto leichter wurde alles. Je genauer ich plante, desto einfacher war später die Ausführung. Bei alldem achtete ich streng darauf, dass ich mir nie zu viel zumutete. Beim leisesten Anflug von Überforderung hielt ich inne und ruhte mich aus. Was auch immer auf meiner Erledigungsliste stand – ein Gang zur Sparkasse, einen

Satz neuer Unterhosen besorgen, Wäscheklammern, einen Gurkenschäler oder Kartoffeln kaufen –, es konnte warten.

Nach wie vor sah ich die Arbeit (wie früher die Schule) als das an, das unbedingt geschafft werden musste, und die arbeitsfreie Zeit als jene, die man für die Erholung von der Arbeit nutzte. Da die Arbeit aber meist überschaubar blieb und ich es zudem immer besser lernte, die Zeichen einer sich anbahnenden Erschöpfung zu deuten und rechtzeitig gegenzusteuern, wurde die Freizeit von Woche zu Woche mehr zu einer tatsächlich freien Zeit, die ich mir mit Nichtstun, Spaziergängen oder kleinen Ausflügen vertrieb.

Gegen Ende meines ersten Ausbildungsjahres wurde mein Dasein erträglich und angenehm. Ich hatte mir mit meiner Wohnung und mit meinem Arbeitsplatz zwei Rückzugsorte geschaffen, die ich weitgehend autonom gestalten konnte und an denen es sich gut aushalten ließ. Ich mochte es, meinen Schreibtisch jeden Tag so vorzufinden, wie ich ihn tags zuvor verlassen hatte, und ich genoss es, dass es zu Hause abends genauso aussah wie am Morgen.

In mir wuchs die Gewissheit: Unter normalen Umständen konnte man das Leben durchaus hinbekommen.

Die Umstände waren normal.

Ich bestand meine Abschlussprüfung und das Land Bayern bot mir, wie erwartet, eine Festanstellung als Assistent in der Katalogabteilung seiner Staatsbibliothek an. Meine endgültige Verbeamtung sei nur eine Frage der Zeit, meine Entlohnung jener des mittleren Dienstes angeglichen, meinen Schreibtisch dürfe ich behalten. Ich nahm das Angebot an und sah der Zukunft gelassen entgegen.

Ich tat meine Arbeit, ging nach Hause, kochte, wusch ab, schlief. Arbeitete, machte einen Spaziergang, kaufte Essen ein, bekam Besuch von Ricarda, schlief und ging wieder zur Arbeit. Zu Hause achtete ich darauf, dass die Wohnung in Schuss und der Kühlschrank gefüllt waren, in der StaBi konzentrierte ich mich darauf, die mir anvertrauten Bücher sorgfältig und fehlerfrei zu katalogisieren. Dazwischen immer wieder: Ruhe und Pausen. Behutsames Beschleunigen, sachtes Bremsen.

Ich führte das vorsichtige Leben eines alten Sonderlings, der sich an der Einsamkeit und Überschaubarkeit seiner kleinen Welt erfreute und der es, erst zaghaft, dann immer mutiger, zuließ, dass diese Welt in winzigen Schritten größer wurde. Ich genoss es, zu sehen, wie mein Leben langsam und Stück für Stück Gestalt annahm. Es tat mir gut, dass meine Wege länger und mein Horizont weiter wurden, dass ich an Orte kam, an denen ich zuvor noch nie gewesen war, dass ich Neues sah. Ich wuchs – konnte die Geschwindigkeit dieses Wachstums aber jederzeit selbst bestimmen.

Es war interessant: Die Großstadt mit ihren über einer Million Bewohnern, ihren Autos, Bahnen, Bussen, ihren Straßen, Baustellen, Häusern, Läden, ihrem Lärm, ihrem seltsamen Gebaren und ihren irren Auswüchsen, war ein einziges, undurchschaubares Gewimmel. Legte man aber beispielsweise den Stadtplan oder die Linienführung der Verkehrsbetriebe wie eine Folie darüber, so erschien dieses Gewimmel mit einem Male systematisch und klar. Man erkannte die Verbindungen und Verknüpfungen. So war das also. So hing das alles zusammen! Mithilfe von Plan und Karte wurden für mich aus Sackgassen Auswege und aus verlorenen Posten eindeutige Positionen. Pläne waren nicht nur probate Hilfsmittel, sich nicht zu verlaufen, sondern vielmehr die Bedingung dafür, überhaupt auf Entdeckungsreise zu gehen. Kartiert und geplant war die Stadt erklärbar, sicher und begehbar. Stück für Stück erkundete ich München und aus unwegsamem Gebiet wurde ein Ort, an dem ich zurechtkam. Es war mir durchaus bewusst, dass ich nur ein Stück Papier in Händen hielt, ein faltbares Stück Papier mit Linien und Namen darauf, auf dem man nachschauen konnte, wo genau sich die nächstgelegene S- oder U-Bahn-Haltestelle befand, mir aber bot es nicht weniger als eine Vergewisserung: Ich war hier. Ich wollte nach dort. Und so fand ich wieder heim. Ich würde nicht verloren gehen.

Und was für die große Stadt galt, galt auch im Kleinen, galt in allen Bereichen. Auch die Bibliothek an der Ludwigstraße erschien auf den ersten Blick als ein riesiges, schier unentwirrbares Labyrinth aus Räumen und Gängen, in denen kryptische Geschäftigkeit herrschte. Betrachtete man die StaBi aber durch die Brille des Raum- und Fluchtplans oder unter den Gesichtspunkten der Logistik, der Verwaltung oder der Beamtenhierarchie, fand man sich zurecht. Wer tat was, wann, wo und warum? Diese Fragen ließen sich beantworten. Wenn man das System kannte. Das System Bibliothek.

Das System Supermarkt. Das Geldsystem. Das Verkehrssystem.

Die Arbeit, der Haushalt, der Alltag – sie waren nichts anderes als zusammenhängende Systeme. Dafür, dass sie funktionierten, gab es Regeln; Regeln, die noch nicht einmal schriftlich fixiert sein mussten, wie der Dienstplan, die Hausordnung, die Gesetze. Es gab unzählige Konventionen,

Übereinkünfte und Verabredungen. Und es ging beileibe nicht darum, all diese Richtlinien immer und stoisch zu befolgen, es ging nur darum, zu erkennen, dass sie existierten und Sinn ergaben, und darum, herauszufinden, welche der Vorschriften unerlässlich waren.

Es war wie in der Musik. »Erst wenn du das Notensystem kennst«, hatte mir Radu Barcagiu einst im Trompetenunterricht erklärt, »erst wenn du die Musik nicht nur hören, sondern auch lesen kannst, verstehst du die Geschichte wirklich.« Auf dem Notenblatt stand alles geschrieben, was man über das ›Lied des Fährmanns‹ wissen musste: die Tonart, der Takt, die Geschwindigkeit, die Lautstärke, die Höhen und Längen der Töne. Manches war wichtig, bei anderem gab es Spielräume. Man konnte die Melodie des Liedes langsam oder schnell spielen, leise oder laut, es blieb das Lied. Vertat man sich allerdings gravierend bei der Tonlänge oder traf die Töne gar nicht, wurde aus Harmonie Verwirrung, wurde das ›Lied des Fährmanns‹ zu einer anderen, fremden Geschichte.

In den sieben Jahren, die ich als angestellter Assistent im Staatsdienst verbrachte, war dies meine wichtigste Erkenntnis: Das Leben folgte Regeln. Wenn ich diese verstand, würde ich durchkommen. Ich war nicht zu alt dafür.

Ich hatte Zeit.

Ich hatte Geld.

Ich wurde endlich Herr meiner Lage.

7

Irgendwann belastete es mich nicht mehr, wenn mal ein Zug ausfiel oder ein Bus nicht fuhr. Ich traute mich, ohne den Falk-Plan aus dem Haus zu gehen. Es warf mich nicht mehr aus der Bahn, wenn auf der Arbeit der Computerserver abstürzte oder im Laden ein Produkt, das ich dringend benötigte, ausverkauft war.

Meine Tage waren zwar weiterhin von Planen und Maßhalten geprägt, aber es wurde in einem fort leichter. Meine Kreise wurden größer, meine Schritte mutiger. Ich probierte neue Dinge aus und hatte Spaß daran. Ich kaufte mir neue Kleidung und gefiel mir darin. Ich fasste Zutrauen und wurde nicht enttäuscht. Ich grüßte und wurde zurückgegrüßt.

»Mahlzeit.«

»Mahlzeit.«

»Guten Morgen.«

»Guten Morgen.«

Ich führte Gespräche.

»Wie geht's?«

»Gut. Und dir?«

»Auch. Danke.«

Ich schloss Kontakte. Es war viel leichter als gedacht.

»Was hast du am Wochenende gemacht?«

»Einen Ausflug zum Nymphenburger Schloss.«

»Wie toll, da muss ich unbedingt auch mal wieder hin. Im Herbst soll es dort besonders schön sein.«

Menschen erzählten sich einfache Dinge. Sie berichteten davon, was sie getan hatten, und davon, was sie tun wollten. Sie tauschten Pläne aus. Sie teilten Erlebnisse mit. Das musste nichts Besonderes sein. Auch ein Samstag im Bett war ein Erlebnis. Man konnte davon erzählen. Erntete Bewunderung dafür. Manchmal auch Neid. Oder Mitleid. Aber das war nicht schlimm. Man bekam ein anderes Erlebnis dafür. Auch die anderen schlugen ihre Zeit tot. Es tat gar nicht weh.

»Ich musste die Schwiegereltern in Augsburg besuchen«, sagte einer.

»Ach ja«, sagte ich, »in Augsburg wohnt meine Schwester.«

»Man kann es sich halt nicht aussuchen.«

Auch die Kommunikation folgte Regeln. Sie waren nicht schwer zu durchschauen. Der eine erzählte von Augsburg, der andere von Las Vegas. Manche Geschichten zeigten mehr Wirkung, andere weniger. Verlierergeschichten. Gewinnergeschichten.

Und es war erstaunlich: Eine schwierige Kindheit und eine tote Mutter waren eine gute Geschichte.

Ich versuchte mich als Erzähler und bestand.

Ich wurde Teil der Gesellschaft.

In meinem dritten Jahr an der Staatsbibliothek ging ich regelmäßig zum »Archivarenstammtisch« und verabredete mich mit Kollegen zum Picknick im Englischen Garten. Ich unternahm meine erste längere Reise, kaufte mir mein erstes Handy und meinen ersten Computer, wurde zum ersten Mal zum Essen eingeladen und ließ zum ersten Mal Menschen (die nicht meine Schwester und mein Bruder waren) in meine Wohnung. Im Dezember besuchte ich die Weihnachtsfeier.

Im vierten Jahr lud auch ich Menschen zum Essen ein. Ich fuhr nicht mehr alleine in den Urlaub, hatte regelmäßig Sex, kaufte mir ein richtiges Bett, ein Fahrrad, eine Mikrowelle, einen Fernseher, bekam eine Gehaltserhöhung und trug auf der Weihnachtsfeier zwei Stücke auf der Trompete vor. Meine Kollegen waren verblüfft und gerührt, am meisten Rosemie Müller, eine verträumte und hübsche Frau, die zwei Jahre älter als ich war und in der Leihstelle arbeitete.

Im fünften Jahr wurde ich schon im März gefragt, ob ich auf der Weihnachtsfeier im Dezember wieder Trompete spielen würde. Ich spielte auch zur Verabschiedung des stellvertretenden Leiters der Buchhaltungsabteilung und auf dem Sommerfest. Ich fühlte mich jung, verbrachte mehr Zeit in Rosemies Wohnung als in meiner eigenen und nachdem ich auf der Weihnachtsfeier meine Trompete in ihrem Köfferchen verstaut hatte, brachte mir Rosemie einen Punsch und fragte, ob alles passe. Ich antwortete ohne zu zögern mit »ja«.

In meinem sechsten Jahr an der Staatsbibliothek begann ich zu lesen.

Rosemie und ich hatten eines Abends gemeinsam gekocht und während wir aßen, lief im Fernsehen ›Moby Dick‹, jene berühmte Verfilmung mit Gregory Peck in der Rolle des Kapitän Ahab. Am nächsten Morgen folgte ich einer Laune und lieh mir das Buch aus. Nach all den Jahren als Mitarbeiter an der StaBi füllte ich die Unterlagen für den Besucherausweis aus, holte mir Herman Melvilles Roman aus der Freihandaufstellung und begann noch an meinem Schreibtisch mit der Lektüre; ›Moby-Dick oder Der Wal‹ – das erste Buch in meinem Leben, das ich aus freien Stücken las.

Anfangs tat ich mich schwer. Seit meiner Schulzeit hatte ich keine längeren Texte mehr gelesen, die Buchstaben tanzten vor meinen Augen und auf den ersten Seiten musste ich zahlreiche Passagen und Absätze mehrmals lesen, bis ich sie erfasste. Nach einiger Zeit aber wurde es einfacher und ich fand Gefallen daran, der Handlung zu folgen. Sie war anders als jene im Film, langatmiger, verschlungener, aber nicht minder spannend und unterhaltsam. Es gab Personen, die auf der Leinwand nicht vorgekommen waren und sich nun entdecken ließen. Auch fand ich es interessant, die Jagd nach dem Wal nicht in der Draufsicht zu verfolgen, sondern von der manchmal pathetischen Warte des jungen Ismael aus geschildert zu bekommen. Und doch blieb da eine Leerstelle, ein gewaltiger blinder Fleck, der mich umtrieb. Beim flüchtigen Sehen des Filmes war ich mir dessen nicht bewusst geworden, aber jetzt, bei der konzentrierten Lektüre, musste ich mir eingestehen, dass ich die Geschichte in ihrem Kern nicht verstand.

Was sollte das alles? Ahab, Queequeg, Starbuck … Warum taten sie, was sie taten? Wieso taten sie sich das an?

Im Buch standen die Antworten: aus Hass. Aus Freundschaft. Aus Rache oder Leidenschaft. Ich konnte es nicht nachvollziehen. Woher rührte all das?

Ich sprach mit Rosemie darüber. Erzählte ihr, dass ich tief im Innern einfach nicht begreifen könne, warum man sich in ein derartiges Abenteuer stürze. Warum entzog man sich dem nicht? Warum heuerte Ismael überhaupt auf dem Schiff an? Wieso blieb er nicht einfach zu Hause?

»Das wäre doch langweilig«, sagte Rosemie.

»Na und«, sagte ich.

Rosemie sah mich verwirrt an. »Lass sie doch zur See fahren. Ist doch spannend. Du musst das ja nicht machen.« Und sie schob nach: »Es ist doch nur ein Buch, Marten.«

Da hatte ich meine Antwort. Ich musste das ja nicht machen. Ismael musste. Ahab, Queequeg, Starbuck mussten. Es war nur ein Buch. Rosemies dahingesagter Satz wurde zu meiner Erklärung für Literatur. Das Lehrreiche, das Spannende, das Großartige an Büchern war, dass man die darin geschilderten Abenteuer nicht selbst erleben musste.

Aus ›Moby-Dick‹ blieb mir nur ein einziger Satz haften, ein für die Handlung unerheblicher, schiefer Ausspruch Ismaels: »Ich bin durch ganze Bibliotheken geschwommen.«

Genau das tat ich von diesem Tag an.

Ich las mich kreuz und quer durch die Regale meiner Arbeitsstätte. Fontane, Schiller, Büchner, Hofmannsthal, Robert Walser. Ich las, was mir in die Finger kam. ›Berlin Alexanderplatz‹, ›Hundert Jahre Einsamkeit‹, ›Krieg und Frieden‹. Die Bücher stapelten sich in meiner Wohnung und an meinem Arbeitsplatz. ›Der Mann ohne Eigenschaften‹, ›Pinocchio‹, ›Das dreißigste Jahr‹. Ich las mich querbeet durch Epochen, Länder und Genres. Manches verschlang ich regelrecht (Joyce, Perec, Heine, Celan), anderes legte ich nach wenigen Kapiteln zur Seite (›Auf der Suche nach der verlorenen Zeit‹, ›Die Vermessung der Welt‹, alles von Thomas Mann). Ich las unterschiedslos Klassiker, Neuerscheinungen, Bestseller und Abseitiges. Prosa, Lyrik, Dramatik.

Ich begann, die Welt mit den Augen anderer zu sehen, und genoss es. Ich reiste, ohne selber auf Reisen zu gehen. Ich liebte, ohne zu lieben, fieberte mit, ohne selbst Fieber zu haben.

Sollte der junge Werther ruhig leiden und sich umbringen, ich musste es ja nicht tun. Sollte Remarque seinen Paul

Bäumer ruhig in den Krieg schicken, blieb mir das schon mal erspart. Kafka, Camus, Bulgakow … wie gut, dass mir das nicht passierte!

Mein sechstes Jahr an der Staatsbibliothek verbrachte ich fast ausschließlich mit Lesen. Ich vernachlässigte meine Arbeit und den Haushalt. Machte kaum noch Ausflüge, ging selten spazieren und nicht mehr zum Stammtisch. Mein Fahrrad rostete im Hinterhof vor sich hin. Hatte ich mein Elternhaus in den letzten Jahren zumindest sporadisch besucht, stellte ich diese Besuche nun völlig ein. Ich wurde wortkarg. Es wurde mir unmöglich, mich mit anderen über die schalen Erlebnisse des letzten Wochenendes auszutauschen; einzig Gespräche über Literatur schienen mir angemessen, aber dafür fehlten mir an der Staatsbibliothek die Gesprächspartner. Mehr und mehr mied ich Menschen. Traf mich immer seltener mit Rosemie. Versäumte Termine. Rief nicht zurück. Igelte mich ein. Im sechsten Jahr als Bibliotheksassistent erhielt ich zwei Abmahnungen meiner Vorgesetzten, weil ich meiner Arbeit nicht nachkam, Fehler machte und Vorgänge verschusselte. Im sechsten Jahr kannten mich sämtliche Mitarbeiter der Leihstelle als einen, der ständig die Abgabefristen nicht einhielt oder Bücher gar nicht mehr zurückbrachte. Im sechsten Jahr spielte ich zum letzten Mal Trompete auf der Weihnachtsfeier.

Mir war durchaus klar, dass mir mein bisheriges Leben zu entgleiten drohte. Aber das fühlte sich nicht falsch an, tauschte ich dieses Leben doch gegen ein anderes, stimmigeres ein, gegen eines, das andere für mich lebten.

Mit jeder Zeile, die ich las, mit jedem Buch, das ich auf- und zuklappte, wurde mir klarer, was das für ein Leben gewesen war, das ich in den letzten Jahren geführt hatte: ein belangloses und vor allem eines, das meinem Alter nicht wirklich entsprochen hatte.

In meinem siebten Jahr an der Staatsbibliothek wurde ich wieder langsamer und kauziger. Vergesslicher. Kurzatmiger. Und immer müder. Ich wurde wieder zu dem, der ich war: ein alter Mann, der gerne im Sessel saß und in einem Buch schmökerte. Im siebten Jahr dachte ich wieder viel an meinen Großvater.

Ein Kurzurlaub, der Besuch eines angesagten Lokals, ein schickes neues Teil für Küche oder Kleiderschrank. Ich brauchte das nicht. Auch meinem Großvater war irgendwann alles zu viel geworden, der ganze neumodische Schnickschnack, die schon beim Kauf veralteten Konsumgüter, der letzte Schrei, auf den doch stets ein allerletzter folgte. In Ruhe gelassen werden und lesen. Mehr wollte ich nicht.

Meinen Pflichten kam ich kaum noch nach. Sowohl Rosemie als auch mein Vermieter suchten zu dieser Zeit immer wieder »klärende Gespräche«, die ich über mich ergehen ließ, um danach so weiterzumachen wie bisher.

In der StaBi wurde ich von der Katalog- in die Magazinabteilung strafversetzt. Dort versuchte ich mich ein letztes Mal im regelkonformen, systematischen Denken.

Während es in den Lesesälen und den Freihandbereichen üblich war, die Bücher benutzerfreundlich nach Zusammengehörigkeit und vor allem strikt alphabetisch zu sortieren, war eine solche Ordnung in den Magazinen unmöglich. Hier, in den der Öffentlichkeit unzugänglichen Hallen und Kellerräumen herrschten allein die Gesetze der Logistik.

Sortiert wurde nach Größe, nach Anschaffungsdatum oder gemäß dem aktuellen Belegungsplan. Die entscheidenden Fragen lauteten: Wo war Platz? Und: Wo ließ sich dieser einsparen respektive erweitern? In den Regalen der Magazine standen wissenschaftliche Abhandlungen aus dem 18. Jahrhundert neben Bildbänden aus der Moderne, stand eine aktuelle italienische Doktorarbeit neben einem Pflanzenbestimmungsbuch aus dem Dänemark der Fünfzigerjahre. Allein entscheidendes Kriterium bei der Suche war die Signatur, die jedes Werk auf seinem Rücken trug.

Im Lesesaal war es nicht weiter tragisch, wenn ein Buch oder eine bestimmte Zeitschrift nicht exakt an den Ort zurückgestellt oder -gehängt wurden, vom dem aus sie entlehnt worden waren, meist fanden sie sich ein paar Schritte weiter inmitten verwandter oder ähnlicher Publikationen.

In den viel größeren und unübersichtlicheren Magazinen dagegen war ein solcher Fehler gravierend. Ein nur um wenige Regalmeter falsch einsortiertes Buch war das Schlimmste, das passieren konnte. Denn die Chronologie der Signaturen half dann nur wenig, befanden sich doch Hunderttausende der Bücher in der Ausleihe, in anderen Abteilungen, wurden gerade restauriert oder anderweitig benutzt. Ein falsch einsortiertes Buch ließ sich praktisch nicht wiederfinden; einige davon tauchten Jahre später bei einer Inventur zufällig wieder auf, die meisten blieben verschollen.

Um diesen Schwund im Rahmen zu halten, oblag das Ordnen der Magazinbestände ausschließlich geschultem Fachpersonal, aber auch das machte ab und zu Fehler. Das Ordnungssystem in den Magazinen war einfach und nahezu perfekt, gegen menschliches Versagen allerdings war es nicht gefeit. Es war so schlicht wie wahr: Das beste Versteck für ein Buch war ein Bücherregal.

Offiziell galten durch falsches Einsortieren verschwundene Publikationen als »vermisst«, im Bibliotheksjargon aber nannten wir sie »Leichen« oder »tote Bücher«.

Es erschütterte mich sehr, dass ein derart ausgeklügeltes System durch einen so banalen Fehler ausgehebelt werden konnte. Ich besorgte mir Listen, auf denen im Magazin verschollene Publikationen verzeichnet waren, und verwendete einige Mühe darauf, Bücherleichen wieder auszugraben. Wer wann ein Buch falsch einsortiert hatte, ließ sich nicht nachvollziehen, also beschränkte ich mich auf das Warum: Hatte ein lang gedienter Mitarbeiter vielleicht aus dem Effeff gewusst, wo eine bestimmte Signatur abgelegt werden musste, sich dann aber um einen Regalgang vertan? Oder hatte er schnell mit der Arbeit fertig werden wollen und deshalb (und auch weil ihm ohnehin niemand auf die Spur kommen würde) gleich ein paar Bände von seinem Rollwagen auf das dem Magazineingang am nächsten stehende Regal gestellt? (Und dort, um sich nicht bücken zu müssen, auf das Regalbrett in Hüfthöhe?) Auf diese Art der Spurensuche gelang es mir tatsächlich, einige vermisste Bücher ausfindig zu machen.

Meine Vorgesetzten interessierte das allerdings wenig, im Gegenteil, es machte ihnen zusätzliche Arbeit. Der Schwund war einkalkuliert. Die toten Bücher waren längst als Fehlbestand vermerkt, gegebenenfalls nachbestellt und ersetzt worden. Ein wiedergefundenes Buch bedeutete Verwaltungsaufwand, bedeutete die Reaktivierung einer intern bereits gelöschten Signatur, eventuell sogar eine Neukatalogisierung. Es war besser, die Leichen nicht wieder zum Leben zu erwecken.

»Es ist eben so, Marten«, riet mir ein älterer Bibliothekar, »lass die Toten einfach ruhen.«

Dann war es eben so. Lass die Toten ruhen. Ich tröstete mich mit dem Gedanken, dass es vielleicht ja sogar dem Willen bestimmter Bücher entsprach, nicht mehr gefunden, nicht mehr ausgeliehen und nicht mehr gelesen zu werden. Sie waren alt und hatten dieses ewige Ausgehoben- und wieder Einsortiert-Werden satt. Die ständige Reiserei. Durch Hunderte, Tausende verschiedener Hände waren sie gegangen, waren gierig befingert worden, entblättert, beschädigt, geknickt, zerlesen. Irgendwann musste es genug sein. Wieso sollte es den Büchern anders ergehen als mir, der ich auch von Tag zu Tag müder und erschöpfter wurde und nur noch in Ruhe gelassen werden wollte?

In meinem siebten und letzten Jahr als Bibliotheksassistent begann ich, nach und nach Bücher im Magazin absichtlich falsch einzusortieren, um ihnen eine verdiente Ruhestätte zu verschaffen. Ich fühlte mich dabei nicht wie ein Mörder oder Totengräber (obgleich ich streng genommen beides war), sondern wie ein Erfüllungsgehilfe. Es war, als sagten die Bücher zu mir: Ich habe diese Geschichte zu oft erzählt und sehne mich nach Stille. Bitte, gönn mir eine Pause. Sie hatten so recht.

Ich fing mit älteren, abgegriffenen Publikationen an, ging dann zu meinen Lieblingsautoren über und tat schließlich kaum mehr etwas anderes, als Bücher aus ihren angestammten Plätzen zu heben und zu anderen, willkürlichen Orten zu tragen, in der Hoffnung, dass man sie dort lange oder für immer verweilen ließ. Endlich ausruhen. Endlich frei sein … Kommt, ihr Bücher, folgt mir, ich bette euch um.

Manchmal verspürte ich eine ungeahnte Macht. Die Macht eines heimlichen Herrschers über Leben und Tod. Manchmal wurde ich auch neidisch auf die Bücher und wünschte mir, ebenfalls von jemandem bei der Hand genommen und in ein sicheres Versteck gebracht zu werden.

In einem Ringbuchordner verzeichnete ich die neuen, von mir zugewiesenen Liegestellen oder versuchte es zumindest, denn durch Ausleihen und Rückgaben änderten sich die Positionen ja ständig und mussten in einem fort neu erfasst werden. Schon bald war dieses Verzeichnis ein einziges Konvolut aus Pfeilen, Nummern und wirren Lagebeschreibungen. Es glich einem undurchschaubaren Palimpsest aus Durchgestrichenem, Neuvermerktem, Ausradiertem und Überschriebenem. Mein Ordnungssystem veraltete in der Minute, in der ich es anlegte, aber ich machte verbissen weiter. Der Friedhof für tote Bücher wuchs und wuchs, die Anzahl der anonymen Gräber wurde stündlich größer. Ich erschuf ein Labyrinth, aus dem ich selber nicht mehr herausfand.

Es dauerte nicht lange, bis ich vollkommen überfordert war. Von allem. Das Magazin und mit ihm die Bibliothek und mit dieser das Viertel und mit diesem die Stadt wurden zum unentrinnbaren Irrgarten, in dem ich jegliche Orientierung und jeglichen Halt verlor. Ich hatte keinen Plan mehr. Ich würde verloren gehen.

Wo war ich?

Wo wollte ich hin?

Ich fand kaum noch Schlaf, hatte keinen Hunger mehr, vergaß meine Miete zu zahlen und schleppte mich durch mir von Tag zu Tag fremder werdende Gänge, Räume, Straßen, Gegenden …

Gegen Ende meines siebten Jahres an der Staatsbibliothek ging dann alles sehr schnell.

»Ich habe jemanden kennengelernt, Marten«, sagte Rosemie, »sei mir nicht böse, du bist so anders geworden in letzter Zeit, so langweilig irgendwie, so … alt.«

»Du siehst furchtbar aus, Marten«, sagte Ricarda, »warst du mal beim Arzt? Isst du genug? Schläfst du überhaupt?«

»Sie müssen Ihren Pflichten nachkommen«, sagte mein Vermieter, »bei aller Freundschaft, aber es gibt Regeln!«

»Wir haben uns das jetzt lange genug angeschaut«, sagte mein Vorgesetzter, »aber das geht nicht mehr, Marten. Ich habe diesen Ordner auf Ihrem Schreibtisch gefunden. Was ist das? Können Sie mir das erklären? Wollen Sie das Magazin der Bayerischen Staatsbibliothek neu ordnen? Das ist komplett wahnsinnig und verrückt, was Sie hier … Hören Sie mir überhaupt zu?«

Gegen Ende des siebten Jahres verlor ich meine Freundin, meine Wohnung und meine Arbeit.

Mein Vater dagegen fand wieder eine Anstellung, Ricarda heiratete und Pavel wurde Teilhaber einer windigen Immobilienfirma, kaufte sich ein neues Auto und eine Eigentumswohnung am Gärtnerplatz.

An meinem letzten Tag an der StaBi holte ich zwei dünne Bücher aus ihren Gräbern und nahm sie einfach mit. Es waren zwei schmale Bände des Philosophen Emil Cioran; eines davon trug den Titel ›Vom Nachteil, geboren zu sein‹.

Meine verwahrloste Wohnung in der Clemensstraße verließ ich mit nichts weiter als meiner Trompete und meinem Handy sowie einer dumpfen, müden Traurigkeit, von der ich wusste, dass sie diesmal anders gelagert und tiefgreifender war als jene Phasen der Mattheit, die mir aus Kindheit und Jugend vertraut waren.

Zurück in meinem Elternhaus tat ich nichts. Ich wusste, was unweigerlich kommen würde, und wartete einfach.

Der Zusammenbruch ließ sich fast zwei Monate Zeit und ereilte mich kurz nach der Beerdigung meines Bruders. Pavel hatte, ein paar Tage nachdem die Geschäftsräume seiner neuen Firma von der Steuerfahndung durchsucht worden waren, die Drahtzaunabsicherungen der Großhesseloher Brücke überklettert und war in die Isar gesprungen.

8

An die genauen Todesumstände und das Begräbnis meines Bruders habe ich kaum Erinnerungen. Es war Ricarda, die mir sehr viel später (nach meinen Aufenthalten im Krankenhaus und in der Kurklinik) davon erzählte.

Pavel hatte durch ein schiefgegangenes Immobiliengeschäft in relativ kurzer Zeit einen riesigen Schuldenberg aufgetürmt und sich deswegen am 14. November 2006 das Leben genommen. An seinem Selbstmord hatten keine Zweifel bestanden und so wurde er knapp zwei Wochen später an einem kalten und regnerischen Tag auf dem Neuen Südfriedhof bestattet. Außer unserem Vater, Ricarda und mir waren nur eine Handvoll Menschen erschienen, allesamt ehemalige Geschäftspartner meines Bruders.

Ich selbst sei, Ricarda zufolge, während der gesamten Zeremonie völlig teilnahmslos und abwesend gewesen. Wie in Trance habe ich der nichtssagenden Rede gelauscht, sei ich dem Sarg hinterhergelaufen und dann apathisch am Grab gestanden. Und doch habe ich funktioniert. Als der Bestatter (es war Berger gewesen) immer nervöser geworden sei und mit einer Trompete herumgefuchtelt habe (weil der bestellte Musiker sein Instrument zwar mitgebracht hatte, selbst aber verschwunden war), habe ich sogar die Trompete genommen und fehlerfrei das ›Ave Maria‹ gespielt; als Einziger habe ich dabei keine Träne vergossen.

Auch die Zeit danach ist mir nur lückenhaft im Gedächtnis: meine Einlieferung auf die Intensivstation des Klinikums rechts der Isar. Die Untersuchungen. Die besorgten Blicke der Ärzte. Dann die normale Station. Das Lächeln der Krankenschwester. Das Schulterzucken bei der Visite. Der Streit, ob nun die Kardiologie oder die Neurologie für mich zuständig seien. Meine Verlegung in die Psychiatrie. Die endlose Fragerei. Die schlafmedizinischen Tests. Meine Verschiebung in die Abteilung für Psychosomatik. Irgendwann meine Überführung in die Kurklinik am Ammersee. Der Aufenthalt dort. Die Gespräche mit Dr. Wolff. Meine Entlassung. Der eine Tag, den ich danach in meinem Elternhaus verbrachte. Mein Umzug in Ricardas Wohnung. Das Jahr, in dem ich nur noch schlafen wollte und doch immer wieder aufwachte.

Mein Krankheitsbild unterschied sich nicht wesentlich von dem, das ich von früher kannte. Ich wies körperliche Verschleißerscheinungen auf, mein Herz war weiterhin schwach und ich befand mich in einem Zustand totaler Resignation, Auszehrung und Erschöpfung.

Als mich der behandelnde Arzt vom Krankenhaus in die Kurklinik überwies, brachte er auf den Punkt, was ich längst wusste: »Sie sind jung und eigentlich kerngesund. Aber momentan sind Ihre Werte die eines alten Mannes. Wenn Sie so weitermachen, haben Sie nicht mehr lange zu leben.«

In der Kur war von einem baldigen Ableben aus Altersschwäche keine Rede mehr, stattdessen fielen zum ersten Mal die Begriffe »Burnout-Syndrom« und »Depression«.

Dr. Wolff, der sich in der Klinik am Ammersee um mich kümmerte, sprach mich rundheraus auf den Suizid meines Bruders an.

»Wollen Sie sich auch umbringen, Marten?«

Nein, das wollte ich nicht. Bislang zumindest. Genau genommen hatte ich (weil ich wegen meiner schnellen Vergreisung ohnehin stets mit einem baldigen Tod rechnete) noch nicht einmal ansatzweise in Erwägung gezogen, freiwillig aus dem Leben zu scheiden. Aber nun, da Dr. Wolff es erwähnt hatte, erschien mir das durchaus als Möglichkeit.

Meine Selbstmordgefährdung rundete die Diagnose als gesichert ab und blieb das bestimmende Thema in den Gesprächen mit meinem Therapeuten.

»Wie geht es Ihnen, Marten?«, begann Dr. Wolff jede unserer Sitzungen. »Worüber wollen wir sprechen?«

Manchmal sagte ich Dr. Wolff, dass ich nicht sprechen wolle, weil ich einfach nicht sagen könne, wie es mir gehe. Meistens schwieg ich jedoch.

Zwei oder drei Mal unternahm ich Anläufe, meinen Zustand ehrlich in Worte zu fassen. Ich schilderte meinem Therapeuten, dass ich seit jeher erschöpft und kaputt gewesen sei und mich schon als kleines Kind alt gefühlt habe.

Das verwundere ihn nicht, sagte Dr. Wolff, er sei ebenfalls der festen Überzeugung, dass mein Zustand nichts genuin Neues sei, sondern ein markanter Punkt in einem langwierigen Prozess, der weit zurückreiche. Gerade junge Menschen neigten dazu, elterliche, schulische und berufliche Anforderungen zu internalisieren.

»Das ist purer Stress, den Sie erlebt haben, Marten, unabhängig davon, ob Sie irgendetwas zuwege gebracht haben oder nicht. Es gibt Leistungsdruck ohne erkennbare Leistung.«

Ich resignierte. »Ich bin alt, Dr. Wolff.«

»Sie sind Mitte zwanzig, Marten, Sie haben das Leben noch vor sich.«

(Diesen Satz empfand ich einmal mehr als schwere Drohung.)

Dr. Wolff verabschiedete sich meist mit dem Hinweis, dass er mich, solange ich nicht stabil sei, auf keinen Fall gehen lassen könne.

Nach sieben Wochen konnte er es aber doch. Bei meiner Entlassung sagte er:

»Was erfüllt uns, Marten? Um diese Frage geht es. Es sind die einfachen Dinge, Freundschaft, Zufriedenheit, Liebe. Glauben Sie mir, es ist immer dasselbe, das die Menschen auf dem Sterbebett bereuen.«

Zum Abschied gab mir Dr. Wolff eine Liste.

Die fünf häufigsten Vorwürfe, die sich Menschen kurz vor ihrem Tod machen:

1. Du hast zu viel gearbeitet.
2. Du hast zu sehr nach den Erwartungen anderer gelebt.
3. Du hast deine Freundschaften vernachlässigt.

4. Du hast dich selbst zu wenig glücklich gemacht.
5. Du hast deine Gefühle nicht geäußert.
Bei den letzten beiden Punkten verstand ich nicht einmal, was gemeint sein könnte. Und bei den ersten dreien? Ich dachte an meine Zeit an der Staatsbibliothek. Nein, gearbeitet hatte ich nicht zu viel. Allzu viele Erwartungen waren auch nie an mich gestellt worden. Und Freundschaften? Ich hatte niemals Freunde gehabt. Das Einzige, das mir an der Liste einleuchtete, war der Halbsatz »kurz vor dem Tod«.

Ricarda holte mich am Ammersee ab und wir fuhren schweigend in unser mittlerweile ziemlich heruntergekommenes Elternhaus. Mein Vater, der mich nicht ein Mal besucht hatte, stellte keine Fragen. Er saß zusammengekauert und eingefallen auf der Fernsehcouch. Ricarda, die augenscheinlich schon länger nicht mehr hier gewesen war, räumte den gröbsten Müll beiseite und versuchte währenddessen, ein Gespräch in Gang zu bringen. Sie erzählte von der Schule, an der sie arbeitete (und an der es ihr nicht gefiel), und von ihrer neuen (viel zu teueren) Wohnung, in die sie nach der Trennung von ihrem Mann gezogen war. Zweimal brach sie während ihrer Erzählung in Tränen aus.

Beim Abendessen registrierte ich, wie kaputt nicht nur ich, sondern auch Ricarda und mein Vater waren, wie grundlegend schief unser aller Leben verlaufen war. Die Stühle, auf denen einmal Pavel, mein Großvater und meine Mutter gesessen hatten, blieben leer und standen als staubfangende, stumme Mahnung um den Esstisch.

Mehrmals blickte mein Vater auf die verwaisten Plätze, auf Ricarda, auf mich, irgendwann sagte er: »Ihr seid eine einzige Enttäuschung.«

Ricarda antwortete: »Es reicht, Papa.« Und nach einer Pause: »Komm, Marten.«

In ihrer Wohnung drückte sie mir einen Stapel Männerkleidung in die Hände und zeigte mir das Gästezimmer. An der Wand stand mein Trompetenkoffer, auf dem Nachttisch neben dem Bett lagen die beiden Cioran-Bände.

»Du kannst so lange bleiben, wie du willst, Marten, und jetzt schlaf.«

Das tat ich.

Ich verließ kaum das Bett, geschweige denn die Wohnung. Blätterte in der Zeitung. Sah fern. Verschlief ganze Tage.

Anfangs setzte Ricarda viel daran, mich wieder auf die Beine zu bringen. Sie kochte Hühnersuppe, machte mir Wickel und Umschläge und überhäufte mich mit gutgemeinten Tipps und Ratgeberliteratur. Als all dies keine Wirkung zeigte, einigten wir uns stillschweigend darauf, meinem Körper die Entscheidung zu überlassen, ob er sich erholen wollte oder nicht.

Während ich wie ein Geist durch die Wohnung schlich, blühte Ricarda auf. Sie suchte und fand eine Arbeitsstelle, die ihr zusagte, ging häufig aus und hatte wechselnde Männerbekanntschaften. Der Satz, den ich zu dieser Zeit am häufigsten von ihr zu hören bekam, lautete: »Es ist mir egal, was du machst, Marten, aber ich – ich will leben!«

Auch wenn es mir nicht gelang, ihren Optimismus nachzuvollziehen, so bewunderte ich doch den Elan, mit dem sie alles anpackte. Sie trotzte den Widrigkeiten. Ließ sich nicht entmutigen. Hörte auf, wenn etwas aussichtslos war. Begann Neues, wenn sich der Neubeginn zu lohnen schien.

Sie wechselte ein weiteres Mal die Schule. Fand einen neuen Freund. Setzte ihn umgehend vor die Tür, als er sich als weiterer Fehlgriff erwies. Machte sich wieder auf die Suche.

Während ihr Wille und ihr Enthusiasmus von Woche zu Woche sichtbarer wurden, drohte ich zu verschwinden. Ich war der unsichtbare Hausfreund, der sich abwartend und unentschlossen in seiner Kammer versteckte. Tatsächlich bemerkten es zahlreiche Gäste meiner Schwester nicht, dass in ihrer Wohnung außer ihr noch jemand wohnte.

War es bei Ricarda ihr Tatendrang, der am offensichtlichsten verdeutlichte, dass es ihr besser ging, war es bei mir die Langeweile. Ich hatte dieses Gefühl schon so lange nicht mehr empfunden, dass ich es anfangs kaum von meiner Leere und meiner Teilnahmslosigkeit unterscheiden konnte. Aber irgendwann verstand ich: Mir war tatsächlich langweilig. Draußen schien die Sonne, die Sommerferien hatten gerade begonnen, und ich wusste nichts mit mir anzufangen. Ricarda war ununterbrochen unterwegs und ich saß träge rum. Ich merkte, wie sich meine Tage dehnten, wie alles um mich herum zähflüssig und langsam wurde.

Ich nahm einen Zettel und schrieb: »Mir ist langweilig.«

Der Satz schreckte mich nicht. Ich schrieb: »Ich bin einsam.« Der Satz machte mir keine Angst.

Ich schrieb: »Ich bin alt.«

Ich nahm einen neuen Zettel: »Ich bin langweilig. Du bist langweilig. Er/sie/es ist langweilig.«

Zur Strafe schreibst du hundertmal den Satz »Mir ist langweilig«.

Ich schrieb den Satz ab.

Variierte ihn: »Mir ist so langweilig. Schrecklich langweilig ist mir. Furchtbar langweilig. Sterbenslangweilig.« Das letzte Wort schrieb ich immer und immer wieder.

»Sterbenslangweilig.«

»Sterbenslangweilig.«

»Sterbenslangweilig.«

Verschrieb mich.

»Strebenslangweilig.«

Ja, Streben ist auch langweilig.

Aber Sterben noch mehr.

»Sterbenslangweilig.«

Sterben. Ist. Langweilig.

Ich zählte die Flecken auf der Tapete.

Die Wand sagte: »Ich bin eine langweilige Wand. Was auch sonst.«

Der Stuhl sagte: »Ich steh hier nur so rum. Lass dich nicht stören.«

Meine Trompete sagte: »Mir ist langweilig.«

Ich holte sie aus dem Koffer. Spielte ein paar Töne. Und noch ein paar. Spielte ein Lied. Und noch eins.

Ricarda erzählte, die Nachbarn hätten sich über Trompetenlärm beschwert.

Ich sagte: »Mir war langweilig.«

Ricarda umarmte mich.

Ricarda sagte: »Die Waschmaschine im Keller ist kaputt.«

Ricarda sagte: »Ich fahre für ein paar Tage in die Berge.«

Ricarda sagte: »Hast du zufällig noch Geld auf dem Konto? Ich bin etwas klamm.«

Ricarda lachte: »Du kannst so lange bleiben, wie du willst, Marten.«

Ich fragte: »Kann ich deinen Computer benutzen?«

Ich rief das Online-Banking auf und überwies Ricarda die Hälfte meines Geldes. Es war mehr, als ich gedacht hatte, und würde für eine Weile reichen. Dann googelte ich den nächstgelegenen Waschsalon und machte mich auf den Weg.

Die Sonne sagte: »Ja, wen haben wir denn da?«

Ich sagte: »Sei still und schein einfach.«

9

Ich unternahm ausgedehnte Spaziergänge und meine ständigen Begleiter waren dabei jene beiden Bücher Emil Ciorans, die ich vor einem knappen halben Jahr in der Staatsbibliothek erst beerdigt und dann wieder ausgegraben hatte. (Aus dem einfachen Grund, weil der Verfasser – wie Radu Barcagiu – rumänischer Abstammung war.)

Ich trug nicht schwer an den schmalen Werken, außerdem tat es gut, sich im Sonnenschein mal ein leuchtend gelbes, mal ein knallrotes Buch vor die Nase zu halten. Es kam vor, dass mich Passanten auf die farbenfrohen Umschläge ansprachen, die, ihrer Meinung nach, gut zum Wetter passten.

Die grelle Aufmachung spottete dem Inhalt Hohn. Sowohl in den ›Syllogismen der Bitterkeit‹ (gelb) als auch in ›Vom Nachteil, geboren zu sein‹ (rot) ging es dem Autor um nichts weniger als die komplette Verfehlung der Schöpfung und die allumfassende Sinnlosigkeit des Daseins. Ich konnte die Bücher aufschlagen, wo ich wollte, stets stieß ich auf einen kurzen Aphorismus, der jeden Anflug von Glück, Zufriedenheit oder Hoffnung zertrümmerte oder der Lächerlichkeit preisgab.

Ich saß auf einer Parkbank in der Sonne, um mich herum spielende Kinder und zwitschernde Vögel, Cioran schrieb: »Der Tod ist das Solideste, was das Leben bisher erfunden hat.«

Männer in schicken Anzügen und Frauen im Kostüm hetzten an mir vorbei, das Handy in der einen, ein Sandwich oder einen Apfel in der anderen Hand, Cioran schrieb: »Nur eines zählt: Lernen, ein Verlierer zu sein.«

Ich war umgeben von Menschenansammlungen, die in die U-Bahn strömten, von einem Fußballspiel kamen, aufs Oktoberfest wollten ... Schulklassen, Wandergruppen, Fanhorden, Bundeswehrausscheider, Feiergemeinschaften, Demonstrationszüge, Junggesellenabschiede ... Cioran schrieb: »Die Pflicht eines einsamen Menschen ist, noch einsamer zu werden.«

Je nihilistischer und hoffnungsärmer die Sätze waren, desto wohler taten sie mir seltsamerweise. Der Denker hatte recht. Das Streben der Menschen führte zu nichts, es gab keinen Unterschied zwischen Erfolg und Niederlage. Was Menschen taten oder redeten, für was sie kämpften, was sie horteten oder zu besitzen trachteten, war letztlich völlig unerheblich. War nichtssagend, jämmerlich, absurd. Ahnungslose waren wir, in unserer Aufgesetztheit, unserem Behaupten und unserem Nichterkennen. Von Belang waren bestenfalls Schlaflosigkeit in den Nächten und Weltekel bei Tag. Das einzig Erstrebenswerte war der Tod, das Leben dagegen war ein schlechter und grausamer Witz. Man konnte darüber lachen oder es lassen.

Ich sog Ciorans Gedanken auf und machte sie mir zu eigen. Ging in die Unibibliothek (in die StaBi traute ich mich nicht) und las alles, was ich von dem Philosophen in die Finger bekam. Las sein schwermütiges Erstlingswerk ›Auf den Gipfeln der Verzweiflung‹, las seine ›Lehre vom Zerfall‹ und seine Tagebücher, die ›Cahiers 1957–1972‹. Ich weinte mit ihm, wenn er doch mal von Gefühlen übermannt wurde, und lachte, als ich von seiner Idee erfuhr, Warntafeln an seiner Wohnungstür zu befestigen, wahlweise beschriftet mit: »Jeder Besuch ist eine Aggression«, »Ich bin nie zu Hause«, »Verdammt sei, wer klingelt« oder »Ich kenne niemanden«.

Ich begann Ciorans Aphorismen abzuschreiben, auswendig zu lernen und aufzusagen, und die Verzweiflung des Denkers führte mich aus meiner eigenen heraus. Ich konnte es nicht erklären, aber durch Ciorans Pessimismus und Skepsis fand ich zu einer nicht gekannten Heiterkeit. Auf unbestimmte Art und Weise wurde mir mehr und mehr klar, wie herrlich sinnlos das Dasein doch war. Aus der quälenden Frage, was ich auf dieser Welt verloren haben könnte, wurde eine einfache Antwort: nichts. Es gab nichts zu verlieren. Noch nicht einmal das Leben selbst.

Das war vielleicht das Entscheidende: Unentwegt huldigte Cioran dem aus freien Stücken gewählten Tod. Und hatte doch ein hohes Alter erreicht. Es war einzig die Idee des Selbstmordes, um die es ihm ging, nicht die Ausführung. Auch in mir reifte die Erkenntnis, dass ein Freitod weniger etwas Ungeheuerliches war als vielmehr eine Entscheidung, deren Tragweite man schlechterdings nicht absehen konnte. Er war so sinnlos wie das Leben selbst. Oder wie Cioran schrieb: »Gerade der Gedanke, dass ich mein Leben beenden kann, hilft mir am Leben zu bleiben.«

Ab dem Zeitpunkt, an dem ich dies begriffen hatte, war es mir möglich, das Schicksal meines Bruders zu betrauern und dann – für viele Jahre – aufzuhören, daran zu denken.

Das Leben wurde für mich: eine heitere Nichtteilnahme.

Im November, ziemlich genau ein Jahr nach Pavels Beerdigung, nahm einer seiner früheren Geschäftspartner Kontakt zu uns auf. Nachdem mein Vater ihn rigoros abgewiesen und, bei einem Besuch, mit wüsten Beschimpfungen aus dem Haus gejagt hatte, schickte der Mann Ricarda und mir hartnäckig Mails und Briefe, in denen er um ein Treffen bat. Es sei sehr wichtig und könne nur persönlich besprochen werden.

Irgendwann stimmte Ricarda zu und der Mann, der sich in den Schreiben mit »Thilmann Donner« vorstellte (»von Donner eigentlich, aber darauf lege ich keinen Wert«), bestellte uns in ein Wohnhaus in der Isarvorstadt. Dort habe er eine »hausverwalterische Tätigkeit« übernommen und zu diesem Zweck in der »Parterre gelegenen Wohneinheit« ein »provisorisches Büro« eingerichtet.

Dieses Büro entpuppte sich als winziges Hausmeisterzimmer, das wir, kaum hatten wir es betreten, bereits wieder verlassen mussten. Eine rüstige, mittelalte Frau im Kittelschurz komplimentierte Thilmann Donner mit deutlichen Worten hinaus. Er solle sich schleichen, und zwar plötzlich, wetterte sie, Gesindel wie ihn brauche sie hier nicht und noch sei das ihr Haus.

»Frau Reiter, ich muss auf Erfüllung unseres Vertrages bestehen«, sagte Donner.

Keinen Pfifferling sei er wert, sein sauberer Vertrag, entgegnete Frau Reiter, sie habe das überprüfen lassen, und wenn er jetzt nicht ganz schnell Land gewinne, und zwar mitsamt seiner »sogenannten Klienten« (sie zeigte auf Ricarda und mich), dann hole sie die Polizei.

Die Erwähnung der Staatsgewalt zeigte Wirkung und Donner raffte seine Sachen (es waren nicht mehr als ein Laptop und zwei Aktenordner) zusammen und bedeutete uns, ihm zu folgen. »Wir können das auch im Café besprechen.«

»Dann gehen wir ins Glück«, sagte Ricarda.

Thilmann Donner verzog zwar kurz den Mund, hatte aber keine Einwände.

Mit »Glück« hatte Ricarda das nahe gelegene Café gleichen Namens gemeint, und dort angekommen, gefiel es mir auf Anhieb. Die Wände waren bunt gestrichen, das Mobiliar wild zusammengewürfelt, es herrschte eine ruhige und entspannte Atmosphäre.

Donner kam ohne Umschweife zur Sache. Wie sich erst jetzt, so lange nach dem tragischen Tod unseres Bruders, herausgestellt habe, sei Pavel nach wie vor, er bitte den Ausdruck zu verzeihen, »stiller Mitgesellschafter« in einem Immobilienprojekt und habe, noch vor seinem Ableben, seine Familienangehörigen als Bevollmächtigte eingetragen. Nun gehe es darum, dieses Projekt möglichst schnell abzuwickeln. Er benötige, sagte Donner, nicht mehr als zwei Unterschriften, dann sei die Geschichte für uns erledigt. Er würde sich um alles Weitere kümmern.

Ricarda sah Thilmann Donner einfach nur an. Sie war es gewesen, die unserem Vater damals erst einen Anwalt besorgt und ihn dann davon überzeugt hatte, Pavels Erbe rundweg abzulehnen. Nach einigem Hin und Her war alles geklärt gewesen und seitdem waren wir von allen Verbindlichkeiten befreit.

»Erzählen Sie uns von Pavel«, sagte Ricarda schließlich.

Er verstehe nicht recht, sagte Donner.

Er verstehe ganz genau, sagte Ricarda, Pavel sei tot und darum gehe es.

Natürlich, sagte Donner, aber ohne uns zu nahetreten zu wollen, er sei nur wegen des Projektes hier, eines Projektes, welches Pavel seinerzeit mit angeschoben habe. Und es sei ganz sicher auch in Pavels Sinne gewesen, das zu einem guten Ende zu bringen. Die Zeit dränge und wir könnten froh sein, wenn ...

Mit froh sein habe das wohl wenig zu tun, unterbrach Ricarda ihn, und für wie blöd er sie eigentlich halte? Ein Projekt! Ein gutes Ende! Einen Bruder habe sie mal gehabt, einen guten Bruder!

»Das mit Pavel« tue ihm ja am allermeisten leid, sagte Donner, aber so wie er die Sachlage sehe ...

»Leute wie Sie sehen immer nur Sachlagen«, sagte Ricarda, »Menschen kommen da doch gar nicht mehr vor.«

Donner verlegte sich aufs Drohen und behauptete, dass wir durch die Vollmacht, die Pavel uns erteilt habe, so oder so in der Sache mit drinhingen.

»Das ist Schwachsinn, Herr eigentlich von Donner, und das wissen Sie auch. Und jetzt packen Sie einfach Ihren Kram und verschwinden Sie.«

Nachdem Donner das »Glück« verlassen hatte, saßen Ricarda und ich noch eine Weile in der gemütlichen Sofaecke und schauten stumm auf die Theke, in deren Glasfront Sand und Muscheln eingelassen waren. Beide fühlten wir die Trauer um unseren Bruder und teilten doch die gleiche Befürchtung: die Befürchtung, dass Pavel vermutlich ebenso ein Arschloch wie dieser Donner gewesen war.

Ricarda beglich unsere Rechnung (auch die des Arschlochs, das ohne zu zahlen verschwunden war) und fragte, ob ich noch etwas vorhabe.

Ich sagte: »Ja. Ich glaube schon.«

Eine halbe Stunde lief ich ziellos durchs Glockenbachviertel, dann wurde aus dem losen Gedanken, den ich seit der Begegnung mit Thilmann Donner mit mir herumgetragen hatte, eine fixe Idee. Ich kaufte einen Strauß Blumen und machte mich auf den Weg zurück in die Palmstraße.

Ich trat durch die offen stehende Haustür und fand Frau Reiter in der Kammer. Immer noch im Kittelschurz machte sie sich gerade daran, den leergeräumten Raum mit einem Besen auszukehren. Wortlos drückte ich ihr den Blumenstrauß in die Hand. Weil ich nicht wusste, was ich sagen sollte, nahm ich ihr den Besen ab und begann das Parkett zu fegen. Es schien mir naheliegend und der Boden hatte es nötig. Frau Reiter verschränkte die Arme vor ihrer Brust und sah mir schweigend dabei zu, wie ich den Staub, als sei er Laub, langsam und bedächtig aus den Ecken rechte und in der Zimmermitte zu einem Haufen zusammenschob. Als ich fertig war, reichte mir Frau Reiter eine Handschaufel und einen Plastiksack.

»Der Müllkübel steht im Hinterhof.«

Als ich von dort zurückkehrte, sagte sie: »Im Gang stehen noch zwei Stühle.«

Ich trug die Stühle ins Zimmer, wir setzten uns und schwiegen weiter. Der Raum maß vielleicht sechzehn Quadratmeter und war, bis auf zwei Heizkörper und ein Waschbecken, völlig kahl.

»Streichen müsste man halt mal«, sagte Frau Reiter, »und der Wasserhahn tropft.«

Ich nickte.

Früher habe hier der Hausmeister gewohnt, später dann ab und zu Studenten. Ich sah mich um.

Frau Reiter zuckte mit den Schultern. »Dusche gibt's keine, das Klo ist auf dem Gang.«

Ich nickte wieder.

»Ab und zu mal eine Glühbirne auswechseln, alle zwei Wochen das Treppenhaus fegen und im Winter Schnee schaufeln.«

Ich sah sie fragend an. »Ich spiele Trompete.«

»Und ich bin schwerhörig. Neunzig Euro im Monat, warm.«

»Das schaffe ich.«

»Abgemacht. Ich hole Ihnen die Schlüssel.«

Als wir uns zum Abschied die Hand gaben, fragte Frau Reiter: »Wie heißen Sie eigentlich?«

In den folgenden Wochen lernte ich die Schwimmbäder der Stadt kennen und wurde Stammgast im »Glück«. Als ich dort eines Morgens gedankenverloren in meinen mittlerweile ziemlich zerfledderten ›Syllogismen der Bitterkeit‹ blätterte, klopfte mir ein Mann auf die Schultern und sagte: »Es gibt keinerlei Argumente für das Leben. Cioran.« Er setzte sich zu mir. »Aber frühstücken muss man doch. Berger mein Name, angenehm.«

Es dauerte nicht lange, bis er mich als jenen Trauergast identifizierte, der vor einem Jahr auf der Beerdigung des eigenen Bruders spontan Trompete gespielt hatte. Zwei Stunden später kannte Berger nicht nur meine halbe Lebensgeschichte, sondern hatte mir auch die Versprechen abgenommen, mir gefälligst einen anständigen Anzug zuzulegen, in Zukunft bitte schön fröhlichere Bücher zu lesen und mich, bei Interesse an einem Job, unbedingt bei ihm zu melden.

Sehr viel später, wir saßen zufällig wieder einmal im »Café Glück«, sagte Berger: »Du bist ein guter Beerdigungstrompeter, Marten, vielleicht sogar der beste, den ich je hatte.« Ob das aber das Richtige für mich sei, das wisse er immer noch nicht genau. An manchen Tagen, sagte der Bestatter, habe er einfach nur das Bedürfnis, mich einmal ordentlich durchzuschütteln, mich mit einem Tritt vom Friedhof zu katapultieren, damit ich sehe, dass es noch etwas anderes im Leben gebe als nur den Tod. Die Liebe, zum Beispiel, oder auch Spaß und Abenteuer. An anderen Tagen dagegen, da falle ihm, wenn er mich so in sich gekehrt am Grab stehen und ins Horn blasen sehe, niemand ein, von dem er glaube, dass er auf einem Friedhof besser aufgehoben sei als ich. »Du weißt ja, wie die Juden den Friedhof nennen, oder? Sie nennen ihn *guter Ort*. Und sie meinen damit einen guten Ort für alles – fürs Leben. Ich hoffe sehr, dass er das für dich ist.«

Ich war mir sicher. »Das ist er, Berger.«

III

Mir ist der Satz eines großen Künstlers wieder eingefallen.
Er ist schon ein paar Jahre tot, leider erinnere ich
seinen Namen nicht mehr.
Das ist auch so eine Sache: Irgendwann wirst du vergesslich.
Aber schlimm ist das nicht.
»Die einzige Möglichkeit, die Unvernunft zu überwinden,
ist, alt zu werden. Darauf werde ich mich in Zukunft
beschränken.«
So lautet der Satz.
Aber nun zu dir: Alles sauber? Alles an seinem Platz?
Alles in Ordnung?
Dann ist es gut. Wie man sein Werkzeug behandelt,
so behandelt es dich.
Und nun hör einfach weiter zu.

1

Ich lief durch die Hirschau und war froh, dass in diesem Teil des Englischen Gartens weniger Menschen unterwegs waren als jenseits des Mittleren Rings.

Berger würde Bescheid wissen.

Er hatte mich in den »Aumeister« eingeladen und je näher ich dem Biergarten kam, desto größer wurde meine Gewissheit, dass es eine einfache Erklärung gab.

Irgendjemand musste Wilhelm Schochts Beerdigung in Auftrag gegeben haben.

Und dieser Jemand war vermutlich auch im Besitz der EC-Karte gewesen, die ich gefunden hatte. (Ich würde sie einfach Berger geben. So simpel war das.)

Wer dieser Jemand war und wieso er auf dem Abschlussball unbemerkt geblieben war, brauchte mich eigentlich nicht zu interessieren. Der Bestatter würde es schon wissen.

Nachdem wir Getränke geholt und einen freien Tisch gefunden hatten, war es erst einmal Berger, der Fragen stellte. Er fragte mich nach Sonia. Ob ich wisse, warum sie so oft Beerdigungen besuche? Woher und wie gut ich sie kenne? Was das eigentlich sei mit uns beiden?

Weil ich nur ausweichend antwortete, wurde Berger genauer. Er frage deswegen, weil er vorgestern auf dem Abschlussball den Eindruck gehabt habe, dass Sonia die Wahrheit gesagt und den Toten tatsächlich gekannt habe.

Ich nickte.

Er wolle nicht um den heißen Brei herumreden. »Weiß Sonia zufällig etwas über die Angehörigen?«

Ich verneinte und sagte, dass er das doch besser wissen müsse, schließlich habe er die Abschiednahme organisiert.

Das sei es ja, entgegnete Berger, genau genommen habe er nur eine Mailadresse und diese sei seit Montag abgeschaltet.

»Und wer hat die Mails geschickt?«

»Ich habe keine Ahnung«, sagte Berger, sie seien allesamt nur mit »Schocht« unterzeichnet gewesen.

»Und jetzt weißt du nicht, an wen du die Rechnung schicken sollst?«, fragte ich.

Im Gegenteil, sagte Berger, Vorkasse. Aber viel zu viel. Davon könne er drei weitere Abschlussbälle bestreiten.

Ob das ein Problem sei?

Ein Problem nicht, sagte Berger, aber komisch sei es schon. Und zumindest anständig bedanken habe er sich wollen. Was nicht gehe. »Mail delivery failed.« Und nun habe er eben gedacht, dass Sonia vielleicht etwas wisse.

Wer das Geld denn überwiesen habe, fragte ich weiter.

Das Konto, so Berger, laufe auf den Namen »Wilhelm Schocht«, vielleicht der Vater. Oder auch das Konto des Verstorbenen, das sei oft der Fall, es gebe ja Vollmachten und so weiter.

Ich dachte an die EC-Karte in meinem Sakko.

Es sei nicht weiter ungewöhnlich, fuhr Berger fort, dass alles schriftlich abgewickelt werde. Gerade wenn jemand eine anonyme Bestattung finanziere, wolle er oft nicht in

Erscheinung treten. Aber in diesem Fall ... »Die wussten so verdammt genau, was sie wollten.« Diese seltsame Anzeige in der ›Süddeutschen‹ und darüber hinaus keine Infos. Kein Kranz. Kein Stein. Ansonsten aber das große Besteck: welcher Wein. Welche Grabstelle. Präzise Musikwünsche. Die »Musettinos« und die Brasser. »Ich war mir sicher, dass die mich kannten, Marten. Die wollten einen Abschlussball. Und zwar einen perfekten.« Und dann habe in der Mail lapidar gestanden: »Geben Sie Bescheid, sollte der überwiesene Betrag nicht ausreichen.« Auf seinem Geschäftskonto seien fünfzigtausend Euro eingegangen. Natürlich habe er da sofort zurückgeschrieben, dass das zu viel sei. Die Antwort: Das sei »angemessen« und er solle sich keine Gedanken machen. Also habe er sich auch keine gemacht. So oft käme es ja nun auch nicht vor, dass er aus dem Vollen schöpfen könne. Er habe dann alles in die Wege geleitet. Er sei am Freitag ganz normal in die Pathologie gefahren, Unterlagen, Totenschein, alles schon ausgefüllt, er habe den jungen Mann eingesargt und ab zum Nordfriedhof. Samstag um acht Uhr morgens habe er dann die Mail erhalten, man wünsche ›Wooden Heart‹ als letztes Lied und noch mal zwanzigtausend auf dem Konto. Und das sei es dann gewesen. »The following address failed. This is a permanent error.«

Ich dachte an die EC-Karte.

Berger trank sein Bier mit einem Schluck leer. »A permanent error.« Das könne man laut sagen. »Ein Dank wäre wirklich angebracht gewesen, aber egal, lassen wir es gut sein.« Sonia sei seine letzte Idee gewesen, wenn sie nichts wisse, verbuche er das überschüssige Geld jetzt einfach als Schenkung und damit sei die Geschichte erledigt.

Für ihn vielleicht, dachte ich. Für mich fing die Geschichte erst an. Das spürte ich.

»Ich kannte Wilhelm Schocht auch«, sagte ich, »genau wie Sonia. Wir waren zusammen auf der Schule.«

»Scheiße«, sagte Berger.

»Mehr weiß ich auch nicht.«

Ich fasste mir an die Brust und fühlte durch den Sakkostoff das Plastik.

»Du hättest nicht spielen müssen, das weißt du, oder?«, sagte Berger.

Ich nickte. Und ließ die Gelegenheit verstreichen.

Nachdem wir Getränkenachschub geholt hatten, fragte ich: »Das letzte Lied, also das, welches ich ursprünglich hätte spielen sollen … Weißt du noch, welches das war?«

Berger sagte: »Lass die Toten ruhen, Marten.«

Zwei weitere Biere später erzählte er es. Das anfänglich gewünschte Stück sei ›Gloomy Sunday‹ gewesen. Aber, versuchte er zu beschwichtigen, das habe denen wahrscheinlich nicht gepasst für einen Samstag.

Er wusste, dass das eher unwahrscheinlich war. Und er wusste auch, dass ich das wusste.

›Gloomy Sunday‹, der Klassiker von Rezsö Seress und László Sávor aus den Dreißigerjahren, den sich damals wegen seiner Traurigkeit und Suizidalität viele Radiosender zu spielen weigerten. ›Gloomy Sunday‹ – das ›Lied vom traurigen Sonntag‹, die Hymne der Selbstmörder.

2

»Sind Sie neugierig auf den Tod?«

Mit einem Mal war diese Frage da. Keine drei Minuten nachdem ich Berger im »Aumeister« zurückgelassen hatte, um alleine zu sein und im Gehen meine Gedanken zu sortieren, erinnerte ich mich plötzlich wieder. Dr. Wolff hatte mir diese Frage gestellt. Völlig unvermittelt. Ich hatte sie damals nicht verstanden und für eine der typischen Finten meines Therapeuten gehalten. Was ließ sich darauf denn antworten? War ich neugierig auf den Tod? Ich hatte es nicht gewusst.

In der Annahme, dass es in das Bild passen würde, das sich Dr. Wolff in unseren Sitzungen von mir machte, hatte ich irgendwann gesagt: »Ja, vielleicht. Vielleicht bin ich neugierig.«

Dr. Wolff war mit meiner Antwort zufrieden gewesen. Gut, hatte er gesagt, und dass ich neugierig bleiben solle, man sterbe nämlich nicht aus Neugier, zumindest in den allermeisten Fällen nicht, man sterbe erst, wenn die Neugier erlösche. Ich hatte nicht weiter über seine Worte nachgedacht.

Nun aber waren sie da und erschienen mir unversehens in einem anderen Licht. »Sind Sie neugierig auf den Tod?«

Ich schlug den Weg an der äußeren Westseite des Englischen Gartens ein und ging am Schwabinger Bach entlang Richtung Zentrum. Abgesehen von ein paar Enten, die sich träge in der Strömung treiben ließen, war ich allein. Einzig die Türme der Studentenstadt, die zu meiner Rechten aufragten, und das Plocken der Tennisbälle, das vom Iphitos-Gelände zu mir herüberschallte, zeugten davon, dass ich in einer Großstadt unterwegs war und um mich herum das Leben pulsierte.

Ich hatte Dr. Wolff angelogen. Es ging gar nicht um den Tod! Auf einmal begriff ich, was mein Therapeut damals von mir gewollt, worauf er mit seiner Frage abgezielt hatte.

Der Tod interessierte mich überhaupt nicht. Hatte er nie getan. Er war einfach immer da gewesen. Irgendwann war er in mein Leben getreten und nicht mehr gegangen. Er war mein ständiger Begleiter, einer, den ich mir nicht ausgesucht hatte, der sich nicht abschütteln ließ und dessen Anwesenheit ich stillschweigend akzeptiert hatte.

Als meine Mutter starb. Mein Großvater. Pavel ... Seit ich denken konnte, war ich vom Tod umgeben gewesen und suchte noch heute unablässig seine Nähe. Verdiente mein Geld mit ihm. Stieß täglich in sein Horn.

»Sind Sie neugierig auf den Tod?«

Nein! Den Tod kannte ich. Oder meinte zumindest, ihn zu kennen. Was mir fremd war, war die Neugier. Ich war niemals neugierig gewesen! Auf nichts und niemanden.

Das Sterben meiner Nächsten hatte ich hingenommen, ohne auch nur eine einzige Frage zu stellen. Jetzt jedoch platzte mir schier der Kopf vor lauter Fragen. Die Tode der vielen, denen ich ein letztes Lied hinterherpfiff, waren mir letztlich egal gewesen. Wilhelm Schocht aber war es aus irgendeinem Grund nicht.

Als ich den Englischen Garten verließ und in die U-Bahn stieg, kamen mir ein letztes Mal Dr. Wolffs Worte in den Sinn und ich wusste: Mein Problem war nicht das Erlöschen der Neugier, sondern die Tatsache, dass sie erwacht war.

3

Zurück in meiner Kammer nahm ich die Trompete aus dem Koffer und spielte die ersten Takte von ›Gloomy Sunday‹. Ich hatte das Lied schon oft vorgetragen und musste nicht nachdenken. F – G – F – A – A … Keine Vorzeichen.

Da das Stück in den meisten Versionen ohnehin in g-Moll gespielt wurde, schien es mir wie für meine in B gestimmte Trompete geschaffen. So konnte ich in a-Moll, der Paralleltonart meiner geliebten C-Dur, bleiben.

Radu Barcagiu war nie müde geworden, mir zu erklären, dass mein Instrument ein transponierendes sei und dass ich nie vergessen dürfe, dass jeder Ton, den ich spielte, eine große Sekunde tiefer klinge als notiert. Wenn ich gemeinsam mit anderen musizieren wolle, sei das entscheidend. Da ich aber immer nur allein spielte, maß ich seinen Worten wenig Bedeutung bei. Mein Lehrer hatte irgendwann aufgegeben und mich auch nicht davon abgehalten, Kompositionen mit Kreuz- oder b-Vorzeichen aus dem Gehör in C-Dur umzusetzen, weil ich meinte, dass sie so einfacher zu greifen und zu intonieren waren. »Mach es, wie du willst«, hatte Herr Barcagiu gesagt, »aber denk daran: Die Wirklichkeit ist immer einen ganzen Ton tiefer.«

»Außer bei B-Dur und g-Moll«, hatte ich stets geantwortet.

Sunday is gloomy, / my hours are slumberless. / Dearest, the shadows / I live with are numberless.

Ich kannte wenige Lieder, bei denen Musik und Text so ineinander aufgingen. Langsam und düster schleppten sich die Zeilen dahin und ließen keinerlei Zweifel darüber aufkommen, warum hier einer vor lauter Traurigkeit nur noch den Schatten und nie mehr das Licht sah: Die große Liebe war gegangen, ein Weiterleben ohne sie sinnlos.

Einsame Sonntage / hab ich zu viel verbracht. / Heut mach ich mich auf / den Weg in die lange Nacht.

Der Song hatte von Anfang an im Ruf gestanden, Menschen zum Selbstmord zu bewegen. Schon kurz nach seiner Veröffentlichung im Jahre 1933 war eine regelrechte Suizidwelle aufgetreten, die man schnell mit dem Stück in Verbindung gebracht und mit jener nach dem Erscheinen von Goethes ›Werther‹ verglichen hatte. Und wie schon hundertsechzig Jahre zuvor waren eine Entschärfung des Textes und sogar ein generelles Verbot diskutiert worden, um Nachahmungen zu verhindern. Ohne Erfolg, das »Lied der Selbstmörder« war in der Welt und mit ihm bis heute die Faszination, die von ihm ausging: *Death is no dream:* Im Tode werden wir wieder vereint sein.

Ich hatte mich nie eingehender mit der Geschichte von ›Gloomy Sunday‹ beschäftigt, bis Berger sie mir eines Tages erzählte. Der Titel gehörte nicht zu den Dauerbrennern, die wir spielten, aber allzu selten kam es auch nicht vor, dass er für eine Abschiednahme gewünscht wurde. Im Schnitt vielleicht alle zwei, drei Monate. Jedes Mal wurde unser Bestatter hellhörig. Er fragte genau nach und legte eine besondere Rücksicht an den Tag. Meistens tat er gut daran, denn bei der überwiegenden Anzahl der Fälle war der Verstorbene tatsächlich keines natürlichen Todes gestorben, sondern freiwillig aus dem Leben geschieden. (Und oft hatte er testamentarisch auf das ›Lied vom traurigen Sonntag‹ bestanden.)

Beerdigungen von Selbstmördern waren die mit Abstand bedrückendsten und seltsamerweise auch die stillsten von allen. Selbst wenn ein kleines Kind zu Grabe getragen wurde und Trauer und Entsetzen mit Händen zu greifen waren, war es lauter. Wurde ein Selbstmörder bestattet, herrschte eine merkwürdige Verdruckstheit und die Gäste flüchteten sich irgendwann in ein betretenes Schweigen. Vielleicht lag es an den Rednern, die in ihren Ausführungen mühsam versuchten, die Todesursache zu umschreiben, zu beschönigen oder sogar zu verschleiern, wenn sie sie überhaupt erwähnten. Man hätte meinen können, dass ein Freitod nicht minder schwer oder leicht hinzunehmen gewesen wäre wie jeder andere, aber so war es nicht. Ein Suizid war und blieb eine Zumutung.

Ganz egal, wie aufgeklärt eine Trauergesellschaft auch war, irgendwann kam auf jeder Abschiednahme eines Selbstmörders der Punkt, an dem deutlich zu spüren war, dass keiner der Anwesenden die Entscheidung des Verstorbenen akzeptieren oder gar gutheißen konnte. Sogar wenn keiner der Gäste Bescheid wusste, weil die Angehörigen das so wollten, kam dieser Punkt. Und er äußerte sich jedes Mal in diesem unguten Schweigen, das in einer Tour missbilligend den Kopf zu schütteln schien.

In dieses Schweigen hinein spielten wir Musiker dann ›Gloomy Sunday‹ und oft war das der einzige Hinweis darauf, was wirklich geschehen war …

Ich brach mitten im Stück ab und begann ›Muss i denn‹ zu spielen, als brächte mir das in irgendeiner Form Klarheit.

Natürlich klang das Volkslied völlig anders und im ersten Moment empfand ich die schlichtere Melodie und das Fehlen von Moll-Intervallen als wohltuend, aber schon bald war mir, als verwischten die Unterschiede. Ich stimmte erneut ›Gloomy Sunday‹ an, forcierte das Tempo und kehrte dann abrupt zum Volkslied zurück, welches ich schließlich nach einem langen Ritardando so langsam spielte, wie es mir möglich war, langsamer noch als an Wilhelm Schochts Grab.

Dass mir beide Stücke ähnlich traurig und angemessen erschienen, verwunderte mich nicht, wohl aber, dass ich in beiden plötzlich eine Ahnung von Hoffnung heraushörte, von Aufbruch. Aber handelten nicht sowohl das ungarische als auch das schwäbische Lied ausschließlich von Abschied?

Ich startete meinen Computer und googelte die Texte.

Weine nicht, weine nicht, wenn i weiter wandern muss, hieß es im einen und im anderen: *Lass sie nicht weinen, lass sie wissen, dass ich froh bin zu gehen.* Wo war der Unterschied? In beiden Liedern wurde tatsächlich Abschied genommen und zugleich Liebe und Treue geschworen. Und in beiden wurde man getrennt, um sich nach Jahresfrist wieder zu vereinen. Der Unterschied: Im einen Fall vollzog sich diese Vereinigung im Tode, im anderen auf einer Hochzeit – bis dass der Tod uns scheide.

Zum ersten Mal in meinem Leben bedauerte ich es, dass mir all dies so unglaublich fremd war. Sich trennen. Auf Wanderschaft gehen. Ewige Treue. Große Liebe. Heiraten … Das waren allesamt Dinge, die mir letztlich nichts bedeuteten, waren Dinge, die in Bücher gehörten. Aber Wilhelm Schocht war keine literarische Figur, seine Geschichte ließ sich nicht nachlesen.

Die Neugier saß wie ein lästiger Gnom in meinem Kopf und hatte dort nichts Besseres zu tun, als mir unablässig Fragen zu stellen.

Hatte Wilhelm aus Verzweiflung gehandelt? Hatte er seine große Liebe verloren? Hatte er überhaupt eine gehabt? Und warum, verdammt, dieses Umschwenken von ›Gloomy Sunday‹ auf das Volkslied? Hatte Wilhelm vorgehabt, sich umzubringen, es dann aber doch vorgezogen, die Stadt zu verlassen, um nächstes Jahr zurückzukehren, um Hochzeit zu feiern?

Das war alles so ein himmelschreiender Unsinn!

Irgendwann saß ich nur noch da und wusste nicht, was mir mehr Angst machte: die Neugier sein zu lassen oder sie zu stillen.

Ich tat, was ich immer tat, wenn ich nicht mehr weiterwusste: griff zur Trompete und spielte. Stundenlang. Das ungarische und das schwäbische Abschiedslied. Immer im Wechsel.

Spät am Abend klopfte es und als ich aufschaute, stand Frau Reiter in der Tür. Sie sah mich nur an, aber in ihrem Blick lag die vorwurfsvolle Frage, ob ich eigentlich noch ganz gescheit sei. Ich konnte es ihr nicht verdenken.

Nach einer Weile reichte sie mir einen Zettel mit einer Adresse in der Maderbräustraße, mitten in der Innenstadt. Dort gebe es noch die alten, richtigen Glühbirnen, nicht diese »Sparfunzeln«. Ich nickte.

Im Gehen sagte meine Vermieterin: »Und für heute hören Sie bitt' schön mit dem traurigen Getute auf, verstanden?«

Ich versprach es ihr. Ich würde aufhören. Vor allem damit, ständig nach Antworten zu suchen. Es führte zu nichts.

Trotzdem konnte ich mich, als ich kurz darauf im Bett lag, nicht gegen den Gedanken wehren, dass mein ehemaliger Mitschüler irgendwo, weit außerhalb der Stadt, herumlief und mich schallend auslachte. Sein Gang war federnd. Sein Gesicht strahlte.

4

Schon am Roider-Jackl-Brunnen bereute ich es, die Abkürzung über den Viktualienmarkt genommen zu haben, anstatt auf einer der Straßen zu bleiben, auf denen weniger Menschen unterwegs waren. Dabei mochte ich den Markt. Seine Gerüche, das Gewimmel, das Geplärre der Händler. Ich genoss das Spektakel, wie sich die unzähligen Touristen ihren Weg so selbstsicher an die Stände bahnten, als gehörten sie ihnen bereits, und wie sie ein ums andere Mal von den Einheimischen abgedrängt wurden, weil dem eben nicht so war. Der Viktualienmarkt war einer der Plätze, den die Münchner nicht kampflos räumten. Heute allerdings, mit meiner Last, war das Geschubse lästig.

Der Pappkarton mit den drei Dutzend 60-Watt-Birnen war nicht schwer, aber so unhandlich, dass ich ihn mit beiden Händen vor dem Körper tragen und mich dergestalt regelrecht durch das Gewühl kämpfen musste. Ständig stießen ein Rucksack, eine Kameratasche oder ein Ellenbogen gegen den Karton und ich fürchtete, dass am Ende des Weges nicht mehr viel von Frau Reiters zerbrechlichem Gut übrig sein könnte. Ich stellte die Kiste auf den Brunnenrand und überlegte, wie ich von hier am schnellsten wieder wegkäme und wo vielleicht weniger Gedränge herrschte. Sofort bat mich ein Mann, den sein Anglerhut mit der Aufschrift »I love Munich« als ortsfremd auswies, den Karton doch bitte etwas zur Seite zu rücken, da er ein Foto von der Statue machen wolle. Aber das sei doch gar nicht der König Ludwig, sagte seine ebenfalls huttragende Frau, der habe doch nicht Gitarre gespielt.

Das Ehepaar zog weiter und ich trat einen Schritt zurück, um einen besseren Blick auf den in Bronze gegossenen, berühmten Volkssänger zu erlangen. Der Roider Jackl stand mit ausgebreiteten Armen da, seine Gitarre in der einen Hand, die andere Hand offen, als nähme er gerade von den ihm zujubelnden Massen seinen verdienten Applaus entgegen. Die Heldenpose eines Musikers.

Ich erinnerte mich daran, dass wir in meinem fünften oder sechsten Jahr an der Staatsbibliothek einen Betriebsausflug in das vor den Toren der Stadt liegende Freising unternommen hatten, wo der Roider die längste Zeit seines Lebens beheimatet gewesen war und wo er auch begraben lag. In Freising gab es ebenfalls einen Roider-Jackl-Brunnen, wir hatten ihn damals besichtigt. Allerdings wurde der Sänger in der dortigen Skulptur tatsächlich Gitarre spielend dargestellt und die Freisinger hatten auch ausreichend Humor besessen, in die Brunnenwand eines der berühmten Gstanzln des Spötters einzumeißeln: *Jetzt muaß i aufhern zum Singa? / sonst wer i berühmt / und kriag a r'a so a Denkmal / da wo's Wasser rausrinnt.*

Als ich den Karton mit den Glühbirnen wieder in die Hände nahm, merkte ich, dass die Pappe vom herausspritzenden Brunnenwasser ganz feucht geworden war. Und dann fiel mir ein, dass der Ausflug nach Freising mein letzter überhaupt gewesen war. Von meinem Kuraufenthalt am Ammersee einmal abgesehen, hatte ich mich seither nur innerhalb der Stadtgrenzen aufgehalten.

Ich überquerte die Straße und gelangte zum »Biergarten am Viktualienmarkt«. Seine Tische lagen vollständig im Schatten großer Kastanien und augenblicklich wurde es ruhiger. Obgleich es auch hier vor lauter Menschen kaum ein Durchkommen gab, war es, verglichen mit der Hektik des gegenüberliegenden Marktes, fast still. Auf meinen Spaziergängen war mir dieses Phänomen schon oft aufgefallen: Der Lärm und die Geschäftigkeit der Innenstadt kamen an diesem Ort auf fast unerklärliche Weise zum Erliegen. Als würde dieser Biergarten von einer schützenden Blase umschlossen.

Ich erwog, eine Pause zu machen, und sah mich um.

Etwa zwanzig Meter von mir entfernt entdeckte ich Sebastian. Er stand an einem der aus alten Weinfässern gezimmerten Stehtische und aß eine Semmel, vor ihm ein volles, offenkundig noch nicht angerührtes Glas Bier. Seine Geige trug er an einem Riemen über der Schulter, man erkannte sie nur am Wirbelkasten mit dem Totenkopf, der oben aus einem Lederbeutel lugte. Obwohl Sebastian mit seinem Zylinder fast alle Leute überragte und überhaupt ein sonderliches Bild abgab, schien ihn keiner zu beachten. Es war, als wolle niemand den alten Mann beim Essen stören. Sebastian tupfte sich nach jedem Biss mit einer Serviette den Mund ab. Dann kaute er langsam, schluckte und nahm einen weiteren Biss. Nichts an seinem Tun war außergewöhnlich. Alle waren hier, um zu essen. Es gab kaum jemanden, der nicht ebenfalls eine Fisch- oder Leberkäs-Semmel in der Hand hielt, ein Stück Fleisch schnitt oder in einem Salat stocherte. Trotzdem war bei Sebastian irgendetwas anders.

Ich brauchte ein paar Minuten, bis ich begriff, wodurch sich Sebastian von allen anderen hier unterschied: Er war der Einzige, der nur aß.

Alle anderen Leute unterhielten sich während des Essens, einige telefonierten sogar, andere blätterten in Zeitungen oder wischten auf ihren Smartphones herum, während sie sich gedankenverloren Nahrung zuführten.

Allein Sebastian widmete sich ausschließlich seiner Semmel.

Irgendwann hatte er sie aufgegessen, tupfte sich ein letztes Mal den Mund ab und nahm einen großen Schluck Bier. Danach hob er seinen Blick, als sei er nun, da seine Mahlzeit beendet war, bereit für anderes. Umgehend wurde er von einem Vorbeigehenden gegrüßt, dann von einem zweiten, ein dritter winkte ihm zu. Sebastian erwiderte die Grüße, indem er eine Verbeugung andeutete und dabei leicht mit dem Finger an die Krempe seines Hutes tippte. Schon bald traten Leute an Sebastians Tisch, wechselten ein paar kurze Worte mit ihm und gingen wieder.

Da ich den alten Geiger immer nur auf dem Friedhof antraf, wo er schweigsam und zurückgenommen seiner Arbeit nachging, hatte ich völlig verdrängt, dass er ein bekannter Mann war. Wer jahrzehntelang den Toten ein Lied spielte, machte den Lebenden ein Geschenk und blieb in Erinnerung.

Immer mehr Menschen suchten Sebastians Nähe. Sprachen ihn kurz an und entfernten sich schnell wieder. Es war klar: Sie dankten ihm. Und es stand außer Frage, dass sie es aus vollem Herzen taten. Der Geiger nahm den Dank bescheiden lächelnd entgegen.

So müsste Sebastians Denkmal aussehen, dachte ich, schlicht und demütig, die Geige auf dem Rücken, sich unmerklich verbeugend, den Finger am Hut.

Plötzlich erschien ein alter Mann auf der Bildfläche, der ähnlich groß war wie Sebastian und der, wie dieser, einen Gehrock anhatte. Im Gegensatz zum Geiger trug er allerdings keinen Zylinder, sondern einen hohen Filzhut, dessen Krempe von einem dunkelroten Band eingefasst war. Ein »Homburg«, fiel mir ein, so nannte man diese Art Hut. Mein Großvater hatte einen besessen und mir, als ich klein war, erlaubt, ihn aufzusetzen und stolz durch unser Haus zu balancieren, wobei er mir andauernd über die Augen rutschte.

Sebastian und der andere Mann blieben etwa einen Meter voneinander entfernt stehen und sahen sich lange an. Dann nahmen beide synchron ihre Hüte ab, legten diese auf den Tisch und umarmten sich herzlich. Nach einer Weile setzten sie ihre Hüte wieder auf und wandten sich zum Gehen. Ich war so gebannt, dass ich noch nicht mal reagierte, als mir auffiel, dass sie genau auf mich zukamen und kurz darauf direkt vor mir standen.

Der alte Geiger schien nicht überrascht zu sein, mich hier anzutreffen. Er stellte mir den Mann als seinen »guten Freund Jeremias Jensen, ursprünglich aus Lübeck« vor. Anschließend nannte er Jensen meinen Namen und fügte hinzu: »Ein Kollege an den Gräbern.« Leider müsse er, für seinen Teil, nun weiter, aber das solle uns keineswegs daran hindern, weiter den Tag zu genießen, er könne sich vorstellen, wir hätten uns viel zu erzählen. Er nickte uns zu, überprüfte den Sitz seiner Geigentasche und verschwand im Gewühl.

»Da spaziert er dahin«, sagte Jeremias Jensen fröhlich, »und Sie«, er deutete auf den Pappkarton, »wohin sind Sie des Weges?«

»Glockenbach«, entgegnete ich.

»Dann können wir ein Stück gemeinsam gehen. Wollen wir?«

Ich nickte.

Wir setzten uns in Bewegung und weil mir nichts Besseres einfiel, sagte ich, dass mein Großvater ebenfalls einen Homburg besessen habe.

»Eine gute Wahl«, sagte Jensen.

Danach schwiegen wir. Erreichten schweigend die Frauenstraße. Überquerten sie. Liefen schweigend die Reichenbachstraße entlang und hatten, als wir am Reichenbachplatz rechts in die Rumford einbogen, immer noch kein weiteres Wort gewechselt.

Noch vor nicht allzu langer Zeit hätte mich eine Situation wie diese restlos überfordert. Ich hätte zugesehen, schnellstmöglich meine Kammer zu erreichen und mich dort zu verkriechen. Jetzt aber machte es mir nicht das Geringste aus, neben einem Wildfremden umherzuschlendern und zu merken, dass dieser mir mit jedem Schritt weniger fremd wurde. Es beflügelte mich geradezu.

Als wir die Blumenstraße erreichten, fragte ich Jensen ohne vorher nachzudenken, woher er Sebastian kenne.

Sie seien sich vor vielen Jahren über den Weg gelaufen, antwortete der alte Mann, eine Fügung des Schicksals. »Wir sind Mitglieder benachbarter Zünfte.«

Ob er auch Musiker sei, fragte ich und Jensen lachte auf.

»Oh nein! Mein Handwerk ist ein anderes. Ich bin Paternostermacher.«

Als ich ihn verständnislos ansah, lachte er leise weiter.

»Geben Sie es zu, Sie haben keine Ahnung, wovon ich spreche, und denken gerade an Aufzüge.«

Ich nickte. Er hatte recht.

Das sei immer so, sagte Jensen, ich solle mich nicht grämen. »Stellen Sie kurz Ihre Kartonage ab, dann erzähle ich es Ihnen, es ist keine große Geschichte.«

Er knöpfte die beiden Reihen seines Gehrocks auf und holte aus der Innentasche einen flachen Samtbeutel hervor, öffnete diesen und zog vorsichtig eine kunstvoll gefertigte Gebetskette heraus.

Ich ließ die Kette durch meine Finger gleiten, die Perlen waren angenehm kühl und glatt.

Die in diesen Breiten übliche Bezeichnung, fuhr Jeremias Jensen fort, sei wohl »Rosenkranz«, der richtige Name aber laute »Paternosterschnur«, weil nie nur das Ave Maria daran abgezählt werden müsse, sondern auch das »Gloria Patri« und vor allen anderen das Vaterunser. Daher der Namen dieser Kette, »Paternoster«, und das sei es auch schon. Diese Ketten drehe er seit nunmehr achtundfünfzig Jahren, aus allem, was die See hergebe: Bernstein, Horn, Knochen, Holz, Koralle. »Erlauben Sie?«

Er nahm die Kette wieder an sich und verstaute sie behutsam im Beutel. Ein sterbendes Gewerk, sagte er, oder – um ehrlich zu sein – ein mausetotes. »Die Leute beten nicht mehr, und die paar wenigen, die es noch tun, lassen es sich nichts mehr kosten.« Jensen lachte erneut. Kein Grund, darüber in Trübsal zu verfallen.

Er klopfte sanft an meinen Karton. Nun müsse ich ihm aber verraten, was ich mit mir herumtrage, schwer scheine mein Päckchen jedenfalls nicht zu sein.

Ich sagte es ihm. Der alte Mann nickte.

Wir setzten unseren Spaziergang fort und Jensen erzählte, dass die Paternosteraufzüge, die mir vorher unweigerlich in den Sinn gekommen seien, im Übrigen selbstredend nach den Ketten benannt werden. Ob ich je mit einem gefahren sei?

»Nein«, sagte ich, »nur davon gelesen.«

Das reiche nicht, sagte Jensen. »Mir nach! Es ist nicht weit.«

Zögernd folgte ich ihm. Wir blieben auf der Blumenstraße und standen nur zwei Minuten später vor dem hohen Backsteingebäude am Altstadtring, an dem ich praktisch jeden Tag vorbeikam, ohne es jemals genauer beachtet zu haben.

»Das städtische Bau- und Planungsamt«, sagte Jensen, »in seinem Inneren werden die Sünden begangen, in denen wir leben.« Wofür der grobe Klotz freilich nichts könne, er sei älter als die Sünder, immerhin das älteste Hochhaus der Stadt.

Jeremias Jensen hielt mir die Tür auf und wir traten ein. Der Vorraum war neonbeleuchtet und zweckdienlich. Hinweisschilder an der Wand, Topfpflanzen in den Ecken, ein einzelner Stuhl. In der Luft hing der vertraute Geruch nach Behörde.

Wir bogen um eine Ecke und ich staunte sehr, dass es hier anstelle eines Lifts tatsächlich einen Paternoster gab.

»Einer der letzten seiner Art«, sagte Jensen.

Fasziniert starrte ich die beiden Türöffnungen an, in denen mit leisem Surren alle zehn Sekunden die offenen Kabinen vorbeifuhren, auf der einen Seite aufwärts, auf der anderen abwärts.

Ich wusste um die Funktionsweise des Aufzuges und bekam Angst. Zwar war die Geschwindigkeit des Paternosters sehr langsam, aber er stoppte nicht. Um ihn zu benutzen, musste man während der Fahrt in die Kabine hüpfen und konnte sich dann nach oben oder unten tragen lassen, um im gewünschten Stockwerk wieder herauszuspringen. Jetzt bereute ich es, so bereitwillig mit Jeremias Jensen mitgegangen zu sein. Für mich gab es hier kein gewünschtes Stockwerk! Ich hatte hier nichts zu suchen! Hans Erich Nossacks Kurzgeschichte über seine Panik beim Paternosterfahren kam mir in den Sinn und Bölls Satire ›Doktor Murkes gesammeltes Schweigen‹, in der sich der Held jeden Morgen der Mutprobe unterzog, einen kompletten Umlauf des Paternosters über den Dachboden mitzumachen, bevor er im zweiten Stock zur Arbeit ging. Beide Geschichten hatte ich gerne gelesen, setzten sich darin doch andere – statt meiner – dem Nervenkitzel aus. So war es doch richtig!

Eine Frau mit Aktenordnern unter dem Arm schlüpfte an uns vorbei und stieg eilig in den nächsten aufsteigenden Fahrkorb. Erst verschwand ihr Kopf, dann ihr Rumpf, schließlich sah man nur noch ihre Beine und schon war sie in der Decke verschwunden. Ich glotzte ihr nach.

Kurz darauf betraten zwei anzugtragende Männer den Vorraum und das Schauspiel wiederholte sich. Es folgte eine weitere Frau mit einem Kind an der Hand. Dann ein weiterer Anzugträger. Als auch er nach oben entschwunden war, nahm mir Jeremias Jensen den Karton ab und stellte ihn neben den linken Paternostereingang auf den Boden. »Den klaut schon niemand.« Mit einer einladenden Handbewegung bedeutete mir der alte Mann, dass nun wir an der Reihe seien. »Keine Widerrede! Nach Ihnen, bitte.«

Mein Herz klopfte, aber als die nächste Kabine das Bodenniveau erreicht hatte, nahm ich all meinen Mut zusammen und tat den ersten Schritt.

Im nächsten Augenblick stand Jensen neben mir und sagte: »Und schwupps.«

Ich konnte nichts dagegen tun und musste lachen. Was war eigentlich dabei gewesen?

Sachte ruckelnd und um ein Vielfaches langsamer, als ich gedacht hatte, schwebten wir nach oben. Der hässliche Vorraum blieb träge unter uns zurück und im nächsten Moment sah ich nur noch das Mauerwerk, das bedächtig an uns vorbeikroch. Kurz darauf erschien schon der Fußboden des ersten Stocks direkt in meinem Gesichtsfeld. Geruhsam senkte auch er sich, erreichte meinen Hals, meine Brust, mein Becken. Als er auf der Höhe meiner Knie war, machte ich mich daran, auszusteigen, aber der alte Mann hielt mich zurück. »Da hätten wir ja auch die Treppe nehmen können.«

Der erste Stock verschwand unter unseren Füßen, dann der zweite und dritte. Die Vorräume glichen einander aufs Haar. Abgeschabte Fliesen, Türen, ein Flur, Topfpflanzen. Dazwischen immer wieder die verkratzten Wände des Aufzugsschachtes, die mir mit jedem weiteren Stockwerk, das wir passierten, interessanter erschienen. Nach dem neunten oder zehnten Stock wurde ich unruhig. Bald würden wir unweigerlich an den Wendepunkt kommen.

Jensen erriet meine Gedanken: »Warten Sie es einfach ab. Es sind zwölf.« Er klopfte sich an die Brusttasche und fragte lachend: »Brauchen Sie meine Gebetskette?«

Kurz darauf änderte sich die Struktur des Mauerwerks. Es war jetzt unverputzt. Die Kabine gelangte mit einem leisen Knirschen in den Leerraum, schob sich, ohne die Geschwindigkeit zu verringern, zur Seite und fuhr dann, als wäre dies die selbstverständlichste Übung der Welt, wieder abwärts. Nun kamen uns die Böden der Räume entgegen, die Mauer kroch nach oben. Im Keller vollzog sich die Wende in umgekehrter Richtung und danach wusste ich, dass ich keinesfalls aussteigen, sondern unbedingt weiterfahren wollte.

»Natürlich«, sagte Jeremias Jensen, »darum geht es ja.«

Wir drehten eine weitere langsame Runde. Und danach noch eine. Ab und zu warteten Leute in einem der Stockwerke, stiegen aber nicht zu. Die nächste freie Kabine würde ja gleich kommen.

Hatte ich, wenn wir abwärts fuhren, das Gefühl, zu schrumpfen, so bildete ich mir, wenn es nach oben ging, ein, zu wachsen. Das gefiel mir am meisten. Ich wuchs! Ich wuchs und wurde größer und größer …

»Wie im Riesenrad, nur mit dem Vorteil, dass man nichts angucken muss«, sagte der Paternostermacher und fügte hinzu: »Und das Beste: Es ist etwas Altes, aber man fühlt sich herrlich jung darin!« Genau so war es.

Nachdem wir ein viertes Mal den Keller erreicht hatten, sagte Jensen, er habe nicht übel Lust, die nächsten Stunden mit mir auf- und abzugondeln, aber so langsam müsse er sich verabschieden. Wobei, er sah auf seine Uhr, es passe einfach zu gut, jetzt könne er mir den Rest der Geschichte auch noch schnell erzählen.

Wir fuhren wieder nach oben und der alte Mann hieß mich, im obersten Stockwerk auszusteigen und ihm zu folgen. Wir liefen einen Gang entlang und erreichten einen Schalter, hinter dem eine Frau an einem Computer saß.

»Herr Jensen, wie schön, dass Sie wieder einmal hier sind«, rief sie aus.

Jeremias Jensen machte einen Diener und fragte: »Dürfen wir?«

»Aber gern«, sagte die Frau, »es ist gerade niemand da.«

Wir gingen zu einer Tür und traten in einen leeren Sitzungssaal. Jensen ging mit schnellen Schritten zu einem der Fenster und öffnete es. Dann sah er wieder auf die Uhr und zählte stumm die Sekunden. »Gleich ist es so weit.«

Dann hörte ich die Glocken. In einer atemberaubenden Lautstärke. Erst ein paar einzelne Schläge, dann mehrere, schließlich viele. Sie schienen von verschiedenen Kirchen zu uns herüberzuschallen, überlagerten sich, schwollen an, ab und wieder an. Als gäben sie, nur uns zu Ehren, ein Konzert.

»Nirgendwo klingen sie besser als hier«, sagte Jensen, »und jetzt passen Sie gut auf.«

Die Glocken wurden leiser und dann hörte man, so laut, als befänden wir uns direkt unter ihnen, drei einzelne, klare Schläge in langsamer, diatonischer Abfolge. Ich zuckte zusammen.

Der Paternoster, sagte Jensen feierlich, als sie verklungen waren. So nenne man dieses Motiv des Glockengeläuts. Wie den Aufzug. Wie die Kette. Weil die Töne – wie Perlen – direkt nebeneinanderliegen. »Sie, als Musiker, kennen sich da bestimmt aus.« Der Paternoster sei die schlichteste Tonfolge der Welt. C – D – E. Als Akkord ein fürchterlicher Missklang, aber nacheinander angeschlagen, einfach nur herrlich. Ein Aufbruch. So, schloss Jeremias Jensen, jetzt wisse ich alles und er müsse nun wirklich los. »Es war mir eine übergroße Freude, junger Mann. Den Weg zurück finden Sie sicherlich allein.«

Irgendwann schloss ich das Fenster, als könne ich den Klang so aussperren. Aber er hallte in meinem Inneren nach und erinnerte mich daran, dass ich eine flache, acht Zentimeter lange und fünf Zentimeter breite Plastikkarte mit mir herumtrug, auf der Wilhelm Schocht stand.

Der Paternoster. C – D – E. Die ersten drei Töne von ›Muss i denn‹.

Nach unten nahm ich die Treppe. Immer zwei, manchmal sogar drei Stufen auf einmal.

5

Es war früher Morgen und ich fragte nicht weiter nach, als mich Berger am Telefon darum bat, binnen einer Stunde am Nordfriedhof zu sein. Sebastian sei krank und ich müsse einspringen. Für den Liedwunsch gebe es Schmerzensgeld, Helene Fischer.

Ich spritzte mir Wasser ins Gesicht, zog mich an und schnappte mir den Trompetenkoffer.

Das »Maria« war das einzige Café, das schon geöffnet hatte. Ich trank einen Espresso im Stehen. Der mit hellblauer Kreide geschriebene Spruch, der die längste Zeit an der Hauswand zur Klenzestraße hin gestanden hatte, war mittlerweile verwaschen und unleserlich.

»Wann wird's mal wieder richtig Sommer?«

Solange man diese Frage hatte entziffern können, waren jedes Mal, wenn ich hier vorbeikam, Menschen davorgestanden, Gäste des Cafés oder Passanten. Sie hatten ihre Handys gezückt, um ein Foto zu machen.

Nun hatte der Regen den Satz in eine wirre Buchstabensuppe verwandelt, die keinen mehr interessierte. Einzig das Wort »Wann« war noch zu erkennen. Vom »a« lief eine lange blaue Schliere die Wand hinunter.

›Atemlos durch die Nacht‹ an einem frischen Grab zu spielen, war ein schlechter Witz. Weil ihn jeder auf Anhieb verstand und sich doch niemand daran zu stören schien. Berger hatte es irgendwann aufgegeben, seine Kunden davon überzeugen zu wollen, auf diesen Titel zu verzichten. Es war zwecklos. Die Leute liebten den Schlager vorbehaltlos. Im Leben wie im Tod.

Ich intonierte leise und klar. Die Strophe umfasste wenig mehr als ein monotones Hin- und Herwiegen zwischen dem tiefen C und dem E. Ohne den Text wusste niemand, um welches Lied es sich handelte, es war nichts weiter als eine einschläfernde Fingerübung für die große Terz.

Mit dem plötzlichen Sprung auf das hohe C und dem einsetzenden Refrain änderte sich das. Die Gäste erkannten die Melodie, und die Ersten begannen wie auf Knopfdruck zu weinen. Es kam mir grotesk vor. Ich verlangsamte das Tempo, das Weinen und Schniefen intensivierte sich. Es war so absehbar, so einfach.

Beim zweiten Durchgang wiederholte ich die Strophe, ohne irgendetwas am Original zu verändern: Zweimal die Terz, runter auf D, erneut die Terz, Verharren auf E. Es waren die Töne, die ich seit gestern unablässig im Ohr hatte. Durch das ständige Zurückfallen der Tonfolge auf den Grundton jedoch verkehrte sich der Paternoster in sein Gegenteil. ›Atemlos‹ war kein Aufbruch, sondern ein krampfhaftes Festhalten am Bestehenden. So wie es ist, ist alles gut, sagte die Melodie, nur nichts Neues, ja kein Wagnis!

Ich bemerkte, wie ich ungehalten wurde. Wieso fing ich auf einmal an, mit einem Musikwunsch zu hadern? Reiß dich zusammen, Marten, konzentrier dich! Ich bemühte mich um Gelassenheit. »In jedem Lied gibt es etwas zu entdecken«, hatte Herr Barcagiu einst gesagt. In diesem nicht! Die Komposition war so durchschaubar und unglaublich feige. Fast wütend wechselte ich zum Refrain.

Atemlos durch die Nacht / bis ein neuer Tag erwacht.

Von zwei absurd simplen Schlenkern abgesehen, bestand dieser Kehrvers aus nichts anderem als einer abfallenden C-Dur-Tonleiter. Vom hohen C hinunter zum tiefen. Wieder und wieder. Immer schön nach Hause. Da capo al fine. Das Lied war kein atemloses Nachtabenteuer, sondern ein geordneter Rückzug. Rein gar nichts sollte sich ändern, daheim war es am schönsten.

Meine Wut steigerte sich. Wie konnte ein Titel, der das Leben verhöhnte, jemals angemessen für den Tod sein? Wahrscheinlich war Sebastian gar nicht krank, dachte ich, er war nie krank, bestimmt hatte er nur keine Lust gehabt auf diese bornierte, Musik gewordene Restauration. Selbst er hielt es nicht mehr aus ...

Ich versuchte, meine Aufgebrachtheit in mein Spiel zu legen, aber es gelang mir nicht. Die Trauergesellschaft ließ sich nicht beirren. Sie hatte den Hit im Ohr und schien sich in einem alles umfassenden Einverständnis zu suhlen, in der Gewissheit eines von Anfang bis Ende richtig geführten Lebens.

»Heim zu Mama«, sagte die Melodie in einem fort. Dabei war »Mama« tot!

Bei der Wiederholung des Refrains fiel mir auf, dass er sämtliche Töne von C-Dur beinhaltete. Nur das F fehlte.

Als sei dieser Ton eine Bedrohung und müsse deswegen ausgesperrt werden. »F« wie »Feind«. Oder »F« wie »fremd«. Als könne ausgerechnet die Quarte die Aufrechterhaltung des Status quo gefährden.

Ich begann, freier zu improvisieren, und flocht dabei absichtliche Quartsprünge ein. Wenn es das ist, wovor ihr Angst habt, dann bitte! Wenn das der Klang ist, den ihr fürchtet, hier kommt er!

Ich rief mir Stücke ins Gedächtnis, die mit diesem Intervall begannen, ließ ›Dona nobis pacem‹ und Mozarts ›Kleine Nachtmusik‹ anklingen, wenn die Melodie fiel, und immer wieder ›Amazing Grace‹, wenn sie anstieg. Der Tod ist eine Veränderung! Er lässt sich nicht aussperren! Kapiert das endlich!

Ich presste meine Lippen zusammen, um meine Quarten unrein werden zu lassen. Ein ums andere Mal erhöhte ich sie auf den Tritonus, »das Intervall des Teufels«. Mir war bewusst, dass meine Improvisation schäbig zu werden drohte, dass ich dabei war, mich mittels billiger Tricks zum Lehrmeister des Publikums aufzuschwingen. Aber ich konnte nicht innehalten. Resignation mischte sich in meinen Trotz. Ich kannte das Gefühl. Es war lange her, aber ich erinnerte mich. Schmerzlich. Ich war auf der Suche nach etwas, das hier nicht hingehörte. Auf der Suche nach einem falsch einsortierten Buch. Auf der Suche nach einer Geschichte, die keiner hören wollte.

Mein Spiel wurde lauter. Und zum ersten Mal am Grab: schneller. Als läge darin die Möglichkeit eines Ausweges. »Wenn du schneller wirst«, hatte Radu Barcagiu stets gemahnt, »wirst du nicht früher fertig, du wirst nur schneller.« Es half nichts. Ich beschleunigte weiter und wurde wirklich atemlos. Man hörte mehr und mehr Luft beim Spiel, ab und zu unterlief mir ein hilfloses Quietschen.

Die Anwesenden lauschten weiter andächtig. Einige hielten sogar Händchen. Das konnte doch nicht wahr sein! Merkte denn keiner was? Was musste denn noch passieren, dass die Leute begriffen, dass es hier um etwas anderes ging als »tausend Glücksgefühle«? Sie waren lächerlich! Die Zunge sollte man ihnen herausstrecken!

Kaum hatte ich diesen Gedanken, schnellte meine Zunge auch schon vor. Es erklang der Ansatz eines schmutzigen Trillers, dann soff der Ton ab. Erschrocken gab ich sofort mehr Luft und nach einem unbeholfenen Zischen röhrte das Instrument auf. Zurück zum C, schnell! Ich überblies ein paar Töne, es pfiff gemein und ich kam ins Schwimmen. Paddelte hektisch herum. Bekam Wasser in den Mund. Wo war ich? Wo wollte ich hin?

Ein paar Spatzen flatterten auf. Wenigstens die zeigten eine Reaktion! ›Kommt ein Vogel geflogen‹. Kam da nicht auch eine übermäßige Quarte vor? Natürlich: *Von der Liebsten einen Gruß*. Ein astreiner Tritonus! *Von der Liebsten einen Gruß*. Und gleich noch mal: *Von der Liebsten einen Gruß*.

Da bemerkte ich die Veränderung der Gäste. Spürte die Verwirrung, die Empörung. Ich hatte sie! Endlich! Ich fühlte die Macht, jetzt konnte es losgehen ... Oder besser: enden! Jetzt, genau jetzt, sollte ich aufhören.

Keine Versöhnung, keine Gnade!

Wieder kam mir Sebastian in den Sinn. Hatte er dergleichen je gewagt? Hatte er je einen harmonischen Schluss verweigert und offen geendet? Wieso war er eigentlich nicht hier? Gestern auf dem Markt hatte er gesund gewirkt ...

Mein Denken stockte. Und mit ihm mein Spiel. Ich atmete ein, dann glitt ich auf der Synkope wie von selbst mit einem weichen Legato hinunter zum Grundton. Ich hatte wieder Boden unter den Füßen.

Für einen Moment sah ich meine komplette Improvisation vor meinem inneren Auge. Den schnulzigen Beginn, die musikalischen Zitate, die Zerstörung der Gewissheit … Ohne nachdenken zu müssen, wusste ich weiter. Und noch bevor ich den ersten Ton gespielt hatte, wurden die Gäste ruhig und teilnahmsvoll. Der süße Klang der erstaunlichen Gnade: *Amazing grace, how sweet the sound.* Ein kollektives Schluchzen erhob sich und diesmal klang es ehrlich. *I once was lost, but now I am found.* Aber es ging hier nicht um mich. So klar wie nie zuvor erkannte ich, dass meine Aufgabe eine andere war. *Von der Liebsten einen Gruß.*

Ich spielte einen letzten leisen Lauf und dann vom erhebenden eingestrichenen C respektvoll die Melodie runter bis zum Ende – so langsam, dass niemand die Verschiebung in den Dreivierteltakt bemerkte. *Atemlos durch die Nacht / spür was Liebe mit uns macht.*

Meine Darbietung war alles andere als gut gewesen, trotzdem war ich sonderbar zufrieden. Nicht glücklich, nicht stolz, aber aus unbestimmtem Grund völlig einverstanden. Mit mir und meinem Spiel. Als hätten die Fehler, Zweifel und Aussetzer zwingend dazugehört. Als hätte es genau so und nicht anders sein müssen.

Mehr Trauergäste als üblich kamen nach der Abschiednahme auf mich zu, um mich zu loben und mir für meine Interpretation zu danken. Selbst Berger zollte mir Anerkennung. »Heute warst du nah dran«, sagte er, als nur noch wir beide auf dem Friedhofsvorplatz standen. »Danke fürs Aushelfen, Sebastian wäre …« Er ließ den Satz unvollendet. Wir wussten beide, dass sich dieser Vergleich verbot. Ich hatte den alten Geiger halbwegs anständig vertreten, ich hatte ihn sogar, wenn auch unbewusst, zu imitieren versucht, allerdings war es bei mir – im Gegensatz zu ihm – knapp gewesen und hätte die Geschichte heute durchaus auch anders ausgehen können.

Auf der Ungererstraße fuhr ein Krankenwagen mit eingeschalteter Sirene vorbei.

Berger sagte, er nehme die Bahn.

Ich winkte ihm nach.

Kurz darauf verstummte das Martinshorn. Anhand des »Tatütatas« hatte mir Herr Barcagiu damals die reine Quarte erklärt.

Alle Unruhe und Getriebenheit der letzten Tage waren verschwunden. Als seien sie binnen weniger Minuten durch das Schallstück meiner Trompete rückstandslos aus mir herausgeflossen. Ich ging links an der Aussegnungshalle vorbei und fühlte mich leicht. Ich legte den Kopf in den Nacken und blinzelte in die Sonne. So wie es ist, ist alles gut. Und nun: ab nach Hause!

In diesem Moment stieß mich jemand an.

»Entschuldigung«, sagte eine weibliche Stimme. Es war mehr ein Wispern. Ein sanftes Piepsen.

Ich senkte meinen Blick und erkannte die junge Schwangere von Wilhelm Schochts Abschlussball. Trotz ihres immensen Bauches erschien sie mir verhuscht und zerbrechlich.

»Entschuldigung«, wiederholte sie leise, »ich war in Gedanken.«

»Keine Ursache.«

Ich sah ihr nach, bis sie im Friedhofsinneren verschwunden war. Warum ist sie ständig hier, dachte ich, aber die Frage löste kein Echo in mir aus. Das Gefühl der Schwerelosigkeit blieb.

Ich stellte meinen Trompetenkoffer ab und holte die EC-Karte aus der Sakkotasche. Hielt sie an den kurzen Kanten zwischen Daumen und Zeigefinger, sodass sie sich leicht nach außen wölbte. Ich erhöhte den Druck meiner Finger, die Karte bog sich durch. Wenn ich sie jetzt über die Fingerkuppe rutschen ließe, würde sie davonflitschen.

Ich nahm die Karte in beide Hände. Wie ein winziges Buch. Ein Buch in Miniaturformat, bestehend aus nur einer Seite.

Ich las: »Sparkasse München Starnberg Ebersberg.« Der Schauplatz einer Geschichte.

Ich las: »Wilhelm Schocht.« Der Held der Geschichte.

Neben dem Namen stand: »Maestro.« Der Lehrer. Der Meister. »Wilhelm Meister.«

Ich lächelte. Drehte die Bankkarte um und erinnerte mich an meine Zeit an der StaBi. Die Kärtchen mit den bibliografischen Informationen waren nicht viel größer gewesen. Wilhelm Meister. Seine Lehrjahre. Seine Wanderjahre. Seine theatralische Sendung.

Wilhelms Unterschrift war gleichmäßig und wirkte erwachsen. Nur der Strich des kleinen »t« war schwungvoll und zog sich durch sämtliche Lettern, als hätte Wilhelm beim Schreiben des letzten Buchstabens seinen Namen abschließend durchgestrichen.

Neben dem Sparkassenlogo auf der Rückseite stand das Wort »Trust«. Vertrauen.

Der Rest waren Zahlen.

Ich las: »Gültig bis …« Die Karte würde nächsten Monat ablaufen. Ende der Geschichte.

Die Sonne sagte: Lass es gut sein!

Das Pförtnerhäuschen sagte: Neugier ist etwas für kleine Kinder. Oder für Forscher. Für Abenteurer. Nichts für dich!

Die Karte sagte: Ich habe dir alles erzählt, was ich weiß. Du kannst mich jetzt abgeben und in dein vertrautes Leben zurückkehren.

Ich ging die paar Schritte die Ungererstraße entlang bis zur Kreuzung zum Ring. Der Friedhof lag nun in meinem Rücken und vor mir, auf der anderen Straßenseite, der große Gebäudekomplex der Münchner Stadtsparkasse. Ich überquerte die Kreuzung, betrat die Bank und steckte Wilhelms Karte in einen der Kontoauszugsdrucker. Das Gerät zog das flache Stück Plastik ein und begann zu rattern. Nach wenigen Augenblicken spuckte es erst einen Auszug und anschließend die Karte wieder aus. Ich nahm beides in Empfang und trat ins Freie. Dort rang ich nach Luft.

6

Die nächste Stunde saß ich auf einem der steinernen Poller vor dem Bankgebäude und wusste weder ein noch aus. Was um alles in der Welt war bloß in mich gefahren? Ich schwitzte und zitterte am ganzen Körper.

So fühlte es sich also an, wenn man etwas Verbotenes getan hatte. Eine Grenze überschritten. Mein Herz raste und ich wurde panisch.

Bei jedem Martinshorn, das ich hörte, zuckte ich zusammen. Ich dachte nicht mehr an das Intervall der Töne. Ich dachte: Da sind sie! Sie kommen, um mich zu holen!

Ich war unfähig, mich zu bewegen, geschweige denn einen Blick auf den Auszug zu werfen, geschweige denn einen klaren Gedanken zu fassen.

Irgendwann riss mich eine alte Frau aus meiner Trance. Auf ihr Gehwägelchen gestützt rief sie mir zu: »So geht es mir auch immer, wenn ich meine Kontoauszüge anschaue. Man sollte einfach keine mehr ziehen.«

Allmählich beruhigte ich mich und wurde mir der Absurdität der Situation bewusst. Es war lachhaft. Ich saß da wie ein Schuljunge, der sich nach einem Lausbubenstreich einbildete, er hätte ein Kapitalverbrechen begangen. Meine Angst war vollkommen unbegründet, nichts würde passieren, natürlich nicht! Ich begann, den Auszug zu studieren.

Ich hatte ausreichend Kriminalromane gelesen, um die Gefühle zu kennen, die sich einstellten, wenn man nach überstandener Gefahr um die verdiente Beute gebracht wurde. Die Wut, wenn man gelinkt worden war. Der grenzenlose Frust angesichts des leeren Tresors. Die Ernüchterung, wenn sich nur Papierschnipsel im Koffer befanden ... Die ganze Mühe – umsonst.

Was ich aber empfand, war etwas anderes: die Enttäuschung über eine Geschichte, an der man alles schon kannte. Die Personen, die Handlung, den Ausgang.

Wilhelms Kontoauszug umfasste die letzten sechzehn Tage und wies genau zwei Bewegungen auf: die beiden Überweisungen an Berger. Der Bestatter hatte nicht gelogen, einmal hatte er fünfzig- und einmal zwanzigtausend Euro erhalten. Die Betreffe waren identisch: ABSCHIED W. SCHOCHT. Seit letztem Samstag war das Konto nicht mehr angerührt worden. Der Abschlusssaldo wies ein Minus von 3,45 Euro aus.

In einer Bäckerei am Sendlinger Tor kaufte ich zwei Croissants und einen Joghurt.

Als ich in die Palmstraße einbog, dachte ich: Eine Schuld von drei Euro und fünfundvierzig Cent. Das ist es also, was von einem Leben übrig bleibt.

7

Frau Reiter fing mich im Hausflur ab, sie musste auf mich gewartet haben.

»Sie hatten Besuch, Marten, Damenbesuch!«

Lange hielt sie ihre Rolle als strenge Hauswirtin nicht durch und erzählte, dass ein »Fräulein Engelmann« hier gewesen sei, eine sehr nette Person, wirklich, ausnehmend reizend. »Das hat sie für Sie dagelassen.«

Sie reichte mir ein kleines, in buntes Geschenkpapier eingeschlagenes Päckchen.

Mehr als ein »Danke« brachte ich nicht heraus.

Ihr müsse ich nicht danken, sagte meine Vermieterin und lächelte vieldeutig. Ein Kuvert sei auch noch dabei. Sie habe die junge Frau ja hereingebeten, schließlich hätte sie durchaus drinnen auf mich warten können, wenn sie schon einmal da wäre, und allzu lange sei ich ja eh nie außer Haus, aber das habe sie dann doch nicht gewollt, »die Sonia« – ein höflicher Mensch, das müsse sie schon sagen.

Frau Reiter unterbrach ihren Redefluss und sah mich gespannt an. »Und, freuen Sie sich?«

Ich nickte.

»Jetzt lassen Sie sich doch nicht alles aus der Nase ziehen. Wie lange kennen Sie sich denn schon?«

Eine kleine Ewigkeit, sagte ich, seit der Schule.

Das sei schön, erwiderte sie, und wenn ich den Rat einer alten Frau hören wolle: »Warten Sie nicht zu lange.« Sie selbst sei kürzlich beim »Dürnbräu« im Tal gewesen, auf dem sechzigjährigen Klassentreffen, aber allzu viele seien nicht mehr erschienen, ein großer Tisch habe gereicht. Der Mosacher Karl allerdings, der sei da gewesen, alt und tattrig zwar, aber fesch wie früher. Zwei Jahre sei er ihr Galan gewesen, in der Tanzstunde, na ja, ein rechter Stenz ... »aber Walzer tanzen, das hat er können«.

Sie gehe dann mal hoch, sagte Frau Reiter, und ein bisschen schade sei es halt schon: Ständig hocke ich in meiner Kammer und dann habe ich einmal Besuch und sei nicht daheim. Ihretwegen dürfe ich die Sonia ruhig einmal einladen. Wenn sie rechtzeitig Bescheid wisse, würde sie etwas backen. Damit es dann nicht den Plunder aus der Bäckerei gebe, das seien ja ohnehin nur noch Ketten.

»Danke«, sagte ich, »vielen Dank, Frau Reiter.«

»Schon recht.«

An der Treppe drehte sie sich noch einmal um. Vielleicht müsse ich mir dann ja auch bald was Größeres suchen, zum Wohnen, meine sie, mehr als eine Person passe schließlich beim besten Willen nicht in mein Zimmer. »Und Frauen brauchen ein Bad, Marten.« Ewig könne das sowieso nicht weitergehen. Sie überlege schon seit einer Weile, das Haus auf ihre Nichten zu überschreiben und sich was anderes, Kleineres zu suchen. Sie werde ja auch nicht jünger.

Es waren diese Fragen, die mich im Folgenden umtrieben und auf die ich keine Antwort wusste:

Wieso hatte ich nicht bemerkt, wie alt und einsam Frau Reiter mittlerweile war?

Musste ich mich tatsächlich nach einer neuen Bleibe umsehen?

Und: Woher kannte Sonia meine Adresse?

Ich hörte den wild blinkenden Anrufbeantworter ab. Die Nachrichten machten mir schlagartig klar, dass es noch einiges mehr gab, das ich nicht wusste oder erfolgreich verdrängt hatte.

Die Frau, die Bergers Büroangelegenheiten regelte, ermahnte mich, unbedingt meine Unterlagen für die Steuer einzureichen, und zwar nicht nur für dieses und letztes Jahr, sondern auch für das davor.

Eine Mitarbeiterin meiner Krankenkasse erinnerte mich daran, dass ich nicht nur eine Vergangenheit, sondern auch eine Krankengeschichte hatte. Meine letzte Untersuchung sei vier Jahre her. »Da wir Sie schriftlich nicht erreichen konnten, probieren wir es auf diesem Wege. Bitte vereinbaren Sie einen Termin im Herzzentrum der TU.«

Die nächsten fünf Nachrichten stammten alle von Ricarda:

Wir müssen uns etwas einfallen lassen wegen Papa.

Das könne so nicht weiterlaufen, auch mit dem Haus.

Sie wolle sich nicht immer um alles alleine kümmern müssen.

»Verdammt, Marten, wieso ist dein Handy die ganze Zeit aus? Wo steckst du?«

»Hallo, du hast eine Schwester! Melde dich!«

Der letzte Anruf war von Berger. Seine Stimme war verrauscht und hallte. Er habe gerade erfahren, dass Gregersen und Ulrich nun ebenfalls krank seien. Schöner Mist! Morgen um zehn finde eine Dienstplanbesprechung im »Glück« statt. Ob ich das bitte Dittmar ausrichten könne. Er selbst sei auf dem Weg ins Krankenhaus. Sebastian besuchen. »Mir gehen die Geiger aus, Marten, und schalt dein Scheißhandy wieder an!«

Es war alles zu viel! Zu viel, was ich nicht wollte, was ich nicht konnte, was niemals zu schaffen sein würde! Zu viel für einen Tag, zu viel für ein Leben ...

Die Erschöpfung kam, ohne vorher anzuklopfen. Ich schloss die Augen und hieß sie willkommen: die vertraute Mattheit, die sich in meinem Kopf breitmachte, die bleierne Müdigkeit, die mir in die Glieder kroch. Aber sie schienen sich in mir nicht mehr heimisch zu fühlen. Vielleicht war da zu wenig Platz, um es sich gemütlich einzurichten? Zu wenig Zeit, um in aller Ruhe Besitz von mir zu ergreifen?

Als ich die Augen wieder öffnete, blinkten die Erwartungen von Ricarda, Berger und den anderen nach wie vor auf dem Anrufbeantworter. Sonias Geschenk lag weiterhin auf dem Tisch, Frau Reiter rumorte unentwegt über mir in ihrer Wohnung und Wilhelms EC-Karte und der Kontoauszug steckten immer noch in meiner Tasche. Und ich? Ich war auch noch da. Müde, schlapp – aber da!

Ich atmete probehalber ein paarmal tief ein und aus. Tadellos.

Und dann begriff ich zum ersten Mal einen der Aphorismen Ciorans, mit dem ich bislang nur kokettiert hatte: »Das Delirium ist gewiß schöner als der Zweifel, aber der Zweifel ist fester.«

Wieso? Weshalb? Warum?

Ich steckte das Handy ans Kabel, das Display antwortete.

Ich schickte Berger und Ricarda je eine SMS. Beide antworteten umgehend: »Danke.«

Ich öffnete das Kuvert. Sonia antwortete: »Dank dir für den Abschlussball. Dank dir sehr. Das Geschenk habe ich bei Bauer & Hieber für dich entdeckt.«

Ich schaltete den Computer ein und schrieb eine Mail an das Herzzentrum in München-Neuhausen. Sekunden später erhielt ich die Bestätigung: »Danke für Ihr Schreiben. Wegen einer Terminabsprache melden wir uns innerhalb der nächsten fünf Werktage.«

Ich rief in Bergers Büro an und bat um Aufschub. Er wurde gewährt.

Diesmal dankte ich.

»Bauer & Hieber« war der größte Notenhändler der Stadt. Das Geschäft lag prominent hinter dem Marienplatz an der Rückseite des Rathauses und schon oft hatte ich halbe Tage darin verbracht, um nach Stücken zu suchen, in Trompetenschulen zu blättern oder mich einfach so durch die oberen Stockwerke treiben zu lassen, die vollgepackt waren mit musikalischer Fachliteratur.

Als ich das zu einer Schleife gebundene Band mit einer Schere durchschnitt, konnte ich mich nicht daran erinnern, wann ich das letzte Mal ein Geschenk ausgepackt hatte. Was es gewesen war. Von wem ich es bekommen hatte. Von Ricarda wahrscheinlich. Oder von meiner Mutter.

Dass Sonia mir ein Buch schenkte, war nicht schwer zu erraten gewesen. Ich hatte es durch die Verpackung hindurch bereits fühlen können. Aber schon als ich nur einen kleinen Fetzen des Geschenkpapiers eingerissen hatte und lediglich der Kopf des Buches zum Vorschein kam, wurde mir klar, dass es sehr teuer gewesen sein musste. Ich sah die kunstvolle Bindung, die sorgfältige Fadenheftung, den edlen schwarzen Leineneinband. Zwischen den Seiten lugte ein rotes Lesebändchen hervor. Ich zog vorsichtig daran und bemerkte, dass es nicht gewebt, sondern geflochten war. Eine Litze, fiel mir ein, so lautete der Fachausdruck. Schon in meiner Anfangszeit als Bibliotheksassistent hatte ich mich an solchen buchbinderischen Feinheiten erfreut. Nur in alten oder besonders wertvollen Ausgaben fanden sich heute noch Leselitzen, sie waren ein kostspieliges Detail.

Vorsichtig entfernte ich das restliche Geschenkpapier. Das Buch war wunderschön. Ich legte es vor mich auf den Tisch und ließ meine Finger über die weiche und leicht gerippte Leinenstruktur des Deckels gleiten. Selten hatte ich einen schlichteren und doch so prächtigen Einband gesehen und noch nie einen seltsameren. Er verzichtete vollständig auf Titel und Autorenname. Lediglich eine Zeichnung war abgebildet. Sie war nicht aufgedruckt, sondern formvollendet in den Deckel geprägt. Mit den Fingerkuppen fuhr ich ihre Umrisse nach. Weiß auf schwarzem Grund zeigte sie ein stilisiertes Skelett, ein Gerippe, dem eine Schlange durch die Schädelöffnungen kroch und das mit einem großen Schritt aus dem Sichtfeld lief. Nein, es sprang regelrecht vom Buchdeckel herab. Unter dem Arm trug der Knochenmann eine Geige mit drei Saiten, aber fünf Wirbeln. Gevatter Tod mit seiner Fiedel.

Neben der Zeichnung war ein winziger roter Komet eingeprägt. Darunter standen, ebenfalls in roten Lettern, drei Worte: DIE ANDERE BIBLIOTHEK.

Aus meinem früheren Leben wusste ich, dass es sich dabei um eine renommierte Druckreihe handelte, aber daran dachte ich in diesem Moment nicht. Ich dachte nur, wie herrlich es wäre, wenn eine solche Bibliothek tatsächlich existierte, eine, die wirklich und von Grund auf anders wäre, anders aufgebaut, anders geordnet, eine Bibliothek, in der man immer das fände, wonach man suchte, selbst wenn man gar nicht wüsste, was genau das sein sollte ... die Andere Bibliothek, in der staubfangend und geduldig das eine Buch wartete, welches die eigene Geschichte erzählte.

Als ich den Joghurt löffelte und die Croissants aß, dachte ich an Wilhelm Schocht und das Minus auf seinem Konto. Weiter dachte ich nicht.

Ich legte das Essen weg, nahm den Laptop und rief das Online-Banking der Sparkasse auf. Dort folgte ich so lange den Anweisungen, bis sich ein Fenster öffnete: *Der Auftrag wurde entgegengenommen.*

Nachdem ich den Kontoauszug und die EC-Karte mit der Schere in kleine Stücke zerschnitten und in den Müll geschmissen hatte, las ich mir das Überweisungsprotokoll auf dem Bildschirm noch einmal durch:

ONLINE-UEBERWEISUNG
SCHOCHT, WILHELM
3,45 EUR
DAMIT ALLES SEINE ORDNUNG HAT

8

Rohan
Kriwaczek

EINE
UNVOLL-
STÄNDIGE
GESCHICHTE
DER
BEGRÄBNIS-
VIOLINE

Nachdem ich dem Buchrücken Verfasser und Titel entnommen hatte, schlug ich das Buch vorsichtig auf und ging dann so vor, wie ich es immer tat, bevor ich mich ans Lesen eines schön gebundenen Werkes machte: Ich näherte mich behutsam an, ließ mir Zeit für ein Kennenlernen.

Ich griff mit der rechten Hand in das Buch, befühlte den Buchblock und versuchte, anhand seines Gewichts die Anzahl der Seiten zu schätzen. Etwa dreihundert, vermutete ich. Anschließend betrachtete ich das Vorsatzpapier. Es war schmucklos, hellblau und opak. Ich wartete einen Moment, dann ließ ich die Seiten wie bei einem Daumenkino abblättern. Nicht zu schnell, damit man gerade noch die aufsteigende Chronologie der Zahlen an den unteren Seitenrändern nachvollziehen konnte, aber schnell genug, um nicht einen Satz lesen zu können. Das würde später kommen. Bis auf Weiteres freute ich mich daran, wie die Buchstabenkolonnen brav und wohlgeordnet an meinen Augen vorbeimarschierten und wie sie Seite für Seite passgenau aufeinander zu liegen kamen. Ab und zu wurde der Blocksatz durch eine eingestreute Illustration unterbrochen und das steigerte meine Vorfreude.

Beim Abblättern der letzten Seiten änderte sich das Bild fundamental. Aus den Lettern wurden plötzlich Noten und diese widersetzten sich meiner Wahrnehmung. Obgleich auch sie sich streng in den Satzspiegel fügten, schienen sie sich nicht an die Disziplin der Buchstaben halten zu wollen. Sie störten die Übersichtlichkeit, scherten aus und brachten die Systematik durcheinander. Bei meinem blätternden Schnelldurchlauf pfiffen die Noten auf jede Form von Aufbau und Arrangement und begannen einen Tanz aufzuführen.

Vielleicht lag es daran, dass ich innehielt und zum ersten Mal ein Buch nicht vorne begann, sondern hinten.

Die abschließenden fünfzig Seiten von ›Eine unvollständige Geschichte der Begräbnis-Violine‹ bestanden aus einem Notenanhang gebildet mit Trauermusik verschiedener Komponisten. Von keinem hatte ich jemals zuvor gehört.

Ich schlug die letzte Seite auf und begann zu lesen.

Das finale Stück, das abgedruckt war, stammte aus dem Jahre 1832 und wurde von einem Charles Sudbury komponiert. Es hieß ›Funerary Suite no. 4‹, bestand aus sieben Teilen und endete mit einem Marsch in g-Moll. Über der Vortragsbezeichnung »Maestoso« stand: »Nachdem nun alles getan, wie es seine Ordnung hat, dürfen wir vorbehaltlos weinen.«

Auch das vorletzte Stück in Kriwaczeks Buch war in sieben Teile gegliedert. ›Sept Regards sur l'Esprit de la Mort‹, aus der Feder eines gewissen Pierre Dubuisson. Obwohl auch diese Komposition datiert war, auf 1826, schien sie – wie schon die vorangegangene – völlig aus der Zeit gefallen beziehungsweise dieser um Jahrzehnte voraus zu sein. Sie begann mit einem Motiv, das sich am ehesten in der späten Renaissance verorten ließ, hangelte sich dann über Barockelemente bis zu Phrasen, die man aus der Wiener Klassik kannte, und machte auch hier nicht halt. Ständig wechselten nicht nur Tonart und Tempus, sondern auch Melodie- und Rhythmusfolgen. Mal meinte ich Chopin oder Liszt aus der Partitur herauszuhören, im nächsten Moment waren es Tschaikowski, dann Brahms und Dvořák. Das Stück war ein wildes Potpourri aus den verschiedensten Schulen und Stilen und mischte Bestehendes mit Neuem und Bekanntes mit noch nie Gehörtem. Im weiteren Verlaufe häuften sich Dissonanzen und Brüche, das Ende jedoch war erneut eine klare, ruhige ›Marche Funèbre‹, die gekonnt und versöhnlich das Anfangsmotiv wieder aufnahm: ›Triomphe de la tragédie‹.

Das drittletzte Stück, das Kriwaczek seiner ›Unvollständigen Geschichte der Begräbnis-Violine‹ angehängt hatte, überflog ich nur noch. Schon nach wenigen Takten wusste ich, dass es ebenfalls aus dem frühen 19. Jahrhundert stammen und sich in sieben Abschnitte gliedern würde. Mir war klar, wie es aufgebaut sein, welche Haken es schlagen und wie es enden würde.

Als Autor wurde ein »Herr Hieronymus Gratchenfleiss« angegeben, aber das war mir egal. Ich hatte nur noch Sebastian vor Augen. Sah ihn, während ich den Noten folgte, vor mir, hörte sein Spiel und begriff: Die Kompositionen waren Lehrstücke. Lehrstücke für Musik an Gräbern. Lehrstücke für das perfekte letzte Lied.

9

Noch nie hatte ich Berger heulen sehen. Aber als wir nun in dem sterilen Krankenhauszimmer an Sebastians Bett standen, flossen seine Tränen in Strömen.

Der alte Geiger schlief. Sein Gesicht war merkwürdig schief und eingefallen, der stets gerötete Fleck am Hals, dort, wo er den Kinnhalter anzusetzen pflegte, war nun dunkelblau und verschorft. Durch zwei Infusionsschläuche tröpfelte Flüssigkeit in seinen dünnen, von blauen Flecken übersäten Unterarm, eine weitere Kanüle klebte abgeklemmt auf dem Handrücken. An Sebastians Zeigefinger steckte ein

Clip, der ihn über ein Kabel mit den medizinischen Apparaturen verband.

Es war unvorstellbar, dass dieser Arm, diese Hand und diese Finger noch vor kurzem eine Violine gehalten hatten.

Eine schwere Lungenentzündung, hatte der Arzt gesagt, mehr wisse er noch nicht, auch nicht, ob sich Sebastian wieder erholen würde, bei Menschen seines Alters verlaufe eine solche Erkrankung auch mal tragisch.

»Er hat nicht besonders gesund gelebt, wissen Sie.«

Allerdings, und das gebe Anlass zur Hoffnung, sei es höchst unwahrscheinlich, dass überdies ein Schlaganfall vorliege, die schiefe Körperhaltung und die auffallend einseitig ausgeprägte Muskulatur seien keine Anzeichen für eine Hemiparese, sondern auf das Geigenspiel zurückzuführen.

Wir erkundigten uns nach dem Verbleib von Sebastians Violine. Die Stationsschwester sagte, sie habe sie im Schrank verstaut, das Instrument staube ja sonst ein, und abgesehen davon: So ein Totenkopf sei ja nicht gerade aufbauend, weder für den Patienten noch für die Besucher.

Der Arzt sagte: »Alles, was wir tun können, ist warten.«

Berger sagte: »Sebastian hat keine Angehörigen.«

Ich schwieg.

10

»Hat dich Papa jemals gelobt?«

Ricarda sah mich an und ich schüttelte den Kopf. »Ich kann mich nicht erinnern.«

Wir saßen im Garten des Schwabinger Hauses des »Münchenstift« und versicherten uns gegenseitig, eine gute und richtige Entscheidung getroffen zu haben.

Das »Haus Rümannstraße« war ein weitläufiger Gebäudekomplex aus den Dreißigerjahren mit großen und gemütlich eingerichteten Zimmern. Es gab mehrere Aufenthaltsräume, sogar einen kleinen Kino- und Konzertsaal und vor allem diesen riesigen Garten, an dessen Ende sich der hauseigene Ententeich anschloss. Wir blickten auf die mit wildem Wein bewachsene Rückfassade des Therapiegebäudes und wussten beide, dass es einem kleinen Wunder glich, hier so schnell einen Platz bekommen zu haben.

Die letzten Tage hatten wir unermüdlich geschuftet. Erst fassungslos, dann staunend und schließlich mit zunehmendem Tatendrang waren wir durch unser verwinkeltes Elternhaus gegangen und mit jedem Müllsack, den wir auf die Straße trugen, wurde es kleiner und wieder zu dem, das wir kannten. Wir entsorgten Berge alter Zeitungen, schmissen palettenweise abgelaufene Konserven weg und schafften den gröbsten Unrat beiseite, nur um darunter weiteren zu finden: Essensreste, Pizzaschachteln, angeschimmelte Bücher, Kleidung, einzelne Schuhe, Werkzeug, Ramsch.

Wir waren zu lang nicht hier gewesen. Hatten nicht bemerkt, dass unser Vater es alleine nicht mehr schaffte, dass er zunehmend abbaute und verwahrloste.

Er selbst war es gewesen, der Ricarda um Hilfe gebeten hatte. Es sei so weit, hatte er gesagt, er sei alt und könne nicht mehr, aber bevor er restlos deppert und dement würde, wolle er in ein Heim.

Die Tatsache, dass er sich offenkundig über unser Kümmern freute und dass er fröhlich und aufgeräumt auf seiner Couch saß und uns beim Ausmisten zusah, ließen meine Schwester und mich unser schlechtes Gewissen schnell vergessen und wir werkelten heiter vor uns hin.

»Weißt du noch, wie du immer mit Großvaters Hut herumgerannt bist?«, fragte Ricarda, als sie einen Karton mit Kappen und Mützen fand.

»Weißt du noch, wie Pavel in die rosa Vase gereihert hat?«, fragte ich, als ich beim Abtauen der Tiefkühltruhe im untersten Fach einen Stapel Blumentöpfe entdeckte.

»Und weiß du noch, wie Mama jedes Mal Migräne vortäuschte, wenn wir in den Zoo wollten?«

Ein paarmal war ich für einige Stunden allein mit meinem Vater, weil Ricarda beruflich zu tun hatte, und ab und an ging auch ich weg, um eine Abschiednahme zu spielen, aber ohne uns abzusprechen, kehrten wir beide schnellstmöglich nach Berg am Laim zurück, um weiterzumachen. Zu zweit war es besser.

Ich riss den Teppich heraus und Ricarda schrubbte die Küche. Sie kehrte den Schutt zusammen und ich warf ihn durch das Fenster in den Container. Ich kochte unserem Vater einen Kaffee und sie suchte in den Gelben Seiten nach einem Makler. Als sie die Anzeige von »Immobilien Thilman Donner« entdeckte, schnaubte sie verächtlich.

Wir fanden ein anderes Maklerbüro, das Angebot war fair und das Geld für Haus und Grundstück würde die Kosten des Heims decken. Bevor sich meine Schwester und ich auf den Weg machten, um mit dem »Münchenstift« die letzten Formalitäten zu klären, sagte unser Vater: »Danke, Kinder.«

»Er wird sich hier wohlfühlen«, sagte Ricarda und warf den Enten ein Stück Brot hin.

»Ja«, sagte ich. Dann deutete ich auf die Bushaltestelle.

Ricarda nickte und senkte schnell wieder den Blick.

An der Längsseite des Gartens befand sich an einem schmalen Weg eine originale Haltestelleneinrichtung der Münchner Verkehrsgesellschaft. Auf der Wartebank saßen zwei alte Frauen. Ein auf Krücken gestützter Mann studierte den Fahrplan.

Es handele sich um eine »Phantomhaltestelle«, hatte uns der Leiter der Einrichtung erklärt, sie würde vor allem von den weglaufgefährdeten Bewohnern im »beschützenden Bereich« sehr gut angenommen. Sie sei ein fester Orientierungspunkt, eine Reminiszenz an den Alltag, welcher den Dementen und Alzheimerpatienten ja zunehmend entschwände.

Ich konnte mich nicht entsinnen, dass unser Vater jemals einen Bus genommen hatte. Er war immer mit dem Auto gefahren oder mit S- und U-Bahn, mit dem Bus nie. Es würde sich hier nicht ändern.

»Dieser Ort mag einen seltsamen Eindruck erwecken«, hatte der Heimleiter gesagt, aber er helfe den Bewohnern. An der Haltestelle seien sie »gefühlsmäßig unterwegs«, hier ein wenig zu warten, sei ein Rest von Normalität, und dass nie ein Bus käme, falle den Kranken auch nicht auf, vergäßen sie doch schnell, was sie eigentlich hatten tun wollen.

Am Pfosten des Haltestellenschilds pappte ein schmales Plakat, das auf die nächste Veranstaltung im »Haus Rümannstraße« hinwies, ein Konzert eines Streichquartetts: »Besänftigende Klänge im Kleinen Saal«.

»Das müssen die wohl dazuschreiben«, sagte Ricarda abschätzig, »damit sich ja keiner aufregt. Und was bitte sollen ›besänftigende Klänge‹ sein?«

Ich antwortete nicht, obwohl ich genau darüber ein Buch las. In jeder freien Minute, von hinten bis vorn.

Das Streichquartett kündigte Werke von Mozart, Beethoven und Chopin an.

11

In seinem historischen Abriss beschrieb Kriwaczek die Geschichte einer aus dem Gedächtnis verschwundenen Musik und das Wirken von Künstlern, die, weil sie sich lieber mit dem Tod als mit dem Leben beschäftigt hatten, dem Vergessen anheimgefallen waren.

Bei meiner Rückwärtslektüre merkte ich schnell, dass es dem Autor nicht um den Kanon ging, sondern um die dunkle Seite der Musikhistoriografie, um die Vergangenheit im Konjunktiv.

So habe beispielsweise der sich stets in Geldsorgen befindende Wolfgang Amadeus Mozart nicht nur oft am Grab gespielt, sondern zudem etliche Sonaten für die Trauergeige verfasst, die leider nicht erhalten seien. Generell, so erfuhr ich, sei die Beerdigungsmusik viel wirkungsmächtiger und stilprägender gewesen, als man gemeinhin annehmen mochte. Beethovens 3. Sinfonie, beispielsweise, ginge motivisch auf ein Stück aus der Feder eines nahezu unbekannten oberbayerischen Totenfiedlers zurück und Chopins Trauermarsch in a-Moll sei sogar vollständig von einem Werk seines Zeitgenossen Joseph Sea-Boones abgeschrieben, über welchen (im Gegensatz zum großen polnischen Komponisten und Klavierpädagogen) wenig bis nichts überliefert sei.

Je mehr ich erfuhr, desto aufgeregter wurde ich. Je näher ich dem Anfang des Buches kam, desto mehr entwickelte sich die Geschichte des traurigen Vergessens zu einer des bewussten Verdrängens und Auslöschens. Kriwaczek schilderte, wie die Trauermusik seit ihrem Ursprung in den Wirren der Reformation ohne Unterlass den Anfeindungen der kirchlichen und höfischen Obrigkeit ausgesetzt gewesen sei. Zu offenkundig sei der Verlust von Deutungshoheit und Machtpfründen gewesen.

Die »Totengeiger« waren populär.

Ihre Lieder erreichten das Volk, die Gebete taten es nicht.

Ihre Musik berührte die Menschen und nahm sie bei der Hand, die Liturgie ließ sie allein.

Ich las von Intrigen zwischen etablierten Hofmusikern und fahrenden Trauerviolinisten, von Komponisten, die im Nebenberuf Sargtischler waren und ihre Noten verstecken und schmuggeln mussten, und von großangelegten »Säuberungsaktionen« des Vatikans, der sich am Erfolg der Trauermusiker so sehr störte, dass er diese verfolgen ließ.

Die Lieder an den Gräbern waren verfemt, die Interpreten Aussätzige.

Ich fieberte mit den Protagonisten mit und freute mich über jedes Kapitel, in dem von Erfolgen der Geiger die Rede war: jenes über Hieronymus Gratchenfleiss, des seinerzeit berühmtesten und virtuosesten Vertreters seiner Kunst (obgleich er in der Gegend um Wolfsburg wirkte, abseits der großen »Trauermetropolen« London, Paris oder München); und natürlich jenes über Paganini, dem es bei seinen Friedhofskonzerten nachweislich gelang, so viele Zuschauer anzuziehen, dass die eigentliche Abschiednahme zur Nebensache wurde.

›Eine unvollständige Geschichte der Begräbnis-Violine‹ war die Erzählung von Revolution und Konterrevolution. Sei die »Musik des Todes« zu Ende des 18. Jahrhunderts beinahe verschwunden gewesen, so habe sie nur eine Generation später irre Blüten getrieben. Zwischen 1810 und 1820 seien sogar regelrechte »Trauerzweikämpfe« in Mode gekommen, bei denen zwei Geiger über ein vom Verstorbenen ausgewähltes musikalisches Fragment improvisierten. »Es gewann der Künstler, welcher der versammelten Menge mehr Tränen entlockte.«

Und nur ein halbes Jahrhundert später seien die meisten Partituren unwiederbringlich verloren gegangen, gestohlen oder verbrannt, die Erinnerung an die Musiker verblasst und die Geigen mit den Totenköpfen verschwunden …

Die Lektüre schlug mich derart in Bann, dass ich nicht länger nur Zuschauer sein wollte. Es grämte mich sehr, dass es andere waren, die statt meiner Abenteuer bestanden, litten, stritten, stürzten und sich wieder aufrappelten. Anders als sonst, wenn ich ein Buch las, wollte ich Teil dieser Geschichte sein – fand in ihr aber keinen Ort für mich.

Es ging um die Geige, nicht um die Trompete.

Es war Sebastians Buch und nicht meins.

Ich entdeckte ihn auf jeder zweiten Seite. Ich sah ihn auf den Abbildungen und in den Beschreibungen von Mode und Habitus der Geiger, ich erkannte ihn, wenn von den Verhaltenskodizes der Musiker am Grab die Rede war, ich hörte sein Spiel, wenn typische Improvisationen geschildert wurden, und ich hörte sogar seine Stimme, als der Ursprung des Trauermarsches im Dreivierteltakt dargelegt wurde.

Es bestand kein Zweifel, der alte Geiger musste dieses Buch kennen. Er kleidete und verhielt sich genau so, wie es beschrieben war, er spielte, ja, er lebte so. Mir war, als hätte er sich vollständig in diese Geschichte eingeschrieben.

Oder war es umgekehrt und vielmehr er Gegenstand der Erzählung?

Eigentlich konnte dem nicht so sein. Wollte man Rohan Kriwaczek Glauben schenken, so ließ sich die Historie der Begräbnisgeiger genau datieren. Sie habe sich, mit allen ihren Auf und Abs, exakt von 1586 bis 1915 erstreckt.

Mit Beginn des Ersten Weltkrieges sei die Tradition des Trauergeigens ein für alle Mal beendet gewesen, zu viel Leid und zu viele Tote, als dass man ihnen individuell und würdig ein letztes Lied hätte spielen können ... dann der Aufschwung der Zwanzigerjahre, in denen man das Leben feierte und nicht das Sterben, dann der zweite große Krieg und schließlich die Jahre des Aufbaus und des Aufschwungs. Der Wunsch nach alten Totenweisen war für immer verstummt, die Quelle versiegt.

An den Gräbern und in den Aussegnungshallen wurden wieder einfache Kirchenlieder vorgetragen oder bewährte und bekannte Stücke der Klassik. Daneben mehr und mehr die tumben Volksweisen der Trompeter und irgendwann dann die konservierte, geistlose Populärmusik – abgespielt vom Band.

Aber was war dann mit Sebastian? Ließ er die Vergangenheit wiederaufleben? Wehrte er sich gegen das Unabänderliche?

Und welche Rollen spielten wir anderen? Gregersen, Ulrich, Dittmar ... ich?

Der alte Geiger würde mir wohl keine Auskunft mehr geben können. Er lag ans Bett gefesselt in dem hässlichen Betonkasten des Harlachinger Krankenhauses und es ging ihm von Tag zu Tag schlechter.

Gegen Ende meiner Lektüre fand ich nur noch Resignation. In seiner Einleitung beklagte der Autor, dass der Niedergang der Beerdigungsmusik mit einem Verlust an Trauerkultur einhergegangen sei und dass der Kapitalismus nun im Handumdrehen erledige, was Vatikan und Obrigkeit in Jahrhunderten nie zur Gänze geschafft hätten. Irgendwann stieß ich auf einen Satz, den Sebastian vor vielen Jahren fast im Wortlaut auf einem unserer Musikertreffen bei Berger gesagt hatte, jene Vermutung, dass ein »entseeltes Zeitalter« vielleicht nichts anderes verdiene als einen »entseelten Tod«.

Es war nur ein Buch, versuchte ich mir einzureden. 2006 auf Englisch verfasst, 2008 als zweihundertachtundsiebzigster Band in der ANDEREN BIBLIOTHEK auf Deutsch erschienen. Bevor ich es zuklappte, überflog ich das Vorwort. Es war unterzeichnet mit: »Rohan Kriwaczek. Amtierender Präsident der Zunft der Trauerviolinisten.«

Es gab sie also.

IV

Wie lautete noch mal deine Frage?
Ach richtig. Was für eine Geschichte das ist,
wolltest du wissen?
Nun … Ich kann sie dir noch nicht erzählen,
aber vielleicht schaffe ich es, sie aufzuschreiben.

1

Als ich das Online-Banking öffnete, um den Dauerauftrag für meine Miete zu ändern (Frau Reiter hatte sie mit den Worten »Dafür gibt's jetzt öfter mal einen Strudel oder einen Zwetschgendatschi« um zehn Euro erhöht), fiel mir sofort der absurd hohe Kontostand auf. Ich klickte das Kästchen für die Umsatzabfrage an und dort stand:

GUTSCHRIFT
SCHOCHT, WILHELM
25 000,00 EURO
DANKSCHOEN

Ich dachte nur ein einziges Wort: »Nein.«

Dann überwies ich den kompletten Betrag zurück.

In das Betreff-Feld tippte ich: »Zu viel.« Und: »Wofür?«

Erst als ich die Transaktion getätigt und sich mein zu hoher Saldo in Sekundenschnelle wieder in den ursprünglichen verwandelt hatte, versuchte ich zu verstehen, was gerade passiert war. Es gelang mir nicht.

Was hatte ich getan? Was ging hier vor? Was sollte das?

Ich fand keine Antwort. Meine Gedanken schossen wild durcheinander, und ich konnte ihrer nur in Bruchstücken habhaft werden.

Immer wieder: Warum überweist du mir so viel Geld, Wilhelm?

Und dann: Du bist doch tot! Der Satz war klar, aber die Gewissheit bröckelte. Vielleicht, weil ich Wilhelms Namen schwarz auf weiß vor mir hatte, vielleicht, weil ich ihn mir einfach nicht tot vorstellen konnte, weil ich ihn nur als jungen Mann erinnerte, raumgreifend, strahlend, präsent.

Reagierte Wilhelm darauf, dass ich eigenmächtig sein Konto ausgeglichen hatte? Dass ich offenkundig seine Bankdaten, seine EC-Karte besaß?

Einem unsinnigen Impuls folgend, rannte ich in den Hinterhof, um in der Mülltonne nachzusehen. Vielleicht fänden sich dort ja zumindest noch die Plastikschnipsel. Natürlich nicht, die Tonne war schon vor Tagen geleert worden.

Ich kehrte zum Laptop zurück. Auf dem Bildschirm hatte sich nichts verändert. Fünfundzwanzigtausend Euro plus.

Fünfundzwanzigtausend Euro minus.

Sauber untereinander dokumentiert.

Warum so viel Geld?

Diesmal verfing die Frage. Aber die Homepage der Sparkasse wusste keine Antwort. Die einzige Bewegung, die der Computer anzeigte, war die Zeitanzeige in der Info-Box, die minütlich umsprang.

Zu Ihrer Sicherheit erfolgt die automatische Abmeldung in 10 Min.

Ohne zu irgendeinem Ergebnis zu kommen, glotzte ich auf die Zahlen und Buchstaben.

Eine Gutschrift über fünfundzwanzigtausend Euro … Was war das überhaupt für ein Wort? »Gutschrift«?

Zu Ihrer Sicherheit erfolgt die automatische Abmeldung in 4 Min.

In »Dankschoen« fehlte ein »e«. Vielleicht der Eile geschuldet.

Sie haben längere Zeit keine Aktionen durchgeführt. Zu Ihrer Sicherheit haben wir die Sitzung beendet. Bitte melden Sie sich erneut an.

Ich folgte den Anweisungen, gab meine Kontonummer und PIN ein und klickte mich zu den Umsätzen. Das Bild war unverändert.

Fünfundzwanzigtausend Euro Gewinn.

Fünfundzwanzigtausend Euro Verlust.

Wie gewonnen, so zerronnen.

Sie haben längere Zeit keine Aktionen durchgeführt.

Doch, ich hatte. Vor zwanzig Minuten. Wilhelm hatte mir gedankt und ich hatte abgelehnt. Genau genommen war es eine Reaktion gewesen, eine Trotzreaktion.

Zu Ihrer eigenen Sicherheit haben wir die Sitzung beendet.

Ich startete eine neue. Eine Sitzung mit meinem ehemaligen Mitschüler, der seit geraumer Zeit auf dem Nordfriedhof lag. Eine spiritistische Sitzung. Eine Séance mit einem Geist und das Medium war die »Sparkasse München Starnberg Ebersberg«, die nichts weiter zustande brachte, als die immer gleiche Mitteilung und ansonsten gönnerhaft den Countdown runterzuzählen.

Zu Ihrer Sicherheit erfolgt die automatische Abmeldung in 7 Min.

Meine Sicherheit interessierte mich nicht, Wilhelm sollte endlich den Mund aufmachen! Wilhelm in seinem Sarg. Oder Wilhelm … irgendwo. In Starnberg, Ebersberg, am Ende der Welt. *Muss i denn, muss i denn zum Städtele hinaus …* Wilhelm, der Musterschüler, der seinen Abgang bis ins letzte Detail geplant hatte, um sich jetzt derbe Scherze zu erlauben … Vielleicht saß er ja in diesem Augenblick vor seinem Laptop und lachte sich ins Fäustchen, machte er sich den Spaß des Jahrhunderts. Einen Spaß auf meine Kosten! Sag was, Wilhelm, du warst doch früher stets der Wortführer!

Zu Ihrer eigenen Sicherheit haben wir die Sitzung beendet. Bitte melden Sie sich erneut an.

Ich dachte: Wenn ich noch länger so weitermache, werde ich verrückt.

Trotzdem loggte ich mich erneut ein.

Zum x-ten Male las ich den Verwendungszweck von Wilhelms Gutschrift.

»Dankschoen.«

Und wenn er mir für mein Spiel dankte, für meinen Vortrag auf dem Abschlussball? Wenn er da gewesen war, mich gesehen hatte – und jetzt dafür zahlte?

»Dankschoen.«

»Gern geschehen.«

Das wäre die richtige Antwort gewesen! Die ich aber nicht geschrieben hatte.

Ich las erneut den Text meiner Überweisung. »Zu viel. Wofür?«

Aber das war doch auch nicht falsch. Mehr noch, es war die Wahrheit. Der Betrag war zu hoch! Ungeachtet jeglicher Spekulation waren fünfundzwanzigtausend Euro auf jeden Fall »zu viel«. Zu viel für ein einzelnes Lied. Abgesehen davon hatte ich gern gespielt, ich spielte immer gern, und den angemessenen Lohn dafür bekam ich von Berger, pünktlich am Dreißigsten jeden Monats, in bar. Kein Lied der Welt rechtfertigte eine Summe, wie ich sie erhalten hatte … Also musste auch die Frage nach dem »Wofür« erlaubt sein.

Das Einzige, das ich tun konnte, war warten.

Ich wartete.

Ich wartete, während ich durch die Stadt lief. Während ich das Treppenhaus fegte. Während ich übte.

Ich wartete im Schwimmbad. Auf dem Friedhof. In der Bahn. Im Paternoster.

Ich wartete allein. Manchmal mit Frau Reiter. Und oft mit Ricarda.

Ich wartete zusammen mit Berger an Sebastians Krankenbett.

Ich wartete gemeinsam mit meinem Vater an der Scheinbushaltestelle am »Haus Rümannstraße«.

Ich vertrieb mir das Warten mit Nachdenken. Dachte an meine Mutter, meinen Bruder, meinen Großvater.

Dachte während des Wartens darüber nach, ob Sebastian tatsächlich Zunftmitglied der »Trauerviolinisten« war, ob es weitere, andere seines Schlages gab, ob diese Zunft geheim, öffentlich, real oder ein Hirngespinst war, ob es dergleichen auch für Trompeter gab, ob das überhaupt wichtig war oder ob es letztlich nicht um etwas ganz anderes ging im Leben …

Ich dachte nach, während ich mit Sonia auf die nächste Abschiednahme wartete.

Ich wartete, während ich mit ihr spazieren ging, mit ihr im Café saß, mit ihr sprach.

Warten konnte ich.

Als ich schon nicht mehr mit einer Antwort rechnete, kam sie, und wieder fehlte ein »e«:

GUTSCHRIFT
SCHOCHT, WILHELM
25 000,00 EURO
KEINE GEDANKEN MACHN. ANGEMESSEN

2

Diesmal ließ ich mir mit meiner Antwort Zeit und überlegte lange, bevor ich das Überweisungsformular ausfüllte.

Ich erinnerte mich daran, was Berger im »Aumeister« erzählt hatte. In der letzten Mail vor Wilhelms Abschied hatte ebenfalls gestanden, dass die Summe »angemessen« sei und er sich »keine Gedanken machen« solle. Berger hatte das Geld genommen und nie wieder etwas gehört.

Das war eine Möglichkeit ... Aber so würde ich die Geschichte niemals aus dem Kopf kriegen, ausgeschlossen.

Also erneut zurückweisen. Auf die Gefahr hin, die Gutschrift ein weiteres Mal zu erhalten. Vielleicht würde es dann eine Weile so hin- und hergehen, fünfundzwanzigtausend Euro her, fünfundzwanzigtausend Euro hin. Bis einer nachgab. Ein Spielchen zwischen dummen Jungs.

Pavel hatte solche Spiele gerne mit mir gespielt, als ich klein war. Wenn unsere Eltern uns aufgetragen hatten, etwa den Tisch zu decken oder Brötchen zu holen.

»Du machst das«, hatte Pavel dann gesagt, und ich: »Nein, du!«

Lange hatte ich nie durchgehalten. Pavel war größer, stärker und sturer. Er hatte immer gewonnen.

Wilhelm war ähnlich gewesen, zumindest meiner Erinnerung nach. In der Schule hatte er immer zu den Bestimmern gehört, zu denen, die sich durchsetzten. Er hatte noch nicht einmal viel dafür tun müssen. Es war ihm einfach zugeflogen. Wilhelm Schocht hatte bekommen, was er wollte. Ein Siegertyp, bis zum Tag seines Verschwindens …

Ich setzte den Cursor in das Betreff-Feld und begann zu schreiben: »Lieber Wilhelm«. Dann wusste ich nicht mehr weiter. Die Anzeige unter dem Kasten meldete: *126 Zeichen stehen Ihnen noch zur Verfügung.*

Ich löschte das Geschriebene. Jetzt waren es wieder *140 Zeichen.* Wie viel war das in Worten? Für wie viele Fragen reichte das?

Ich schrieb: »Wo bist du?«

129 Zeichen stehen Ihnen noch zur Verfügung. Besser.

Ich schrieb: »Wer bist du?«

Noch *116 Zeichen.* Weiterfragen.

»Was soll das? Was soll ich mit dem Geld? Ich brauche es nicht.«

Nur noch *53 Zeichen.* Egal. Mach weiter, Marten, dachte ich, was willst du fragen.

»Wieso tust du das? Warum ich? Was ist passiert?«

5 Zeichen stehen Ihnen noch zur Verfügung.

Ich tippte: »Warum«.

Als ich die Leertaste drückte, ploppte ein Fenster auf: *Es dürfen nicht mehr als 140 Zeichen eingegeben werden!*

Ich klickte auf den »OK«-Button und überlegte, was ich kürzen und löschen konnte. Ich entschied mich für »Wer bist du?« und bewegte den Cursor dann an das Ende meines Textes. *12 Zeichen* gewonnen.

Die Sparkasse kannte keine Gnade. Ich gab auf und hielt die Löschtaste so lange gedrückt, bis der komplette Text verschwunden war. So kam ich nicht weiter. Ich musste mich beschränken. Was war das Drängendste?

Ich begann zu schwitzen und zog die Anzugjacke aus. Als ich sie über den Stuhl hängte, sah ich, dass der Stoff des rechten Ärmels auf Höhe des Ellbogens durchgeschlissen war.

»Lieber Wilhelm« – *126 Zeichen stehen Ihnen noch zur Verfügung.*

Ich schrieb Textzeilen von ›Muss i denn‹ in das Feld. Löschte sie wieder. Tippte, was ich von ›Gloomy Sunday‹ noch im Kopf hatte. Nach »Heut mach ich mich auf den Weg« bremste mich die Sparkasse aus.

Hör auf, Marten!

Ich fing an, Beschimpfungen in den Kasten zu schreiben, und löschte sie wieder.

Dann tippte ich hundertvierzig Mal die Leertaste. Das Feld blieb weiß und trotzdem erschien das Fenster und wies mich auf das Zeichenlimit hin. Es war einfach nur bescheuert.

Wie oft passte der Name »Wilhelm« in das Betreff-Feld des Online-Banking?

Lass die Toten ruhen!

Ich legte Zeige- und Mittelfinger auf das »Y« und das »X« und imitierte einen endlosen Triller zwischen dem ersten und zweiten Trompetenventil: siebzig Mal »X«, siebzig Mal »Y«. – *Es dürfen nicht mehr als 140 Zeichen eingegeben werden!*

Aktenzeichen XY – ungelöst.

Als ich versehentlich die Taste mit dem »#« drückte, fiel mir das Netzwerk Twitter ein. Ich kannte mich nicht damit aus, wusste aber, dass durch das Doppelkreuz Wichtiges hervorgehoben werden konnte: »*Hashtag*Wilhelm«. »#Schocht«.

Beschränkte nicht auch Twitter die Länge seiner Nachrichten auf 140 Zeichen?

Aber die Bank war kein Nachrichtendienst, sie war das komplette Gegenteil davon. Statt Millionen von Menschen erreichte man hier nur einen – wenn überhaupt. Und darüber hinaus waren die Nachrichten auch noch kostenpflichtig!

Daran hatte ich noch gar nicht gedacht. Ohne Geld zu überweisen, konnte ich Wilhelm nicht erreichen. Ich probierte herum. »0,01 Euro« war der kleinste Betrag, den man eingeben konnte. Der höchste? Keine Ahnung. Ging auch mehr als »25 000,00«? Sollte ich ihm etwas schenken? Und ließ sich der Spieß so vielleicht umdrehen?

Ich überprüfte meinen Kontostand. Viel mehr als die fünfundzwanzigtausend Euro waren es nicht.

Sollte ich alles auf eine Karte setzen? Aber wozu?

Meine Gedanken schlugen einen neuen Weg ein.

Was auch immer ich schreiben würde, es würde einen Wert haben. Die Frage war, welchen. Einen Cent? Einen Euro?

Was war der Wert eines Satzes?

Was kostete eine Frage?

Wie hoch war der Preis einer Antwort?

»All-In.«

Zu viel Geld machte alles kaputt.

Was mich so peinigte, was schon Berger so verwirrt hatte, war die Ungeheuerlichkeit der Summe. Die Beträge korrumpierten den Empfänger, setzten ihn unter Druck, setzten ihn auf seltsame Weise ins Unrecht.

Sich keine Gedanken zu machen, war schlechterdings nicht möglich, dazu war es einfach unangemessen viel Geld.

Ich blickte vom Computer auf und sah mich in meiner Kammer um. Ich brauchte nichts, ich hatte doch alles. Ein Bett, einen Tisch, meine Trompete, ein paar Bücher …

Ich fror und zog mein Jackett wieder an. Bald würde der Ärmel ein Loch bekommen.

Ich schrieb: »Lieber Wilhelm, ich freue mich über den Dank. Aber das Geld ist zu viel. Ich behalte 500 Euro für einen neuen Anzug. Einverstanden? Ruhe wohl.«

0 Zeichen stehen Ihnen noch zu Verfügung. Perfekt.

Ich überwies 24 500,00 Euro und schickte die Nachricht ab.

Nur eine Stunde später erhielt ich eine Botschaft.

GUTSCHRIFT
SCHOCHT, WILHELM
500,00 EURO
DIE SCHOENSTEN GIBT S BEIM RIDLER IM GRAGGENAUER VIERTEL. LEDERERSTR ECKE MADERBRAEU

Ohne nachzudenken, verließ ich die Wohnung. Ich kannte den Weg.

3

Weder in der Maderbräu- noch in der Ledererstraße fand ich einen Laden mit dem Namen »Ridler«. Dabei war ich mir sicher gewesen, ohne große Umstände auf ein Bekleidungsfachgeschäft oder eine Boutique dieses Namens zu stoßen. Zu klar war mir die Anweisung »die schönsten gibt's beim Ridler« erschienen. Worauf anderes sollte sich das beziehen, wenn nicht auf meine Absicht, einen Anzug kaufen zu wollen?

In der Annahme, Wilhelm könnte sich in der Adresse geirrt haben, lief ich die Straßen der Umgebung ab. Ohne Ergebnis. Ich erweiterte meinen Radius. Nichts.

Weder im Tal noch am Marienplatz wurde ich fündig. Ich ging runter zum Viktualienmarkt und wieder hoch bis zum Hofgraben, suchte die Theatinerstraße ab und die Gassen, die von der Weinstraße abzweigten, wendete mich gen Osten, schaute in der Pfisterstraße nach und am Platzl. Kein Erfolg. Hofbräuhaus, Starbucks, Feinkost, Schuhgeschäfte, Schmuckläden, Kanzleien, aber kein »Ridler«.

Noch einmal lief ich nach Süden ins Tal ... nichts.

Als ich von der Sparkassenstraße wieder in die Lederer abbiegen wollte und mir klar wurde, dass ich in großen Schleifen dreimal das Haupthaus der Münchner Sparkasse umrundet hatte, musste ich unwillkürlich lachen. Was hier passierte, durfte einfach nicht wahr sein. Es war zu komisch und sinnlos. Ich lachte mich aus und konnte nicht mehr damit aufhören. Weil ich nicht mehr ich selbst war, mich nicht wiedererkannte. Ich lachte, während ich erneut nach Norden ging, diesmal bis zum Max-Joseph-Platz hinauf, und noch nachdem ich mich zwischen den Säulen auf die Stufen des Nationaltheaters gesetzt hatte, lachte ich.

Eine Passantin erkundigte sich nach meinem Befinden, aber ich konnte nicht ernst bleiben.

Die schönsten gebe es beim Ridler, entgegnete ich prustend, »aber den Ridler gibt's nicht«.

Sie klärte mich darüber auf, dass die Ridlerstraße auf der Schwanthalerhöhe und ich hier vollkommen verkehrt sei. Ich hätte mich wohl ziemlich verlaufen. Am besten nähme ich die Tram bis zur Trappentreu und dann den 53er Bus. Oder gleich ein Taxi. »Sonst verfransen Sie sich nur wieder.«

Ich konnte nicht antworten. Verfranst, verlaufen, verkehrt. Das brachte es auf den Punkt.

Wilhelm hatte es geschafft, mich vollkommen in die Irre zu schicken. Ohne jeden Sinn und Verstand hatte ich das komplette Graggenauer Viertel abgelaufen ... Wie kam er eigentlich auf diese altmodische Bezeichnung? Außer von Frau Reiter hatte ich sie noch nie von jemandem gehört. (Meine Vermieterin prahlte gerne mit ihrem Wissen um das historische München und sprach anstelle von der »Altstadt« lieber von den ursprünglichen vier Bezirken »Anger-«, »Kreuz-«, »Hacken-« und »Graggenauer Viertel«.)

»Wenn es nicht so traurig wäre, würde ich mitlachen.«

Ein junger Mann hatte neben mir Platz genommen. Er trug eine alte Nachtwächteruniform, in der Hand hielt er eine Hellebarde. Er redete einfach drauflos. Diese Verkleidung sei alles, was noch an seinen eigentlichen Beruf erinnere, Schauspieler sei er einmal gewesen und jetzt zeige er als »Event-Kasper« Touristengruppen das Theater von außen. »Bewaffnete Stadtführung«, fügte er verächtlich hinzu, das funktioniere noch. »Und du?«

Ich erzählte ihm von meiner Suche.

Für die einzigen »Ridler«, von denen er wisse, sagte der Nachtwächter, käme ich zweihundert Jahre zu spät. Hier, er klopfte mit den Fingern gegen eine Säule, habe einmal das Franziskanerkloster gestanden, es sei 1802 für den Bau des Nationaltheaters abgerissen worden. In dem Kloster hätte aber nicht die Kirche das Sagen gehabt, sondern nur die Bonzen. »Die ganzen reichen Münchner Schweine haben hier ihr Geld geparkt, in Stiftungen und so weiter, wie heute auch.« Die »Ridler« seien die Schlimmsten gewesen, ein Patriziergeschlecht, »überall die Finger drin, im Stadtrat, im Klerus, einfach überall.« Dort drüben, er deutete in Richtung des Residenztheaters, habe das »Ridler-Seelhaus« gestanden, er hob seine Stimme und deklamierte: »Das geistliche Zentrum des Viertels.« In Wirklichkeit sei es das Hauptquartier eines Clans gewesen, mit Gelddruckmaschine und Leichen im Keller. Manchmal mache er bei seinen Führungen einen Wortwitz und spreche vom »Riddler«, diesem Superschurken, das käme gut an. Ob ich den kenne? Ich nickte und erhob mich.

»Den Riddler, verstehst du«, rief er mir nach, »aus Batman.«

Ich kannte ihn. Und obwohl ich mich mit schnellen Schritten entfernte und nicht weiter darüber nachdenken wollte, tat ich es: Der »Riddler«, jener grün gewandete Gegenspieler des Helden, der wie besessen war von Rätseln und Verwirrspielen aller Art.

Es war kein Rätsel.

Ich ging zurück zum Ausgangspunkt meines Irrwegs. Die betagte Inhaberin des Geschäfts in der Maderbräustraße erkannte mich. Ob ich wieder Glühbirnen bräuchte?

Ich verneinte. Man habe mir von einem »Ridler« erzählt, aber das sei wohl alles ein großes Missverständnis.

Das erstaune sie jetzt aber sehr, sagte die alte Dame, an den Laden erinnere ja nicht einmal sie sich mehr, er sei schon seit Jahrzehnten geschlossen. Das Lager aber gäbe es noch. Wonach ich denn suche?

»Nach einem Anzug.«

»Da werden Sie sicher fündig.« Ich solle einfach bis zur Kreuzung vorlaufen und im Eckhaus klingeln, der »Ridler junior« sei bestimmt da.

Es dauerte eine Weile, bis mir geöffnet wurde. »Ridler junior« war ein etwa 80-jähriger Mann, der nicht im Geringsten von meinem Besuch überrascht zu sein schien. Er bedeutete mir, ihm in den Keller zu folgen.

»Schauen Sie sich einfach um.«

Der Keller erstreckte sich über vier Räume und war bis unter die Decke vollgestopft mit Antiquitäten, Kostümen, alten Möbeln, Holz- und Blechspielzeug und anderem vergessenen Krimskrams. Es sah aus wie in einer Schatzkammer. Oder wie in der Requisite eines Theaters. Ich entdeckte Besteckkästen, Werkzeug, Musikinstrumente und Grammofone, dazwischen Regale mit alten Büchern und Schallplatten und immer wieder Kleidung. In der Mehrzahl schien es sich um Handwerkskluft zu handeln. Ich fand Schlaghosen, Westen und Jacken, Dutzende Dreispitze, Krempenhüte, Zylinder, sogar ein paar gut erhaltene Homburger lagen in einer Schachtel. In einer Ecke standen Wanderstäbe und Stenze und auf einer wertvoll wirkenden, riesigen Kommode lagen stapelweise Charlottenburger, jene bedruckten Tücher, in welche die Gesellen ihr Hab und Gut einwickelten. Ich betrachtete das Wappen des »Fremden Freiheitsschachts« und studierte die Insignien der Buchbindergilde sowie die der Bootsbauer, Spengler, Schneider und Kirchenmaler. Ich zog eine der Schubladen auf. Sie war prall gefüllt mit Seidenwäsche.

Einiges in den Räumen war verstaubt und schien mir seit Jahren nicht berührt worden zu sein, anderes wirkte so neu, als sei es erst gestern hier hingelegt oder -gestellt worden. An allen Waren waren kleine Preisschildchen angebracht, aus Büttenpapier und von Hand beschrieben. Mitunter kam es mir vor, als sei das schön gestaltete Preisschild wertvoller als das mit ihm ausgezeichnete Objekt. Die Preise wirkten vollkommen willkürlich. Ein sündhaft teuer aussehender, antiker Sekretär kostete gerade mal hundert Euro, ein Ledersofa sogar nur fünfzig. Daneben aber erblickte ich Halstücher, für die man über tausend Euro berappen musste, eine Schreibtischlampe war mit »12 000,– « ausgewiesen.

Im hintersten Zimmer standen ausschließlich rollbare Kleider- und Garderobenständer. An ihren Stangen hingen – so weit das Auge reichte – Anzüge, in allen Farben und Formen, einige lose mit Plastik umhüllt. Ich ging die Gänge entlang und strich mit der Hand über Stoff und Zellophan. Es gab alles: Trachten, Dreireiher, Gehröcke, Cutaways. Ich erkannte die Schwalbenschwänze der Fracks und die typischen Schöße der Smokings.

Ungläubig starrte ich umher. Wie sollte ich hier jemals etwas Passendes finden?

»Lassen Sie sich Zeit«, sagte Herr Ridler, »wenn Sie auch eine Krawatte, ein Einstecktuch oder Manschettenknöpfe wünschen, die haben wir hier.«

Er schloss die Tür eines flachen Schrankes, der sich über die gesamte Stirnwand zog, auf und zum Vorschein kam die größte Auswahl an modischen Herrenaccessoires und Kurzwaren, die ich je gesehen hatte.

An einer Schnur hingen, sauber aufgereiht und von schwarzen Wäscheklammern gehalten, seltsam rund geschnittene Fliegen.

»Der große Bettini trägt solche«, entfuhr es mir.

»Richtig bemerkt«, sagte der Mann, »Arno ist ein guter Kunde.« Er zupfte die Stoffe zurecht. In einige der Fliegen waren Initialen oder mir unverständliche Zeichen und Symbole eingestickt.

»Wer kauft noch hier ein?«, platzte ich heraus. »Zünfte?«

Die Fragen waren – ohne, dass ich es wollte – an die Oberfläche geschwappt und aus mir herausgeflossen. Ich schämte mich für meine Neugier und den ruppigen Ton.

»Eher die Mitglieder solcher«, korrigierte mich der alte Mann gelassen, aber ja und durchaus, die Mitglieder sämtlicher Zünfte, welche es noch gebe, beehrten ihn oft. Daneben natürlich Künstler, Schauspieler und andere Spinner. Arme und Edelmänner, ganz gleich, wer auch immer den Weg hierherfinde. »Und Sie benötigen ein neues Gewand, wie ich sehe.« Er musterte mein Jackett. »Sie bevorzugen den gedeckten Aufzug?«

Ich verstand seine Frage nicht, aber Ridler war mit seinen Gedanken offensichtlich schon woanders.

»Schauen Sie mir in die Augen«, befahl er. »Nicht blinzeln!«

Ich tat, wie mir geheißen.

»Erstaunlich. Ich glaube, wir haben da was. Folgen Sie mir.«

Wir gingen zurück in den ersten Raum. Im Gehen sagte er mehr zu sich als zu mir, dass das nicht oft passiere. Was den Herrenaufzug angehe, sei es sogar überaus selten. Passende Schnitte gebe es viele, das wahre Kolorit dagegen finde man höchstens einmal im Leben, »die richtige Tönung«.

Er kramte in einer Kiste, öffnete und schloss einen weiteren Schrank und schlug sich dann theatralisch mit der Hand gegen die Stirn. »Ich werde vergesslich«, sagte er entschuldigend. Er schob ein restauriertes Schaukelpferd zur Seite, bückte sich schwerfällig und entnahm einem Koffer ein zusammengelegtes Paket. »Hier haben wir es.« Er löste die Schnüre, schlug das Papier zur Seite und sagte: »Englische Herstellung, eine taillierte Achtundvierzig. Das könnte hinhauen. Probieren Sie.«

Als ich den improvisierten Verschlag, den mir Herr Ridler als Umkleideraum zugewiesen hatte, verließ, sagte der alte Mann nur: »Ja. Das ist Ihrer.«

Es geschah alles so selbstverständlich, dass ich mich nicht wunderte. Weder darüber, dass der Anzug so perfekt saß, als hätte ich nie einen anderen getragen, noch darüber, dass er nicht ausgepreist war und sich Herr Ridler ohne zu handeln mit den von mir angebotenen fünfhundert Euro einverstanden erklärte.

Das Einzige, worüber ich staunte (und das lange), war die Farbe. Der Anzug war nicht schwarz, sondern taubenblau.

»Ein graustichiges *pigeon blue*«, sagte Ridler junior zum Abschied, »die Farbe Ihrer Augen.«

4

Vielleicht lag es am Anzug. Oder daran, dass ich ihn kaum noch auszog. Dass er sich an meinen Körper schmiegte wie eine neue, andere Haut. Dass er mich gut aussehen ließ – »flott«, wie Frau Reiter bemerkte.

Nicht eine Sekunde lang hatte ich meine Entscheidung bedauert oder den Kauf bereut. Ich haderte nicht. Weder mit der Art und Weise, wie der Anzug in meinen Besitz gelangt war, noch mit den vorausgegangenen Wirren. Es war eben so. Ein »Wink des Schicksals«, wie es in Büchern so oft hieß und mich beim Lesen nie sonderlich berührt hatte. Jetzt verstand ich, was damit gemeint war: etwas, das passierte, weil es passieren musste, weil es gut und richtig war. Es kam mir so vor, als hätte nicht ich das ersehnte Kleidungsstück gefunden, sondern dieses mich. Es war ein Gefühl, aber – aus welchen Gründen auch immer – ein untrügliches: Der Anzug stand mir nicht nur, er stand mir zu. Als hätte ich ihn nicht geschenkt bekommen, sondern verdient.

Ich erinnerte mich daran, wie Ricarda zu meinem vierzehnten Geburtstag eine Schatzsuche für mich organisiert hatte. Uns war beiden klar gewesen, dass ein solches Kinderspiel meinem Alter nicht entsprach, aber es war der erste Geburtstag nach dem Tod unserer Mutter gewesen und meine Schwester hatte sich vorgenommen, alles Erdenkliche dafür zu tun, dass es mir besser ging. Tagelang hatte sie Zettel mit Hinweisen und Fragen im ganzen Haus versteckt, hatte liebevolle Spuren gelegt, Finten eingestreut und Wegweiser aufgestellt. Sie hatte es nur gut gemeint: Normalität und heile Welt – zumindest für die Dauer eines Spiels.

Es hatte in einem Fiasko geendet. Ricarda war an der Mutterrolle gescheitert und ich an der des Kindes. Weil ich keines mehr war, sondern ein alter Mann. Kaum einen Hinweis hatte ich aus eigener Kraft entdeckt. Ich konnte und wollte nicht.

Ricarda hatte mir Tipps und Hilfestellungen gegeben, hatte »kalt« und »warm« gerufen und mir ein ums andere Mal die Richtung gewiesen, in der ich hätte suchen sollen. Es war umsonst gewesen und ich: erschöpft, ausgelaugt, apathisch.

»Lass uns bitte aufhören«, hatte ich irgendwann gesagt, »lass uns einfach bitte nur aufhören.«

Bis heute weiß ich nicht, was damals der Preis der Suche gewesen war, das Geschenk hinter dem letzten Hinweis, der Gewinn.

Möglicherweise, dachte ich jetzt, hatte ich Wilhelms Schnitzeljagd deswegen als so anders empfunden, weil ich bereitwillig und nichtsahnend daran teilgenommen hatte. Auch diesmal hatte jede Frage eine andere nach sich gezogen und jede Antwort nur neue Fragen aufgeworfen. Aber das hatte mich nicht bekümmert, denn irgendwann war ich plötzlich an einem Ziel gewesen und hatte den Schatz tatsächlich gefunden. Einen Schatz, der mich restlos zufriedenstellte und keine Fragen offen ließ. Ich war einer Gutschrift gefolgt und es war gut gewesen.

Ich betrachtete mich im Spiegel und verglich das graue Blau des Anzugs mit dem meiner Augen.

Was auch immer hinter all dem, was geschehen war, stecken mochte ... es war mir einerlei. Ich würde es erfahren. Oder auch nicht.

Und falls meine Neugier doch wieder aufkeimen sollte, war da ja noch Geld auf meinem Konto, weitere fünfhundert Euro, fünfhundert Euro »zu viel« – von Wilhelm Schocht. Ich konnte sie ihm jederzeit überweisen.

Die »500-Euro-Frage« sei meistens nicht schwer, hatte mir Frau Reiter einmal die Regeln des Gewinnspiels *Wer wird Millionär?* erklärt, außerdem dürfe man diesen Betrag dann auf jeden Fall behalten, auch wenn man bei späteren Fragen falschliege, sie bilde die »1. Sicherheitsstufe«.

Ich hatte diese Stufe bereits erklommen, dachte ich, und fühlte mich wohl in meiner Haut.

Ein weiteres Mal schaute ich in den Spiegel.

»Danke, Wilhelm«, sagte ich leise und verbesserte mich sofort: »Dankschoen.«

5

In den letzten Wochen hatte ich vieles zum ersten Mal gemacht. Oder ich hatte Dinge getan, die sich, weil ich sie so lange vermieden hatte, wie ein erstes Mal anfühlten. Es war schön gewesen. Sehr schön sogar. Aber anders, als ich es von mir gewohnt war, blickte ich nicht zurück, sondern nur nach vorn.

Ich ruhte mich nicht aus, sehnte mich noch nicht einmal nach einer Pause. Ich wollte einfach weiter.

Ich übernahm eine Abschiednahme nach der anderen, hetzte zwischen Harlaching und dem »Haus Rümannstraße« hin und her, sorgte mich um meine Vermieterin und das Haus und fand darüber hinaus Zeit für Ricarda, Sonia und mich. Ich übte öfter Trompete als sonst, las mehr Bücher denn je und doch fühlte ich mich seltsam unausgelastet. Ich strotzte vor Kraft, aß viel, schlief wenig und war doch nie müde.

Und als das Schicksal nicht winkte, sondern zuschlug, nahm ich es nicht hin, wie früher. Ich nahm es an.

Als unser Vater im »Haus Rümannstraße« erst damit anfing, mich mit »Pavel« anzureden und Ricarda mit »Mutter«, als er uns bald darauf entweder als »Enttäuschung« beschimpfte oder gar nicht mehr erkannte und als er schließlich selbst die einfachsten Dinge des Alltags vergaß, brach meine Schwester zusammen.

»Ich kann nicht mehr, Marten.«

Ich dagegen konnte noch. Ich kümmerte mich um sie, um Papa und auch um alles Weitere. Ich fühlte mich sogar stark genug, um ein Versprechen abzugeben, von dem ich mir sicher war, es halten zu können: »Wir kriegen das alles hin, Ricarda, du kannst dich auf mich verlassen.«

Im Harlachinger Krankenhaus meinte Berger, dass es zu Ende gehe. »Der Arzt hat es mir heute Morgen gesagt. Einen Tag noch, höchstens zwei.«

Wir beschlossen, abwechselnd an Sebastians Bett zu wachen, und blieben dann doch beide. Berger murmelte im Schlaf fortwährend die Worte »warum«, »Tod« und »Steuerprüfung«. Ich schob ihm ein Kissen unter den Kopf.

Als der Bestatter am Morgen erwachte, waren meine Tränen bereits getrocknet.

Der alte Geiger lag friedlich und still da.

Er trug ein frisches Hemd und die Haare unter dem Zylinder waren gekämmt. Mit den Fingern seiner rechten Hand umschloss er den Geigenbogen sowie den Hals seiner Violine, auf seiner Brust lagen eine Rose, ein gefaltetes Tuch und die Dose mit dem Kolophonium.

»Gut gemacht«, sagte Berger, »jetzt übernehme ich.«

Im Besprechungszimmer des Herzzentrums las die behandelnde Ärztin kopfschüttelnd die Ergebnisse meiner Untersuchung durch. Entweder seien meine Daten von früher alle falsch, murmelte sie, oder ich hätte mich wirklich erstaunlich gut erholt.

Ich hörte gar nicht richtig zu.

»Ihre Werte sind glänzend, es sind die eines Jugendlichen.«

Meine Gedanken waren schon woanders, es gab so viel zu tun.

Es dauerte eine geraume Weile, bis sich die Gewissheit festigte: Ich war jung. So einfach war das. Ich bekam Komplimente, ich schlug über die Stränge und ich lernte.

Mitunter kam es mir gemein vor, grotesk und unfair, aber so lagen die Dinge: Sebastian war gestorben, mein Vater dämmerte weg, Frau Reiter alterte und ich wurde täglich jünger.

Ich spürte die Jugend nicht körperlich. Es tat mir einfach nichts weh.

Ich war schnell, ausdauernd und voller Tatendrang.

Mein Leben fühlte sich richtig an und die Welt wurde weit.

6

Am klarsten wurde mir mein Jungsein durch das Verhältnis zu Sonia. Wobei nichts daran klar war. Oder wenigstens eindeutig. Im Gegenteil: Es war verwirrend, schrecklich, schön, schwierig, aussichtslos. Und wunderbar.

Wenn wir uns sahen, wussten wir nichts zu sagen. Waren wir getrennt, telefonierten wir stundenlang. Ich wollte sie ständig um mich haben, dachte in einer Tour an sie, und wurde sie mir einmal überdrüssig, dann nur für einen Moment, nur, um sie sofort wiederfinden und nicht genug von ihr kriegen zu können.

Es ließ sich nicht leugnen. Ich war jung und verliebt.

Wenn Dichter von »Liebe« sprachen oder von »Eifersucht«, von »Hingabe«, »Verbundenheit«, »Leidenschaft« und »Sehnsucht«, dann meinten sie immer mich.

Erst viele Jahre später würde mir Sonia sagen, wie seltsam sie die Nacht gefunden habe, in der wir das erste Mal miteinander schliefen; wie Teenager, auf dem Rasen des Englischen Gartens, nicht weit entfernt vom Nordfriedhof.

Viel zu aufgeregt sei ich gewesen, überdreht, angetrunken und tapsig. Keine zwei Minuten habe es gedauert.

»Wirklich, Marten, du hast dich angestellt wie ein Schulbub.«

Ich nahm es als Kompliment.

Als Sonia das erste Mal meine Kammer in der Palmstraße betrat, war sie geschockt. Sie blieb in der Mitte des Raumes stehen, ließ ihren Blick über meine wenige Habe gleiten und schwieg.

Irgendwann stammelte sie: »Das ist nicht irgend so ein Projekt, oder? Du lebst so …«

Sie lachte auf und brach anschließend in Tränen aus.

Ich hatte mein Zimmer noch nie mit fremden Augen betrachtet und brauchte einige Zeit, um ihre Verstörung zu begreifen.

Die Kargheit. Das Fehlen von Bildern an der Wand. Der absolute Verzicht auf Schmuck und Überfluss.

Die beiden wackeligen Holzstühle, die mir Frau Reiter seinerzeit geschenkt hatte, konnten nicht darüber hinwegtäuschen, dass es hier noch nie ein Wir gegeben hatte, sondern ausschließlich ein Ich, ein sich selbst beschränkendes und verlorenes Ich.

Von den zwei Stühlen abgesehen, besaß ich alle Dinge, die ich zum Leben benötigte, genau einmal.

Meine Kammer war Einrichtung gewordene Einsamkeit. Kein Lampenschirm. Keine Dekoration. Keine Fotos. Keine CDs. Keine Vase. Keine Pflanzen.

Auf dem Tisch lag ein Brett, darauf ein halber Kanten Brot.

Neben der Spüle: der Teller, das Messer, das Glas und die Butterdose.

Ich war versucht, Sonia zu erklären, dass das nicht alles sei, dass ich einiges im Keller lagerte, unter anderem zwei Kisten mit Büchern und meine Winterschuhe, dass es dort auch einen Kühlschrank und eine Waschmaschine gebe, dass ich selbstverständlich Bettzeug zum Wechseln besäße und mehrere Sätze Unterwäsche … Ich ließ es sein. Sonia sah das Offenkundige. Irgendwann verflüchtigte sich ihr Unbehagen und machte Platz für Staunen und Witz.

»Richtig gemütlich hast du es hier, Marten.«

Sie lief durch meine Kammer. Schüttelte den Kopf. Lachte.

»Wer hat auf meinem Stühlchen gesessen? Wer hat von meinem Tellerchen gegessen? Wer hat von meinem Brötchen gebrochen?«

Als sie die vier winzigen Einstichlöcher an der weißen Wand entdeckte, fragte sie, was hier einmal gehangen habe.

»Ein Poster. Albert Einstein.«

»Gut, dass du es abgehängt hast. Es wäre irgendwie zu viel gewesen.«

Sie erzählte mir von einer Studie, derzufolge der durchschnittliche Mitteleuropäer vom Reißnagel über das Waffeleisen bis hin zum Auto 17000 Dinge besäße. »Sollen wir zählen?«

»Nicht nötig.«

Es waren weniger als dreihundert.

»Immerhin hast du zwei Anzüge!«

Sonia schaffte es, dass ich keinen einzigen Gedanken an Wilhelm und die Kontogeschichte verschwendete.

Es gelang ihr binnen kürzester Zeit, meinen Besitz zu verdreifachen, und sie stockte ihn mit jedem ihrer Besuche weiter auf. Ich störte mich nicht daran. Ich störte mich an gar nichts. Hauptsache, Sonia war da.

Wie alle Verliebten erzählten wir einander unser Leben und es stellte sich heraus, dass wir – obgleich wir uns schon so lange kannten – nicht das Geringste voneinander wussten. Wir hatten dreizehn Jahre lang dieselbe Schule besucht und waren beide im Münchner Osten aufgewachsen, aber in unseren Erzählungen war es, als wären wir auf verschiedenen Planeten groß geworden. Ich bemühte mich sehr, die Geschichte meiner Kindheit anders zu erzählen, als ich es zu meiner Zeit an der Staatsbibliothek getan hatte. Aufrichtiger, wahrhaftiger und weniger auf Wirkung bedacht. Die Folge war, dass meine Ausführungen immer kürzer wurden und meine Kindheit rückblickend auf eine nüchterne Abfolge von Tragödien zusammenschrumpfte, denen ich teilnahmslos gegenübergestanden hatte.

Immer wieder hakte Sonia nach, ich müsse doch traurig gewesen sein, ich müsse doch irgendetwas empfunden, irgendetwas getan haben.

Ich hatte wenig zu entgegnen.

Und auch wenn Sonia erzählte, zuckte ich meist nur mit den Schultern. Ich erinnerte mich einfach nicht, wenn sie von Begebenheiten aus der Schule berichtete, von bestimmten Lehrern, von Ausflügen, von Festen. Noch nicht einmal, wenn sie von zeitgeschichtlichen Ereignissen sprach, konnte ich etwas beisteuern. All die Moden, Trends und Musikgruppen, die Fernsehserien oder Filme, sie waren mir fremd. Entweder hatte ich sie vergessen oder verdrängt oder gar nicht erst mitgekriegt.

»Aber du musst doch noch wissen, wie …«

Ich wusste es nie.

Sonia wagte die Frage, wie ich sie denn damals gesehen hätte.

Schulterzucken.

Die Erzählung, wie Sonia mich zu Schulzeiten wahrgenommen hatte, ergab ein jämmerliches Bild.

»Du warst ein Freak, Marten, schon anwesend, aber irgendwie nie da.«

Nachdem wir uns gegenseitig unsere Schwärme und Schulliebschaften aufgezählt hatten und dabei derart haarsträubend unterschiedliche Schilderungen und Sichtweisen offenbar wurden, ließen wir diesen Abschnitt unserer jeweiligen Biografie außen vor. Die »Weißt du noch?«-Geschichten verfingen nicht.

Von unseren Ausbildungen und beruflichen Anfängen zu erzählen, fiel uns leichter. Vielleicht weil wir uns in dieser Zeit nicht gesehen hatten. Die Blätter waren unbeschrieben.

Ich breitete Sonia meine Jahre an der StaBi aus und sie freute sich an meiner Liebe zur Literatur, lachte über die Episode mit den verschollenen Büchern und zog mich unentwegt mit Rosemie auf.

Umgekehrt erfuhr ich von Sonia ein paar Männernamen, von einer Weltreise und zwei Todesfällen (ihre Mutter und ein enger Freund) und dass sie bis heute in der Marketingabteilung der Firma arbeitete, in der sie gelernt hatte; Großhandelskauffrau – ein Job, der sie ernährte, ihr aber nichts bedeutete.

Irgendwann erreichten unsere Erzählungen erst die jüngere Vergangenheit (unser zufälliges Wiedersehen) und schließlich die Gegenwart: den Friedhof. Unseren Fluchtpunkt. Unseren gemeinsamen guten Ort.

Und eines Abends erzählten wir unsere Geschichten dann noch einmal. Von Anfang an. Wir fügten nichts hinzu und erfuhren nichts Neues, doch diesmal war alles anders. In beiden Geschichten spielte der Tod eine Rolle, aber das war nicht das Entscheidende. Entscheidend war, dass wir uns diesmal alles glaubten.

Ich erzählte die Geschichte meines Alterns.

Sonia erzählte die Geschichte, warum sie so oft auf Beerdigungen ging.

7

Im »Haus Rümannstraße« fand eine »Chinesische Woche« statt und Ricarda fragte, ob ich Papas Glückskeks haben wolle.

Ich winkte ab.

Wir hatten unserem Vater beim Abendessen Gesellschaft geleistet und nun saßen wir ohne ihn im Speisesaal des Stifts. Das Essen hatte ihm nicht geschmeckt und irgendwann war er wutentbrannt und wortlos auf sein Zimmer verschwunden.

Dass er den Weg dorthin problemlos alleine gefunden habe, sei ein gutes Zeichen, sagte die Pflegerin, die ihm nachgelaufen war und jetzt wieder an unserem Tisch stand und sich um einen Zuversicht verbreitenden Gesichtsausdruck bemühte.

»Danke«, sagte ich.

Ricarda seufzte und brach gedankenverloren den Keks auf. Er enthielt ein Goethe-Zitat, welches besagte, dass man nur wisse, wenn man wenig wisse. Mit dem Wissen wachse der Zweifel.

»Sehr passend«, sagte Ricarda und fügte hinzu, dass das doch alles eine einzige große Scheiße sei.

Sie meinte damit nicht nur den Spruch oder das Essen, sondern die gesamte Situation. Den Zustand unseres Vaters. Das Heim für Demente. Ihre eigene Verfassung. Es ging ihr zwar wieder besser, aber sie verzweifelte an ihrem Job, an den Männern, an allem.

Ich wusste, dass das wirklich ein gutes Zeichen war, sagte aber nichts.

»Schau dich doch um, Marten«, sagte Ricarda, »schau dich doch nur einmal um!«

Die Bewohner an den anderen Tischen stocherten lustlos in ihrem Essen. Manche wippten einfach nur hin und her. Einige aßen die Kekse und pulten sich anschließend das Papier zwischen den Zähnen hervor.

»Lass uns gehen.«

Auf dem Nachhauseweg bekamen wir sofort bessere Laune; meine Schwester, weil sie noch eine Verabredung hatte, und ich, weil Sonia in der Palmstraße auf mich wartete. Sie würde auf meinem Bett liegen und in einem meiner Bücher lesen, wahrscheinlich in einem der Cioran-Bände.

In der U-Bahn überlegte ich, ob es eine Geschäftsidee wäre, Glückskekse zu produzieren, die ausschließlich Aphorismen des rumänischen Philosophen enthielten. Sie müssten schwarz sein, dachte ich. Die Vorstellung erheiterte mich sehr; man bräche, voller Vorfreude, einen Keks auf und läse dann beispielsweise: »Die Tatsache, dass ich lebe, beweist, dass die Welt keinen Sinn hat.«

Sonia hasste Emil Cioran. Trotzdem las sie seit einiger Zeit Zeile für Zeile seine Werke und sogar seine Biografie.

Sie müsse das tun, sagte sie, sonst verstünde sie mich nie.

Je mehr sie erfuhr, desto unbegreiflicher wurde ihr meine Begeisterung.

»Gefällt dir das wirklich?«, fragte sie ein ums andere Mal, und ich bejahte.

»Das ist so platt!«

»Finde ich nicht.«

Sonia sah in der Weltabgewandtheit und im Pessimismus des Denkers meine eigene Lebenseinstellung und setzte alles daran, sie als Koketterie zu entlarven. Es war ein Spiel und wir spielten es gut.

Sonia sagte: »Der Kerl hat jahrzehntelang in einer Abstellkammer gehaust und sein Viertel nie verlassen!«

Es habe ihm nicht geschadet, sagte ich, außerdem seien sie und ich doch erst neulich im Westend gewesen.

Cioran sei ein Extremist gewesen, ein Menschenfeind, ein Eremit.

»Aber er hatte Erfolg bei den Frauen.«

»Ernsthaft, diese Bitterkeit ist aufgesetzt. Negative Gefallsucht!« Sie warf mit dem gelben Band nach mir. »So viel Melancholie gibt es überhaupt nicht!«

»In einer Welt ohne Melancholie würden Nachtigallen anfangen zu rülpsen.«

Sonia drohte mir. Wenn ich mit meiner dämlichen Verehrung nicht aufhörte, würde sie für ab sofort und für den Rest ihres Lebens hierbleiben und nie mehr weggehen.

Wieder zitierte ich den Rumänen: »Die erste Voraussetzung, um ein Heiliger zu werden, ist, Besuche zu ertragen.«

»Lass uns wegfahren, Marten, irgendwohin, nur für ein paar Tage.«

Es wurde ernst. Ich zweifelte. Sonia sah mich an. Ich nickte.

Sie hatte gewonnen.

Zurück in meiner Kammer, lag Sonia tatsächlich auf dem Bett. Allerdings blätterte sie weder im gelben noch im roten

Buch, sondern im schwarzen, dem, das sie mir geschenkt hatte, mit dem Geige spielenden Tod auf dem Cover. Ihre Augen waren gerötet und ich wusste, dass sie an Sebastian gedacht hatte.

»Wann ist eigentlich die Beerdigung?«, fragte sie.

»Bald. Sagt Berger.«

»Erzähl mir hiervon«, sagte sie und reichte mir Kriwaczeks Buch, »wie fandest du es?«

Wir mussten beide weinen, als ich ihr von meinen Leseeindrücken berichtete.

Schniefend erzählte ich Sonia die ›Unvollständige Geschichte der Begräbnis-Violine‹ nach und gestand, dass ich darin stets nur Sebastian gesehen hatte; als von den letzten »praktizierenden Begräbnisgeigern« Stanley Eaton und Wilhelm Kleinbach die Rede gewesen sei: Sebastian; bei den Schilderungen von Gratchenfleiss und Paganini: Sebastian; selbst bei der Geschichte von John Pemberton, der eigentlich den Namen Jane getragen und somit als einzige Frau je offiziell den Posten eines Trauerviolinisten bekleidet haben soll: Sebastian.

Ich schmückte die Geschichte aus, erzählte vom Geheimbund der Geiger, von klandestinen Zunfttreffen und von den Trauerduellen am Grab; dass die beiden Kontrahenten die testamentarisch verfügte Melodie seinerzeit in versiegelten Umschlägen und nur einen Tag vor dem Begräbnis erhalten hätten, um so wenig Vorbereitungszeit wie möglich zu haben, dass es bei den Wettstreiten um immens hohe Beträge gegangen sei und dass allein die Tränen des Publikums über Sieg und Niederlage entschieden hätten, und manchmal sogar über Leben und Tod.

Ob ich das glaube, fragte Sonia irgendwann.

Was?

Na alles, sagte sie, diese Geschichte.

Sie griff nach dem Buch und schlug wahllos eine Seite auf.

»Herr Hieronymus Gratchenfleiss.« So heiße man doch nicht.

Vielleicht ein Künstlername.

»Geboren 1736 in Wolfsburg.«

Ich verstand immer noch nicht.

Ob ich einmal in Wolfsburg gewesen sei, fragte Sonia.

Ich schüttelte den Kopf.

Wolfsburg sei erst zu Beginn des Zweiten Weltkriegs gegründet worden.

Ich dachte: Eine Geschichte muss nicht stimmen, um wahr zu sein.

Ich zweifelte und starrte Sonia an.

Sie sagte: »Es ist nur ein Buch, Marten.«

8

Der Einzige, der über jeden Zweifel erhaben zu sein schien, war Wilhelm Schocht.

Ich hörte nichts von ihm, aber der blaue Anzug erinnerte mich daran, dass es seine fünfhundert Euro waren, mit denen ich bezahlt hatte, dass sich weitere fünfhundert Euro auf meinem Konto befanden und dass das alles zu einer Geschichte gehörte, die – auch wenn ich sie von vorne bis hinten nicht verstand – in irgendeiner Form mit mir zu tun hatte; zu tun haben musste.

Aber ich unternahm nichts.

Ich trug den Anzug. Alles war gut.

Ich wartete einfach und das Warten tat mir gut. Je länger ich untätig blieb, desto weniger bohrend wurden meine Fragen und desto kleiner meine Zweifel. Mir war, als behielte der Goethe-Spruch im Glückskeks recht: Besser, man wusste wenig. Am besten gar nichts.

Und von Wilhelm selbst: kein Wort. Kein Lebenszeichen. Keine Gutschrift.

Es war Sonia, die nicht aufhörte, sich den Kopf zu zerbrechen. Sie sagte, dass sie immer wieder an unseren ehemaligen Mitschüler denken müsse. Dass sein Tod sie – »trotz des schönen Abschlussballs« – nach wie vor verstöre. Dass es da einen blinden Fleck gebe, eine Leerstelle, die sie einfach nicht gefüllt kriege. Ob es mir nicht ebenso ginge?

Ich antwortete ausweichend. Versuchte, sie zu beschwichtigen, sie davon zu überzeugen, die Sache auf sich beruhen zu lassen.

Das könne sie nicht, sagte Sonia.

»Warum nicht?«, fragte ich.

Sie hob ihre Schultern und ließ sie wieder fallen. »Sag du es mir.«

Ich tat es nicht.

Vielleicht weil ich dachte, dass das keine Rolle spielte. Oder dass es alles unnötig kompliziert machen würde. Vielleicht aber auch, weil ich diese Geschichte nicht teilen wollte.

Mehr als einmal hatte ich die Vermutung, Sonia brächte die Erinnerung an Wilhelm deswegen so hartnäckig ins Spiel, um mir eine Möglichkeit zu geben, aus freien Stücken zu erzählen, was ich wusste. Aber ich täuschte mich. Sie wollte mir mein Geheimnis nicht entlocken, sie hatte selbst eines und konnte es nicht länger mit sich herumtragen.

Ob ich mich noch daran erinnerte, sie auf der Friedhofsbank gefragt zu haben, warum Wilhelm damals die Schule verlassen habe.

Ich nickte.

Und dass sie geantwortet habe, sie wisse es nicht?

Wieder bejahte ich.

Das sei gelogen gewesen.

Ich sah sie an.

»Warum wolltest du das wissen, Marten?«

In Sonias Blick lag ein Flehen, das ich nicht kannte. Ein trauriges, ängstliches Flehen.

Ich konnte ihre Frage nicht gleich beantworten. Ich schloss die Augen und konzentrierte mich. Erinnerte mich an Wilhelm. Seinen Erfolg. Sein Lachen. Seinen Gang. Seine Leichtigkeit ... Sein plötzliches Verschwinden. Ich hatte es damals nicht verstanden und ich verstand es jetzt nicht.

Nur, dass es mich jetzt bewegte. Im Nachhinein.

Ich sagte: »Der fehlende Grund, Sonia.« Bei Verlierern frage keiner, aber bei Gewinnern ... Und dann kam die Wahrheit wie von selbst: »Ich begreife bis heute nicht, warum Wilhelm aufgegeben hat – und ich nicht.«

Sonia nahm meine Hand. »Es gibt immer einen Grund.«

Und dann erzählte sie.

Von Wilhelm. Von sich. Und von dem gemeinsamen Tanzkurs.

Mitte der zwölften Klasse habe Wilhelm sie eines Tages gefragt, ob sie Lust auf Tanzen habe. Aus heiterem Himmel.

Er sei doch mit Babette zusammen, habe sie entgegnet, und er: »Na und?« Da habe sie »ja« gesagt. Babette habe geschäumt vor Eifersucht, aber das sei Wilhelm egal gewesen, und ihr, ehrlich gesagt, auch.

Als sie in der vierten oder fünften Tanzstunde dann den langsamen Walzer lernen sollten, habe Wilhelm ihr plötzlich erzählt, dass sein Vater gestorben sei. Zwei Tage zuvor. Bei einem Autounfall.

Sonia sei geschockt gewesen, aber Wilhelm habe nur abgewunken. Dafür seien seine Mutter und er jetzt reich. Sonia dürfe allerdings mit niemandem darüber sprechen. Das habe sie ihm versprechen müssen. Vor allem wegen des Geldes, von dem niemand genau gewusst habe, woher es eigentlich stamme.

Sonia schüttelte den Kopf. Das sei Wilhelm das Wichtigste gewesen, er wollte weder bemitleidet noch beneidet werden. »Und das wurde er dann auch nicht.« Sie habe den Mund gehalten und Wilhelm sich nichts anmerken lassen. Nicht das Geringste. Er sei zur Schule gegangen, als wäre nichts geschehen. Der perfekte Schauspieler. Noch nicht einmal Babette habe er irgendetwas erzählt, zumindest glaube sie das, die beiden hätten sich bald darauf ohnehin getrennt.

Ausschließlich während der Tanzstunden habe Wilhelm geredet, ihr ins Ohr geflüstert. Und sie, Sonia, habe das spannend und geheimnisvoll gefunden.

»Ansonsten haben wir uns gar nicht gesehen, verstehst du?« Weder habe er sie je besucht, noch sei sie ein einziges Mal bei ihm gewesen. Zweimal die Woche aber, für zwei Stunden, sei Wilhelm völlig anders gewesen. Nicht so betont cool wie im Klassenzimmer, sondern offen. Er habe ihr erzählt, wie sehr ihn das viele Geld und die Aussicht, niemals arbeiten zu müssen, verunsichere; er habe von den Plänen seiner Mutter berichtet, die mit dem Geld in Australien oder Kanada ein neues Leben beginnen wollte, er aber keinesfalls mitgehen würde, weil ihm sein Leben jetzt neu genug erscheine, außerdem sei er volljährig; und dann habe er sie von seinem Entschluss unterrichtet, die Schule zu schmeißen. Die Studienreise würde er noch mitnehmen, aber danach sei es genug. Für das, was er vorhabe, brauche er keine Lehrer und auch kein Abitur.

Sonia stockte. Dann bat sie mich um ein Glas Wasser. Ich holte es ihr und sie trank es in einem Zug aus.

Sie sagte: »Ich habe mich so geschmeichelt gefühlt, weil Wilhelm mich ins Vertrauen zog, ausgerechnet mich. Er wirkte so erwachsen, so stark. Ich habe ihn bewundert. Vielleicht, weil er … nicht getrauert hat. Zu keinem Zeitpunkt.«

Ich fragte sie, was für einen Plan Wilhelm denn gehabt habe.

Das sei es ja gewesen, sagte Sonia, »er hatte keinen«. Wilhelm habe ihr erzählt, dass es sein erklärtes Lebensziel gewesen sei, reich zu werden. Dieses Ziel habe er nun erreicht, wenn auch ohne eigenes Zutun. Da es jetzt aber eben so sei, wolle er einfach schauen, was ihm das Leben so zu bieten habe. Sie solle sich keine Sorgen machen, den Tanzkurs mache er schon noch fertig. Und dann aber: leben.

Und wenn dieses Leben nichts tauge, kaufe er sich ein anderes, oder er mache Schluss. Das seien Wilhelms Worte gewesen. Seine letzten. Oder zumindest die letzten, an die sie sich erinnere.

»Den Rest der Geschichte kennst du.«

Die Angst und die Traurigkeit in ihren Augen waren verschwunden. Nur das Flehen war nach wie vor da.

Sonia sagte, sie habe Wilhelm nach dem geschwänzten Abschlussball nie wieder gesprochen oder gesehen und sich auch nie nach ihm erkundigt. »Wie wir alle.« Aber das schlechte Gewissen sei all die Jahre da gewesen. Und als sie schließlich von Wilhelms merkwürdigem Tod erfahren habe, seien aus dem schlechten Gewissen Scham und Schuldgefühle geworden. »Ich weiß, dass es einfach nur bekloppt ist.« Aber sie könne es nicht ändern.

Vorsichtig versuchte ich, Sonias Mutmaßung in Worte zu fassen: Woher sie denn wissen wolle, dass Wilhelm »Schluss gemacht« habe?

Sie wisse es eben nicht, sagte sie, aber sie habe das Gefühl, sie sollte es wissen.

Ich dachte an die Online-Überweisungen und Bankgutschriften.

»Ich möchte mit Babette reden«, sagte Sonia plötzlich. Sie habe schon länger den Eindruck, Babette wisse mehr, als sie zugebe. Diese habe so schroff und abweisend reagiert, als sie nach Wilhelm gefragt habe … sie müsse einfach etwas wissen. »Bitte begleite mich, Marten. Fahr mit mir hin.«

Sonias Vorschlag überrumpelte mich derart, dass ich nichts erwidern konnte.

Bitte, sagte Sonia erneut und sprudelte los: Sie wisse natürlich, dass auch ich eine Geschichte mit Babette gehabt habe, eine gemeinsame Vergangenheit, aber darum gehe es ja nicht, es gehe nur um Wilhelm. Und um sie. Pöring sei doch nicht weit weg, nur eine halbe Stunde mit der S-Bahn, wir fahren da hin und fragen einfach. »Wenn Babette etwas weiß, werden wir es erfahren. Und wenn nicht ... dann ist es auch gut. Dann begraben wir die Sache ein für alle Mal.«

Ich sagte kein Wort.

Ich wollte ihr erzählen, dass wir uns das sparen könnten. Dass Wilhelm lebte. Dass er mir Nachrichten schickte. Dass ich es sei, der mehr wisse. Dass ich Babette nicht treffen wollte. Dass ich mich an die eine Nacht mit ihr nicht einmal mehr erinnerte. Dass ich gerne mit Sonia verreisen würde. Irgendwohin. Aber nicht nach Pöring! Weil das sehr wohl weit weg sei. Für mich. Außerhalb der Stadt. Drei S-Bahn-Stationen hinter der Grenze, um genau zu sein. Im Landkreis Ebersberg.

All das wollte ich Sonia sagen. Und einiges mehr. Aber mein Mund blieb geschlossen.

Sie war es, die sprach.

»Also dann. Am Donnerstag. Übermorgen. Dank dir.«

Sonia meinte »Liebe«, als sie mich küsste. Ich verstand »Abschied«.

Nachdem sie gegangen war, setzte ich die Trompete an und spielte die beiden Lieder. Im gewohnten Wechsel. Bis Frau Reiter das tat, was alte Menschen eben taten, wenn sie Ruhe wollten: Sie klopfte. Laut. Dreimal. So einfach ging das.

Ruhe! Ruhe! Ruhe!

Als ich den Computer startete, sehnte ich mich zum ersten Mal seit langer Zeit wieder nach meinem früheren Leben. Nach der Ruhe und Einfachheit des Alters. Ich kannte das doch. Aber es erschien so unerreichbar weit weg, wie ein Traum.

Ich wollte wieder klein sein. Ein kleiner Greis, der die Dinge nahm, wie sie kamen. Ein alter Junge, der einmal die Woche zu Herrn Barcagiu ging, um dort seinen Trompetenkoffer anzustarren. Und: um nicht spielen zu müssen! Auch nicht ›Das Lied des Fährmanns‹.

Reinen Tisch, dachte ich, zurück auf null.

Die fünfhundert Euro rücküberweisen. Und fertig. Schluss. Aus. Ruhe.

Ich weiß nicht, warum es mir nicht gelang.

Warum ich die *140 Zeichen* nicht ausnutzte und mir der Betreff-Text nicht geriet.

Warum ich mein Schicksal in fremde Hände zu legen meinte.

Warum ich eine Aussage, die jeder kannte, durch ein anderes Satzzeichen in eine Frage verwandelte.

ONLINE-UEBERWEISUNG
SCHOCHT, WILHELM
500,00 EUR
MUSS I DENN ZUM STAEDTELE HINAUS?

Die Antwort auf diese Frage erhielt ich schnell.

Sie war Wilhelm zwanzigtausend Euro wert und eindeutig.

Sie lautete: »Ja.«

Das Spiel ging weiter.

9

Normalerweise schickte Berger eine SMS, wenn er seine Musiker einlud. Diesmal nicht. Er rief an. Weil es um mehr ging als das übliche monatliche Treffen.

Der Bestatter bemühte sich um einen feierlichen Tonfall. Ich möge die frühe Störung bitte entschuldigen, aber es sei wichtig, eine Herzensangelegenheit …

Ich hörte, dass er in Eile war, und gab ihm zu verstehen, dass er ohne Umschweife zum Thema kommen könne.

Also, sagte Berger dankbar, Sebastians Beerdigung werde am kommenden Samstag stattfinden. Auf dem Nordfriedhof, zu später Stunde. Er wolle kein Geheimnis daraus machen, er plane einen Abschlussball, und zwar den größten aller Zeiten. »Und ich weiß, was du jetzt denkst, Marten. Du denkst, Sebastian hätte das nicht gewollt.«

Ich gab ihm recht.

»Du täuschst dich.« Sebastian habe sogar ausdrücklich darum gebeten. Alles Weitere erzähle er später. In großer Runde, um sieben, im »Dürnbräu«. Bis dann.

Es dauerte keine zehn Sekunden, bis Berger erneut anrief. Er wisse, dass es etwas unpassend sei und ich viel zu tun habe, aber ich solle endlich meine Unterlagen beibringen, ihm stünde eine Steuerprüfung ins Haus. Und das habe er fast vergessen, aber mir brauche er das ja eigentlich nicht zu sagen: Angemessene Kleidung wäre schön.

Ich konnte es mir nicht verkneifen: »Für die Steuerprüfung?«

»Lass die Albernheiten«, sagte Berger, er rede von heute Abend. Sebastian habe ein Testament hinterlassen. Es werde heute im »Dürnbräu« verlesen.

Ich war so sprachlos, dass Berger nachfragte, ob ich noch da sei.

Ich sagte: »Ja, ich bin da. Alles gut.«

Nichts war mehr gut.

Wieso ein Testament? Was hatte Sebastian zu hinterlassen? Oder zu vererben? Was hatte der schweigsame Mann mitzuteilen?

Je länger ich darüber nachdachte, desto mehr schoben sich wieder die Bilder und Episoden aus dem schwarzen Buch über meine eigene Erinnerung an den alten Geiger. Nur gemahnte mich Sebastian jetzt nicht mehr an die dunklen Totengeiger, er wurde vollkommen eins mit ihnen, er verschmolz mit ihnen und ging rückstandslos in all den heimlichen Helden und traurigen Gestalten auf.

Sebastian war nicht länger ein Kollege, den ich bewunderte, sondern eine literarische Figur. Er war einer jener verfolgten Fiedler, die mir fremd waren und mich ausschlossen. Und mehr noch: Er war der Letzte seiner Art.

Nicht die ›Geschichte der Begräbnis-Violine‹ war unvollständig, sondern Sebastians, und er würde sie – dessen war ich mir plötzlich sicher – zu einem Ende bringen. Erhobenen Hauptes und keinesfalls kampflos. Sebastian konnte unmöglich sein Leben lang geschwiegen haben, um sein Wissen jetzt still und verschämt mit ins Grab zu nehmen. Deswegen das Testament! Und deswegen sollte es auch im Kreise der Musiker eröffnet werden: weil es nicht um Geld ging. (Woher sollte es Sebastian auch haben?) Es ging um eine Abrechnung.

Endlich begriff ich, was Kriwaczek in seinem Werk wirklich verhandelte: Wut. Natürlich. Eine lange aufgestaute, kalte Wut. Wie hatte ich das nur überlesen können? Sie stand doch geschrieben. In den Erzählungen von Verlust und Verschwinden. Zwischen den Zeilen voller Resignation und Bedauern. Zu was sollte eine jahrzehnte-, eine jahrhundertelang währende Unterdrückung denn anderes führen, wenn nicht zu einer unsagbaren Wut?

Es kam mir so vor, als sei genau das von jeher Sebastians eigentliche Bestimmung gewesen: dieser Wut einstmals Ausdruck zu verleihen.

Sebastian würde nicht bei der Kunst stehen bleiben, bei den Liedern am Grab, bei musikalischen Fertigkeiten. Die Wut würde größer sein, allumfassend, und sie würde einer Gesellschaft gelten, die ihre beste und edelste Eigenschaft verlernt und weggeworfen hatte: die Fähigkeit zu echter Empathie und aufrichtiger Trauer.

Auf Menschen würde sich die Wut beziehen.

Auf Menschen wie Wilhelm Schocht, die sich von der Trauer freizukaufen versuchten.

Auf Menschen wie mich, die andere zum Weinen brachten, um selbst nicht weinen zu müssen.

Und vielleicht sogar auf Menschen wie Sonia, obgleich sie wenigstens ahnte, dass ihr etwas fehlte, und nicht aufgab, danach zu suchen.

Mit dem Gedanken an Sonia kam die Angst.

Ja, ich fürchtete mich vor dem heutigen Abend.

Aber mehr noch vor dem morgigen Tag, vor dem Verlassen der Stadt, vor der Begegnung mit Babette und vor allem davor, Sonia zu verlieren.

Ich hätte es ihr längst erzählen müssen!

Aufrichtigkeit war doch die Voraussetzung. Für Liebe. Für Trauer. Für alles.

Darauf liefen meine Ängste hinaus: dass es zu spät sein könnte. Dass es tatsächlich keine zu mir passenden Menschen gab. Dass ich nicht passte. In diese Welt.

Nicht, dass ich in ihr verloren gehen könnte. Sondern, dass ich verloren war.

Vielleicht schon immer.

Ich griff zur Trompete. Ich wischte Rohr und Trichter ab, polierte einige Stellen nach und legte das Instrument zurück in den Koffer. Nahm es wieder heraus. Betrachtete es. Tat es vorsichtig zurück ins Futteral und schloss den Koffer. Ich ging mit dem Lappen sorgfältig über den Lederbezug, dann rieb ich so lange an den Beschlägen und den Scharnieren, bis sie glänzten. Schließlich öffnete ich den Koffer wieder und trat einen Schritt zurück. Die Trompete schmiegte sich in den Samt, als schliefe sie.

Mir fiel ein, dass die meisten von Bergers Violinisten auf Geigenkästen verzichteten. Sie verwendeten Rucksäcke oder Tragetaschen, oft improvisierte, in denen sie ihre Instrumente, mit Tüchern umwickelt, transportierten.

Ich hatte mir diesen Umstand stets mit der Geldnot der Musiker erklärt (und im Falle Sebastians mit Attitüde), aber vielleicht war das gar nicht der eigentliche Grund.

Die Geige war wertvoller als die Trompete und das anfälligere Instrument. Holz war verletzlicher als Metall. Brauchte mehr Schutz und nicht weniger.

Tasche und Tuch bedeuteten die Unmöglichkeit, das, was man liebte und brauchte, passgerecht zu verstauen und wegzuräumen.

Der Verzicht auf Panzerung.

Ich wählte den schwarzen Anzug.

10

Als ich das Haus verließ, traf ich Frau Reiter.

Sie sagte: »Der blaue steht Ihnen besser.«

Trauerfall, sagte ich knapp.

Bei mir sei immer Trauerfall, sagte sie, kein Grund, sich nicht hübsch zu machen. Sie wisse, wovon sie rede. Sie gehe ja praktisch nur noch zu traurigen Anlässen. Aber Schwarz tragen? Schon lange nicht mehr.

Ich nickte. Mir war nicht nach Belehrungen.

»Jetzt machen Sie nicht so ein Gesicht.« Frau Reiter lächelte. Das habe ihre Großmutter immer gesagt. Als ob das ginge. Ein Gesicht machen ... »Nun gehen Sie schon, Marten, ich merke doch, dass es Ihnen pressiert. Und grüßen Sie das Fräulein Engelmann von mir.«

»Ich sehe Sonia erst morgen wieder«, sagte ich viel zu heftig. Jetzt müsse ich ins »Dürnbräu«. Aber vielleicht träfe ich dort ja »ihren« Mosacher Karl. Dann könnte ich dem von ihr einen Gruß bestellen.

Sofort bereute ich die Schärfe meines Tonfalls. Er war meiner eigenen Enttäuschung geschuldet und hatte nichts mit meiner Vermieterin zu tun. Die Spitze über ihren Jugendschwarm tat mir sofort leid; sie war mir einfach herausgerutscht.

Doch Frau Reiter lachte nur. Das sei eine feine Idee. Und ja, möglich wäre es durchaus, dass der Karl da sei. Ich würde ihn sofort erkennen. Der Älteste am Stammtisch. Zu viel Pomade im weißen Haar. Krawatte. Einstecktücherl. Sie schaute auf die Uhr. »Und vermutlich beschwipst.« Ihr Lachen schwoll an. »Sagen Sie Grüße. Von der Reiterin.«

Alle trugen Schwarz. Die meisten besaßen vermutlich gar keine andersfarbigen Anzüge. Nur Berger hob sich mit seinem grauen Dreiteiler etwas ab.

Ich begrüßte den Bestatter mit Handschlag und setzte mich dann zu Gregersen und Ulrich.

Die Stimmung war gedrückt. Wie erwartet.

Als alle ihre Getränke erhalten hatten, stand Berger auf und erhob sein Glas. Es wirkte, als müsse er sich daran festhalten. »Danke, dass ihr ... gekommen seid.« Schon bei diesem ersten Satz brach seine Stimme. Wir wüssten ja, warum man heute und hier zusammengekommen sei, versuchte es Berger weiter, »unser Kollege und Freund Sebastian ...«

Er schaffte es nicht. Er stellte das Glas ab und schlug sich die Hände vor das Gesicht.

Gregersen sprang ihm zur Seite. Er reichte ihm ein Taschentuch und sagte dann mit fester Stimme das einzig Richtige: »Trinken wir auf das, was wir schätzen. Auf die Musik! Auf das Leben! Auf Sebastian!«

Wir tranken. Wir aßen. Berger hatte sich gefangen und die Situation entspannte sich. Die ersten Anekdoten machten die Runde. Weitere Getränke wurden gebracht, weitere Geschichten erzählt. »Auf Sebastian!«

Ein erstes Lachen mogelte sich unter die Erzählungen und Hurra-Rufe. Ein zweites. Viele. Zwischen Nachtisch und Schnaps tönte es dann aus allen Kehlen: »Auf den alten Geiger!«

Nach anderthalb Stunden meldete sich der Bestatter wieder zu Wort. Diesmal gelöst. Wie er gerade erfahren habe, verspäte sich Sebastians Nachlassverwalter noch etwas. Lange könne es aber nicht mehr dauern. Er bitte um Geduld. »Und um Getränke!«

Eine weitere Stunde später verriet nur noch die schwarze Kleidung, dass es sich heute um eine außerordentliche Zusammenkunft von Bergers Musikern handelte und nicht um eines der üblichen Monatstreffen. Es wurde gejammert, geklagt und geschimpft. Über die Liedwünsche auf den Begräbnissen, den Verfall der Kunst und die schlechte Bezahlung. Über Gott, die Welt und das eigene Los.

Ich fiel nicht mit ein in den Chor der Maulenden und Hadernden, aber er störte mich auch nicht. Er tönte immer so, wenn wir zusammenkamen, und vielleicht musste das so sein.

»Auf Sebastian!«, gab Gregersen vor.

»Auf die Musik!«, antwortete der Chor.

Ich dachte: Keiner hier hat eine Abrechnung verdient.

Um Viertel nach zehn betrat eine Gruppe sichtlich angetrunkener alter Männer das Lokal und nahm am Stammtisch Platz. Ich erkannte Frau Reiters Galan auf Anhieb, sie hatte ihn treffend beschrieben.

»Herr Mosacher?«

»Der bin ich.«

»Dürfte ich Sie einen Moment sprechen?«

»Wenn es nicht um Geld geht, gern.«

Obgleich nicht die geringste Ähnlichkeit bestand, erinnerte er mich an meinen Großvater. Der Blick. Wann hatte ich zuletzt einen Greis derart verschmitzt grinsen sehen?

Sebastians Nachlass bestand aus einer prall gefüllten, schwarzen Ledermappe, sein Testament aus nicht mehr als einem zerknitterten DIN-A5-Zettel, der mit wenigen, krakeligen Bleistiftnotizen versehen war.

Der alte Mann, der beides vor sich auf den Tisch gelegt hatte, war groß, trug einen Gehrock und einen hohen Filzhut mit roter Krempe.

Ich freute mich sehr, ihn zu sehen.

Er setzte sich gar nicht erst hin. Er nahm den Homburg ab, blickte in die Runde und begann zu sprechen.

Jeremias Gotthold Jensen, stellte er sich vor, zugehörig der in der Hanse ansässigen Zunft der Paternostermacher und Bernsteindreher, und von dort, genau genommen aus Lübeck, der Stadt der sieben Türme, komme er gerade. Allein, die Eisenbahn habe ihm, wie so oft, zusätzliche Reisezeit geschenkt, weswegen es spät geworden sei. Er bitte um Nachsicht. Die Strecke allerdings, so viel wolle er noch hinzufügen, die Strecke vom hohen Norden in den tiefen Süden habe ihren Reiz. Er sei sie über die Jahre nicht selten gemeinsam mit dem guten Sebastian gefahren, welchem zu Ehren wir ja alle hier seien. Und auch auf der heutigen Reise, das gebe er unumwunden zu, sei es ihm immer wieder so vorgekommen, als säße »Freund Sebastian« neben ihm, oder ihm gegenüber, die Geige auf dem Schoß, den Blick auf die vorüberrauschende Landschaft gerichtet.

Jensen machte eine Pause und wandte sich entschuldigend an Berger. Ob es denn überhaupt genehm sei, so unvermittelt »medias in res« zu gehen?

Der Bestatter nickte.

Dann solle es so sein, »ach, und wenn ich um ein Glas des hier geschenkten Bieres bitten dürfte«.

Nachdem er das Getränk erhalten und uns zugeprostet hatte, fuhr er fort: Es sei uns mit Sicherheit nicht verborgen geblieben, dass Sebastian nie ein Mann des Wortes gewesen sei, er, für seinen Teil, halte ihn sogar für den »wortkargsten Bruddler«, der ihm je untergekommen sei. Was nicht heißen solle, der Geiger habe nie den Mund aufgetan, weit gefehlt, aber es habe eben immer seine Zeit gebraucht. Dafür sei der gemeinsame, weite Weg von Lübeck nach München, oder umgekehrt, gerade recht gewesen. Wären sie stets nur bis Nürnberg gereist oder bis Göttingen, er hätte wohl nie etwas von Sebastian erfahren. So aber wisse er, Jeremias Jensen, so einiges, nicht zuletzt über uns und über Beruf und Berufung der Totenmusiker. »Ja, Sebastian hat von Ihnen gesprochen. Und aufgrund der Erzählungen meine ich sogar, einige von Ihnen zu kennen.«

Der Paternostermacher blickte prüfend in die Runde und blieb an unserem Tisch hängen. »Gregersen und ... Ulrich, habe ich recht?«

Die Angesprochenen nickten verblüfft.

»Weil Sie, wie ich, dem Norden entstammen«, erläuterte Jensen, Sebastian habe es ihm einmal verraten.

Und wir, der alte Mann deutete auf mich, seien uns ja sogar persönlich bekannt, er erinnere sich gerne an unsere zufällige Begegnung auf dem Markte zu München.

Jensen begrüßte noch einige weitere Musiker namentlich, dann besann er sich auf seinen Auftrag. Es seien nur wenige Sätze, die zu sagen seien, doch zuvor vielleicht ein Lied. Der alte Mann lächelte. Ob wohl einer der Anwesenden sein Instrument zur Hand habe?

Nach kurzem Murmeln war klar, dass dem nicht so war. Jeremias Jensen schüttelte den Kopf und sagte mit gespielter

Empörung: »Ein Saal voller Gesellen und Meister und keiner hat sein Werkzeug dabei! Schiete aber auch!« Er hob den Blick zur Decke. »Voilà, dieser Punkt geht an dich, alter Knabe.«

Wir mögen diese Volte entschuldigen. Sebastian habe sie ihm abgerungen, als sie an dessen Kranken- und Sterbebett die heutige Nachlassung besprochen hätten. Eine Wette zwischen alten Narren, die der tote Geiger, quod erat demonstrandum, gewonnen habe. »Nehmen Sie es als Mahnung oder als Scherz, wie es Ihnen beliebt. Aber nun zum Eigentlichen.«

Der Paternostermacher öffnete die Ledermappe und kippte ihren Inhalt vorsichtig auf den Tisch. Es waren ausnahmslos Umschläge. Große, kleine, einige dünn, als enthielten sie nur ein Blatt, andere dick und knisternd. Anschließend setzte Jensen seine Brille auf und griff nach dem DIN-A5-Zettel.

Es sei Sebastian nicht möglich gewesen, alle der Anwesenden zu bedenken, sondern nur jene, die er entweder lange gekannt oder bei denen sich ein Erbe quasi aufgedrängt habe. Dies sei bitte keinesfalls als Wertung zu verstehen. »Sie alle, und das hat er mir mehrfach versichert, Sie alle waren ihm – ohne jeden Unterschied – gleichsam geschätzt und lieb und teuer.« Denn jeder hier im Raume ginge einer Bestimmung nach, jeder tue das Seine dafür, den Lebenden den Tod zu beschreiben. »Und dafür möchte Sebastian Ihnen danken.«

Der alte Mann hielt inne und studierte den Zettel. Den Rest könne er beim besten Willen nicht mehr entziffern. Sebastian sei ein lausiger Redner gewesen. »Und schreiben konnte er gar nicht! Sehen Sie sich das Gekritzel nur an.« Er hielt den Zettel in die Höhe. »Was soll dieser letzte Satz heißen?« Er lese da nur »Zitat Titan«, was auch immer das heißen solle. »Zitat Titan … oh!« Jetzt wisse er es wieder. Man könne eine Schlusspointe nicht schlimmer verhauen. Das berühmte Zitat des Kapellmeisters auf der sinkenden Titanic sei natürlich gemeint. Das habe der Geiger uns abschließend mitteilen wollen. »Wohlan, liebe Anwesenden, erheben Sie Ihre Gläser. Es war Sebastian eine Ehre, mit Ihnen musiziert zu haben.«

Der Applaus war lang und herzlich. Als er verebbt war, zog Jeremias Jensen ein Bündel Geldscheine aus der Jackentasche. Das habe er fast vergessen, jene, die keinen Umschlag erhielten, mögen bitte Sebastians pekuniäres Erbe antreten. Wobei, der alte Mann zählte kurz durch, es reiche für alle.

Mit den Worten »Einen Hunderter für jeden« warf er Berger das Bündel zu. Der reichte es weiter an unseren Tisch.

Ulrich war der Erste, der zugriff. »Das sieht Sebastian ähnlich«, sagte er, »das sind D-Mark!«

Dittmar rief: »Auf den alten Geiger!«

Jeremias Jensen bedankte sich und erinnerte an die Umschläge, die nach wie vor auf dem Tisch lagen. Die Namen der Adressaten stünden darauf. Er hoffe, wir träfen am Samstag wieder zusammen, um Sebastian zu geleiten. Heute, das sei schließlich nur die Ouvertüre gewesen, um in der Sprache der Musik zu bleiben, das Vorspiel.

Es wunderte mich nicht, dass es nur die Geiger waren, denen Sebastian Umschläge zugedacht hatte.

Und es wunderte mich auch nicht, dass die Umschläge ausschließlich Noten enthielten. Alte zumeist. Teils mit der Hand geschriebene. Vergilbte. Manchmal nur ein einzelnes Blatt, manchmal ganze Partituren.

Gregersen hatte den dicksten Umschlag erhalten. Er rollte ihn sorgsam zusammen und steckte ihn anschließend ein.

Berger fragte: »Willst du nicht reinschauen?«

Gregersen verneinte. Er wisse, was drin sei. Ich wusste es auch. Sebastians Vermächtnis an seine Kollegen. Lauter letzte Lieder.

Als ich gehen wollte, hielt mich Jeremias Jensen mit einem Blick davon ab.

11

Es war fast Mitternacht und nur noch der alte Paternostermacher, Berger, Dittmar und ich saßen im »Dürnbräu«.

Jetzt käme der schwierigste Teil, sagte Jeremias Jensen und hielt plötzlich zwei weitere, identische Kuverts in der Hand.

Eines gab er Dittmar, das andere mir.

Warum uns?

Der alte Mann erriet meine Gedanken. Sicherlich würden wir uns jetzt fragen: »Warum ausgerechnet wir beide? Warum zwei Trompeter?« Das habe er Sebastian auch gefragt. Und dieser habe geantwortet: Weil Marten und Dittmar unter all den Musikern, Streichern wie Bläsern, die einzigen seien, die niemals eine Sourdine benutzt hätten.

Exakt dies seien Sebastians Worte gewesen. Er sah uns an. »Stimmt das? Sie haben tatsächlich nie einen Dämpfer verwendet beim Spiel?« Er könne sich das gar nicht vorstellen. Es gebe doch Abertausende von Kompositionen, in denen das zwingend vorgeschrieben sei. *Con sordino.* »Gedämpft zu spielen.« Bei den Streichinstrumenten sei das doch ein absolutes Muss. Dieser wunderbar weiche und in sich ruhende Klang! Und auch bei den Blechbläsern ... unverzichtbar. »Was wäre der Jazz ohne die gestopfte Trompete? Miles Davies ohne seinen Harmon Damper?«

Weder Dittmar noch ich konnten antworten. Wir waren wie vor den Kopf geschlagen.

Es stimmte. Außer uns beiden verzichtete keiner von Bergers Trompetern darauf, immer wieder einmal jene berühmten Kegelstümpfe in die Schalltrichter ihrer Instrumente zu stecken, den Bucket-Dämpfer in erster Linie oder den Straight, um dadurch ihr Klangspektrum zu erweitern oder leise wie ein Flügelhorn zu tönen. Und auch die Violinisten experimentierten gerne und oft mit ihren auf die Geigenstege gesetzten Ebenholzklemmen, wurden die Töne so doch geschmeidig und sanft. Sebastian selbst, so erinnerte ich mich, war ein Meister im Spiel mit verschiedensten Sourdines gewesen, er hatte sogar eigenhändig welche geschnitzt.

»Darf ich mir die Frage erlauben, warum?«, sagte Jensen. »Es interessiert mich sehr. Dittmar?«

Dittmar war immer noch völlig perplex. Schließlich meinte er, dass die Frage doch wohl eine andere sein müsse, nämlich: Woher, in drei Teufels Namen, wisse Sebastian das? Respektive habe er es gewusst? Der alte Geiger habe ihm doch höchstens zwei- oder dreimal zugehört. Er brauche jetzt noch ein Bier.

Jeremias Jensen war noch nicht zufrieden.

Dittmar kratzte seinen kahlen Kopf. Dann sagte er, dass er nichts gegen das gedämpfte Spiel einzuwenden habe, aber er sei nun mal Purist, und, um ehrlich zu sein, halte er *con sordino* für Effekthascherei, für einen billigen Trick, um leiser spielen zu können als von Natur aus. Und die Stille sei der Dreh- und Angelpunkt bei der Beerdigungsmusik. Wer nicht leise spielen könne, der solle es lassen und keine Hilfsmittel verwenden. Das sei seine Meinung. Keine Trickse-reien am Grab!

»Schön gesprochen«, sagte der Paternostermacher, »und wie ist es bei Ihnen, Marten?«

Ich musste nicht überlegen, allerdings kam mir meine Antwort angesichts Dittmars Ausführungen schäbig und banal vor. »Ich habe nie einen Dämpfer besessen«, sagte ich, »und …«

Und?

»Er hätte nicht in den Koffer gepasst.«

Jensen nickte zustimmend.

Dann erzählte er uns eine Geschichte, die Dittmar abwechselnd erstaunte, erboste, erheiterte, anstachelte und letztendlich begeisterte. Mich stürzte die Geschichte in eine dumpfe Resignation. Weil ich sie kannte.

In beiden Umschlägen, so Jensen, befände sich das Gleiche. Ein musikalisches Fragment, das eigens für den traurigen Anlass am Samstag komponiert worden sei. Sebastians letzter Wille laute, dass wir beide, Dittmar und ich, auf der Abschiednahme über diese Melodie improvisieren mögen. Nacheinander. Ein jeder, wie er es für gut und richtig halte. Er selbst, Jeremias Gotthold Jensen, sowie Berger, als

Schiedsrichter, vor allem und letztentscheidend aber die Tränen des Publikums würden bestimmen, wer der Sieger sei.

Der Preis, so schloss der alte Mann, sei hoch. »Sie spielen um Sebastians gesamtes Vermögen.«

Während ich in mich zusammensank und in Gedanken krampfhaft nach einem Ausweg oder zumindest nach einer Hintertür suchte und beides nicht fand, wurde Dittmar immer freudiger und erregter. Gewissenhaft ließ er sich noch einmal die Regeln erklären.

Die Reihenfolge unserer Auftritte war alphabetisch festgelegt. Also erst Dittmar, dann ich. Ein Unentschieden war ausgeschlossen. Ein Gewinner. Ein Verlierer. Der Sieger bekam alles. Der Besiegte nichts.

Die Kuverts durften erst einen Tag vor dem Begräbnis geöffnet werden. Sie enthielten die beiden Dinge, die wir wissen mussten: die Noten. Sowie die Modalitäten, wie die Siegprämie – im Falle des Gewinnens – zugeteilt würde; per postalischer Anweisung durch einen Treuhänder.

Jeremias Jensen lehnte sich zurück und sagte: »Sebastian hat wirklich an alles gedacht. Es scheint ihm ein großes Anliegen gewesen zu sein.« Vor zweihundert Jahren seien solche Wettkämpfe übrigens oft ausgetragen worden, nicht nur an den Gräbern Münchens, sondern überall in Europa, auf dem Friedhof Père Lachaise in Paris und auf den Magnificent Seven zu London natürlich, den sieben großen und fantastischen Gottesäckern der Stadt an der Themse … Allein, es seien immer nur Vertreter der geigenden Zunft gewesen, die gegeneinander gespielt hätten, niemals Trompeter. »Sie beide, Marten und Dittmar, werden die ersten sein. Und vermutlich auch die letzten.«

Jetzt ergriff Berger, der bislang nur zugehört hatte, das Wort. Er wisse, was ein Testament und ein letzter Wille bedeute, aber bei aller Liebe und Wertschätzung für Sebastian: »Ihr müsst das nicht machen. Wir bereiten ihm auch so einen würdigen Abschied.«

Der Paternostermacher pflichtete ihm bei.

Dittmar aber schüttelte den Kopf. »Doch! Wir ziehen das durch. Ich zumindest.« Er steckte seinen Umschlag in die Innentasche seines Sakkos und sagte mit Nachdruck, wenn er sich nicht täusche, sei das sein, Dittmars, rechtmäßiges Erbe und er gedenke, es anzunehmen. Er wolle und er werde dem alten Geiger seinen letzten Wunsch erfüllen.

Es wurde still am Tisch. Die Möglichkeit, dass nur einer an Sebastians Grab spielen könnte, schien keiner bedacht zu haben.

»Komm schon, Marten«, sagte der Trompeter, »was haben wir zu verlieren?«

Alles, dachte ich.

Dittmar streckte mir die Hand hin.

Ich schlug ein.

»So sei es«, sagte Jeremias Jensen, »das Spiel möge beginnen.«

12

Auf der Fahrt in der S5 Richtung Ebersberg berichtete ich Sonia in allen Einzelheiten davon, was mir am Vorabend widerfahren war.

Ich erzählte von Sebastians Vermächtnis. Sonia hörte aufmerksam zu. Dankbar für die Ablenkung.

Je weiter wir aber gen Osten fuhren, desto mehr rückte das eigentliche Ziel unserer Reise in den Vordergrund. Sonia rutschte immer häufiger auf ihrem Sitz hin und her, ich sprach schneller und unzusammenhängender, der Druck von Sonias Hand in der meinen erhöhte sich, abwechselnd schauten wir nervös aus dem Fenster. Schließlich stellte erst Sonia das Zuhören ein, dann ich das Reden.

Sie wollte etwas anderes wissen. Ich gab dieses Wissen nicht preis.

Das Überqueren der Stadtgrenze merkten wir daran, dass an der Station »Haar« einige Fahrgäste hastig den Wagen verließen, um auf dem Bahnsteig einen weiteren Streifen ihrer Fahrkarte zu entwerten und dann schnell wieder ins Wageninnere zu springen.

Auch Sonia verfuhr so. Man spare sich so einen Streifen.

In den paar Sekunden, in denen sich Sonia außerhalb der Bahn befand (und ich innerhalb), hatte ich das Lied im Ohr. *Und du, mein Schatz, bleibst hier.*

Drei Stationen später stiegen wir aus.

»Zorneding.«

Unmöglich, bei diesem Ortsnamen nicht an die dritte der sieben Todsünden zu denken, aber »Zorn« war das Letzte, das ich fühlte. Meine Sünde war die vierte, und ich beging sie nicht, sondern sie bemächtigte sich meiner. Ich wurde träge.

Ich sollte nicht hier sein.

Trotzdem lief ich Sonia hinterher. Wie ein folgsames Kind. Der Fußweg von Zorneding nach Pöring dauerte zehn Minuten. Er kam mir vor wie eine Ewigkeit.

Muss i denn zum Städtele hinaus? Die 20000-Euro-Frage.

Wir gingen durch ruhige Straßen, die nach Bergen benannt waren.

Zugspitz. Karwendel. Rotwand.

Berge, die man bei gutem Wetter sehen konnte. Von der Terrasse aus.

Pöring sagte: »Wer hier wohnt, hat alles richtig gemacht.«

Sünden wurden hier allenfalls lässliche begangen.

Zufriedenheit.

Langeweile.

Schlösser an den Mülltonnen, damit der Nachbar seinen Abfall darin nicht entsorgen konnte.

Dort müsse es sein, sagte Sonia.

Wir standen vor einem Haus, das sich im gewünschten Rahmen von den anderen in der Straße abhob. Ein wenig verspielter geschnitten. Ein minimal anderer Farbton. Das Holz des Carports eine Spur heller gebeizt. Der Garten etwas freundlicher bepflanzt. Hecke und Zaun ein bisschen niedriger.

Freier Blick.

Eine Festung, die gleichermaßen geschützt wie durchlässig wirkte.

Ihr könnt ruhig gucken, sagte das Grundstück, ich habe nichts zu verbergen.

Also blieben wir am Gartentor stehen und guckten. Dem Glück ins Auge.

Auf der Veranda kniete ein kleiner Junge und spielte selbstvergessen mit Bauklötzen und Playmobilfiguren. Im Liegestuhl saß seine große Schwester und las. Auf dem Rasen übte ein rosa eingekleidetes Kleinkind seine ersten Schritte und ließ sich immer wieder lachend auf seinen Windelpo fallen. Von einem Kind zum anderen gehend, sich kümmernd und unentwegt lobend: der Vater, ein schlanker, sympathisch wirkender Mann.

Es war kein Film, den wir sahen, kein Image-Clip für »Große Ferien im Vorort«, nichts an der Szenerie wirkte gestellt oder gekünstelt. Diese Welt war heil.

Ob er uns helfen könne, fragte der Mann.

Wir seien alte Schulfreunde von Babette, sagte Sonia.

Babette habe gar nichts gesagt.

Wir seien auch nur zufällig vorbeigekommen und da hätten wir uns gedacht ... aber wenn es unpassend sei ...

Überhaupt nicht. Babette sei joggen, aber sicher bald zurück. »Kommt doch rein. Ich bin Markus.«

Wir stellten uns vor.

»Wollt ihr was trinken?«

»Gern. Danke.«

Das seien Charlotte. Ruben. Und die kleine Sophie. »Sagt mal Hallo.«

»Hallo.«

»Wer ist das?«, fragte Charlotte und schaute uns an.

»Freunde von Mama«, sagte Markus.

»Wieso hat der einen Anzug an?«

»Hab ich doch auch oft, Süße.«

»Aber nicht in den Ferien!«

Markus nahm Sophie auf den Arm. »Ich mache vielleicht mal Kaffee.«

Sonia und ich standen in der Mitte des Zimmers. Durch die Tür zur Küche kam Markus, ein Tablett in der einen Hand, an der anderen das Kleinkind.

In der anderen Tür erschien plötzlich Babette. In Sportkleidung.

»Spontaner Besuch, Schatz«, sagte Markus.

»Ich seh es«, sagte Babette. Und dann, erstaunt: »Was macht ihr denn hier?«

Sonia hob entschuldigend die Hände. Wir seien in der Gegend gewesen.

Für einen winzigen Moment schien es mir, als suche Babette nach der richtigen Begrüßungsgeste. Handschlag? Zu distanziert. Umarmung? Zu dick. Sie entschied sich für »Sorry, ich bin total verschwitzt« und hielt den nötigen Abstand. Die Andeutung von Wange an Wange bei Sonia. Eine flüchtige Berührung des Oberarms bei mir.

Warum wir uns vorher denn nicht gemeldet hätten? Babette verließ kurz den Raum. Kam mit einem Handtuch wieder. Jetzt habe sie leider nur ganz kurz Zeit. Markus und sie müssten zu einer Einladung. Die Babysitterin komme jeden Augenblick. Aber für den Kaffee sollte es reichen. »Danke, Liebster.« Sie nahm ihrem Mann die kleine Sophie ab, drückte zahlreiche Küsse auf das strahlende Kindergesicht und hielt die Kleine schließlich wippend auf dem Arm, so hoch, dass diese mit ihren Haaren spielen konnte.

Babette sagte, sie sei etwas überrascht. Aber sie freue sich, uns zu sehen. Sonia habe lange nicht mehr geschrieben. Ob sie immer noch bei dieser Firma arbeite? Ob sie Kontakt zu den anderen habe? Verena? Immer noch in Hamburg? »Und hey, Marten.« Es sei echt lange her. Was ich treibe? Wie es mir gehe? Ob ich auch Kinder hätte? Bei

Sonia wisse sie ja ... Nein? Dann aber ran! Es gebe nichts Schöneres auf der Welt. Ob ich die Kleine mal halten wolle? Nur ein Witz. Immer noch der Alte. Oje!

Irgendwann hielt es Sonia nicht mehr aus. Wir seien wegen Wilhelm hier.

»Okay.« Babette zog das Wort in die Länge. Erwiderte den Blick. Ganz offen.

Babette wisse doch, dass er gestorben sei, sagte Sonia.

Klar, sagte Babette, Sonia habe sie deswegen doch sogar angerufen. »Und?«

Sonia geriet ins Schlingern. Das mit Wilhelm sei ...

Markus vergewisserte sich. Ob von dem Wilhelm die Rede sei? Dem Exfreund seiner Frau, aus Schulzeiten?

Sonia nickte.

Markus sagte, Babette habe ihm von dessen Tod erzählt. Tragisch. »So alt wie wir, oder?« Dann sah er auf die Uhr. So langsam müssten sie sich fertigmachen.

Sonia unternahm einen letzten Anlauf. Es gehe ihr gar nicht so sehr um Wilhelms Tod, sondern vor allem um damals, als er die Schule abgebrochen habe. Ob Babette ihr erzählen könne, was da wirklich passiert sei? Ob sie sich erinnere? Ob sie wisse ...?

Nein, sagte Babette. Sie habe es Sonia doch schon am Telefon gesagt. Und schon da habe sie die Fragerei ziemlich merkwürdig gefunden. Worum es uns eigentlich wirklich gehe?

Markus nahm Babette die Kleine ab. »Schatz, wir müssen.«

Nur noch eine Minute, sagte Babette, und zu uns: Sie finde das traurig mit Wilhelm. Wirklich. Aber es gehe sie streng genommen nichts an. Das mit Wilhelm sei so lange her. Ein anderes Leben. Sie hob bedauernd die Schultern. Wir fänden allein raus, oder? Sie müsse schleunigst unter die Dusche. »Mach's gut, Sonia. Und Marten ... schicker Anzug.« Schon in der Tür rief sie: »Meldet euch das nächste Mal vorher.« Dann sei hier weniger Hektik.

Markus winkte uns nach. Dann schloss sich die Tür. Und Sonia und ich standen wieder am Gartentor. Was hatten wir eigentlich erwartet? Die Festung war uneinnehmbar.

13

Außerhalb der Festung lagen die Dinge anders. Kurz vor dem Zornedinger Bahnhof holte Babette uns mit dem Mountainbike ein. Vom Fahrrad jedoch stieg ein völlig anderer Mensch. Außer sich. Entrüstet. Wutentbrannt.

»Habt ihr sie noch alle? Was fällt euch ein, einfach so bei mir aufzukreuzen?«

Babette sagte »euch«, aber sie meinte Sonia und ging so nah an diese heran, dass sich ihre Nasenspitzen fast berührten. Von ihr lasse sie sich ihr Leben nicht kaputtmachen, zischte sie, von ihr nicht. »Misch dich nicht ein, verstanden. Und lass die Fragerei!« Schon gar nicht vor Markus und den Kindern.

Babette ging wieder etwas auf Abstand. Ob Sonia eigentlich klar sei, in welche Situation sie sie damit brächte? Vor dem Ehemann mit Geschichten vom Ex anzukommen? Nie wieder, damit das klar sei, wolle sie auch nur ein Wort von Wilhelm Schocht hören, diesem ... Psycho! Es sei ihr egal, was aus ihm geworden sei. Ob er sich umgebracht habe, wie er immer getönt habe, wenn er breit gewesen sei. Oder totgesoffen. Weggekokst. Mit einem seiner Angeberschlitten gegen den Baum, wie sein Vater. »Es ist mir scheißegal.« Man solle ja nichts Schlechtes sagen über ... aber Wilhelm sei völlig krank gewesen. Depressiv. Irr. Was wisse sie denn. An dem Tag, an dem sein Vater verunglückt sei, habe es bei Wilhelm komplett den Stecker gezogen.

»Du wusstest davon?«, rief Sonia dazwischen.

Natürlich. Was habe sie denn gedacht? Sie sei immerhin seine Freundin gewesen, schon vergessen? Bei wem, ihrer Meinung nach, habe sich Wilhelm denn damals ausgeheult? Bei seiner Mutter bestimmt nicht. »Die hatte ja nur noch die Kohle im Kopf.« So wie Wilhelm dann auch. Mir geht's so schlecht mit dem Geld. Jahrelang die gleiche Leier. Ich leide, weil ich reich bin. »Und rumgelaufen ist er wie ein Grattler!«

Aber das wisse Sonia doch alles. Sie, Babette, habe das vorhin schon gefragt: »Um was geht's hier?« Sonia sei es doch gewesen, die ihr den Freund habe ausspannen wollen, mit dem blöden Tanzkurs. Schon damals habe sie sich immer nur eingemischt und aufgedrängt. »Ich habe dich deswegen gehasst, Sonia. Und trotzdem hast du mir leidgetan, als Wilhelm dich auf dem Abschlussball versetzt hat. Weil's scheiße war!«

»Sag das noch mal«, sagte Sonia.

»SCHEISSE!« Babette brüllte es heraus.

»Nein, das mit dem Abschlussball.«

Sie solle bloß nicht so unwissend tun, sagte Babette, verarschen könne sie sich selber. Statt auf den Abschlussball zu gehen, sei Wilhelm bei ihr, Babette, gewesen. Flennen und vögeln, wie immer. Nicht mal einen Anzug habe er sich gekauft, es gebe keinen in seiner Preiskategorie. »Der war so krank!« Nichts habe er gebacken gekriegt. Trotz des Geldes. Oder gerade deswegen … Babette hatte jetzt Tränen in den Augen.

»Wahrscheinlich hat er dir das auch gesagt, Sonia. Hey, ich habe gerade meinen Vater verloren, aber Tanzkurs – kein Problem. So wie er seiner Mutter gesagt hat: Schule fertig machen, das schaffe ich mit links, zur Not kaufe ich mir das Abi. So wie er mir gesagt hat: Mir geht's zwar hundeelend, aber unsere Beziehung krieg ich locker hin.« Nichts davon habe er hingekriegt. Kaputt und fertig, das sei er gewesen. »Und ich blöde Kuh bin immer wieder auf ihn reingefallen!« Komm, wir checken aus, was uns das Leben bieten kann. Das habe Wilhelm immer gesagt. Heute kaufen wir uns das Glück. Die Reisen habe sie anfangs noch spannend gefunden, die schicken Autos. Die Nobelhotels … die sie dann oft gleich wieder verlassen mussten, weil Wilhelm lieber in irgendeine Absteige gewollt habe, weil es da echter wäre, authentischer. Irgendwann seien es dann nur noch schmutzige Löcher gewesen, in denen sie … oder bei Wilhelm daheim, nach dem Abflug seiner Mutter nach Australien, Sex im Bett der Eltern, da sei es ihr echt zu viel geworden. Total zugemüllt sei das Haus gewesen, wie bei einem Messie. Dabei habe Wilhelm doch alles gehabt. Nicht nur Geld. Möglichkeiten ohne Ende. Er sei klug gewesen, charmant … »Herrgott, Sonia, du kanntest ihn doch!«

Babette ging zu ihrem Mountainbike. Vor knapp zwei Jahren habe sie Wilhelm das letzte Mal gesehen. Da habe er schon oft bei den Pennern rumgehangen und nur noch gesoffen. Dabei sei er immer noch reich gewesen. Viel zu reich. In den Park habe er mit ihr gewollt, ihr den Bettler zeigen, dem er kürzlich eine fette Ducati hingestellt habe. Einfach so. Das sei das Ende gewesen. »Da habe ich es endlich kapiert.«

Babette sah Sonia ernst an. Mehr wisse sie nicht und mehr wolle sie auch nicht wissen. Das sei vorbei und vergessen. Wilhelm Schocht habe immer irgendwie nach unten gewollt und jetzt sei er tot. Nie wieder ein Wort davon! Und wenn Markus je von der Sache erfahre, bringe sie Sonia um.

Als Babette aufs Rad stieg, bemerkte sie, dass Sonia nicht allein war. »Und was willst du eigentlich, Marten? Stehst rum, machst große Augen und sagst nichts. Wie früher. Ach, ihr seid doch Freaks. Alle beide.«

Mit diesen Worten fuhr sie davon.

Sonia und ich nahmen die Bahn und sprachen während der Fahrt kein einziges Wort.

Wir schwiegen uns nicht an. Dazu hätten wir aufeinander bezogen sein müssen, miteinander verbunden, aber das waren wir nicht. Wir schwiegen allein, jeder für sich.

Sonias Schweigen war ein leichtes, fast heiteres, eines, das von Minute zu Minute heller und durchlässiger zu werden schien. Sonia leuchtete. Es war dieses Leuchten, das entsteht, wenn sich etwas endlich löst und fügt, wenn etwas gut wird.

Mein Schweigen war das genaue Gegenteil davon: drückend, verknotet und dumpf. Ein Schweigen, das vom vielen Ungesagten so schwer geworden war, dass es sich nicht mehr aufrechterhalten ließ. Aber eben auch nicht brechen.

»Verknorzt«, hatte mein Großvater diesen Zustand genannt, wenn es mir als Kind einfach nicht gelingen wollte, mit der Sprache herauszurücken. »Sei nicht so verknorzt!«

14

Am Abend dieses Donnerstags saßen wir zum letzten Mal in meiner Kammer in der Palmstraße. Nebeneinander, wie in der Schule, auf zwei kippeligen Holzstühlen. Vor uns, auf dem Tisch, mein Laptop, auf dessen Bildschirm die Umsatzabfrage meines Online-Bankings.

Dort standen ordentlich datiert und jeweils grau umrandet die Buchungen, Wertstellungen, Verwendungszwecke und Beträge der letzten Transaktionen auf meinem Girokonto: Wilhelms Gutschriften und meine Überweisungen.

Die chronologische Auflistung meines Verrats. Das Zeugnis eines Gesprächs, das ich nie geführt hatte. Die Dokumentation einer Geschichte, die ich viel früher hätte erzählen müssen.

Die Beträge von Wilhelms Gutschriften wurden schwarz angezeigt, die meiner Überweisungen waren rot und mit einem Minuszeichen versehen. Negativ. Falsch. Jede einzelne meiner Aktionen kam mir wie ein Fehler vor.

Ich versuchte zu erklären, was nicht zu erklären war. Ich gestand, beschwichtigte, stellte Mutmaßungen an, verrannte mich. Meine Sätze begannen mit einem mutlosen »Ich dachte« und verebbten dann allesamt im Konjunktiv.

Irgendwann stand Sonia auf. »Ich möchte alleine sein.«

Sie ging in meiner Kammer umher, griff wahllos nach einigen Sachen, die ihr gehörten, und steckte sie in ihre Handtasche.

Dann nahm sie einen Teller aus der Ablage neben der Spüle und ließ ihn zu Boden fallen. Er zersplitterte fast tonlos. Sie nahm einen zweiten Teller, einen dritten. Mit den

Gläsern und Tassen verfuhr sie genauso. Mit den Müslischalen. Den Schüsseln. Es lag keinerlei Wut in ihrem Tun, eher eine traurige Konzentration. Als müsse sie das noch erledigen, bevor sie verschwinden würde.

Als sie mit dem Geschirr fertig war, wandte sich Sonia dem kleinen Bücherstapel neben meinem Bett zu und entschied sich nach kurzer Überlegung für die beiden Cioran-Bände. Ohne Kommentar stopfte sie das gelbe und dann das rote Buch in ihre Tasche. Sie tat dies mit einer Entschlossenheit, die keinen Raum für Zweifel ließ: Sie nahm die Bücher nicht mit, sie nahm sie mir weg.

Als sie die ›Unvollständige Geschichte der Begräbnis-Violine‹ in Händen hielt, flossen Tränen über ihre Wangen. Sie legte das schwarze Buch auf den Stapel zurück.

»Spiel gut am Samstag«, sagte sie.

Sonia sah sich um. Ein letztes Mal. Sie hatte hier nichts mehr verloren.

Sie trat zu mir an den Tisch und klappte den Laptop zu. Mit der flachen Hand schlug sie ein paarmal auf das Gehäuse des Computers.

Schließlich sagte sie: »Das ist deine Geschichte, Marten, nicht meine. Nicht mehr.«

Noch nie war mir mein Zimmer so kahl und leer vorgekommen wie an diesem Abend, nachdem Sonia gegangen war und ich apathisch die Scherben zusammengekehrt hatte. Ein fremder und unsinniger Ort.

An der Wand lehnte mein Trompetenkoffer. Am Kleiderständer hingen meine beiden Anzüge. In der Sakkotasche des schwarzen Anzugs steckte das Kuvert mit den Noten für das Trauerduell. Ich zog es heraus und steckte es ungeöffnet in die Innentasche des blauen. Dort ließ ich es stecken. Ich würde es weder morgen noch übermorgen öffnen. Wozu auch.

Neben der Spüle: ein Teller, eine Schale, ein Glas. Sonia hatte von den Dingen, die man zum Leben benötigte, jeweils eines heil gelassen. Sie hatte mich zurückgesetzt.

Irgendwann ging ich ins »Glück«, weil ich das Unglück zu Hause nicht mehr aushielt.

Das Letzte, das ich an diesem Donnerstag dachte, war: Ich hätte die Stadt nicht verlassen dürfen.

Das Letzte, das ich tat: Ich überwies Wilhelm seine zwanzigtausend Euro zurück. In das Betreff-Feld tippte ich: »Warum hast du dich umgebracht und ich mich nicht?«

15

Der Freitag begann mit einer Nachricht, der diesmal nicht nur ein »e«, sondern auch ein »g« fehlte:

GUTSCHRIFT
SCHOCHT, WILHELM
1,00 EURO
NIEMAND HAT SICH UMBRACHT. SCHLUSS

Was ist der Wert eines Satzes?

Was kostet eine Frage?

Wie hoch ist der Preis einer Antwort?

Ich überwies Wilhelm mein gesamtes Geld. All-In.

Für vier Worte: »Was soll ich tun?«

Dann wartete ich.

Ich sah der Zeitanzeige beim Umspringen zu und meldete mich alle zehn Minuten neu im Banking-Programm an, um meinen Kontostand zu betrachten.

»0,00 Euro.«

Die Ziffern drückten es aus. Ich war eine Null. Blank, abgebrannt und ratlos.

Am Nachmittag sprang mein Kontostand von einer Sekunde auf die andere von null auf seine ursprüngliche Höhe zurück. Wilhelms Antwort. Sie lautete:

AUFHOERN. BITTE. SORRY

Nur einen Augenblick später erhielt ich eine weitere Nachricht und der Kreis schloss sich.

GUTSCHRIFT
SCHOCHT, WILHELM
25 000,00 EURO
DANKSCHOEN

Diese Nachricht war identisch mit der allerersten und ohne nachzudenken wusste ich, dass es die letzte sein und ich von nun an nie wieder etwas hören würde.

Ich ahnte es nicht, ich wusste es einfach.

Ich wusste es, während ich die nächsten Stunden wie in Trance durchs Viertel lief.

Ich wusste es, als ich am Abend die fünfundzwanzigtausend Euro ohne jeden Betreff zurücküberwies.

Ich wusste es die ganze Nacht über, in der ich in meiner Kammer auf dem einen Stuhl saß und den anderen, leeren anstarrte und in mir diese Leere wehtat wie nie etwas zuvor in meinem Leben.

Es war keine Überraschung, als mir mein Computer am Samstag in der Früh sagte, dass meine Transaktion nicht durchgeführt werden konnte.

EMPFAENGERKONTO NICHT EXISTENT.

Das Konto musste unmittelbar nach der letzten Überweisung aufgelöst worden sein. Das letzte »Dankschoen« war endgültig und keine Wiederaufnahme des Spiels gewesen.

Das Spiel war vorbei.

V

So. Jetzt weißt du alles.
Ich glaube, es ist meine Geschichte.
Ob ich sie dir erklären kann, willst du wissen?
Nein. Geschichten kann man nicht erklären.
Man kann sie nur erzählen.

1

Am Tag, an dem ich es zu Ende brachte, blieb mir mehr Zeit, als ich brauchte.

Ich erledigte den Abwasch, ich fädelte neue Schnürsenkel ein und ich füllte Trötenöl nach. Danach war ich unschlüssig. Irgendwann verließ ich viel zu früh das Haus.

Obwohl ich mittlerweile wusste, dass ich zu Fuß würde gehen müssen, weil Busse und Bahnen wegen eines Streiks nicht fuhren, saß ich nun seit über einer Stunde an der Bushaltestelle und wartete. Etwas Besseres fiel mir nicht ein. Mein Köfferchen zwischen die Knie gepresst, saß ich da und tat so, als sei dieses Verweilen das Normalste auf der Welt. Oder zumindest ein Rest von Normalität. Vielleicht half das ja wirklich? Vielleicht fühlte sich Papa im »Haus Rümannstraße« ebenso?

Ein Mann, der außer einer Schirmkappe, die er beständig in den Händen drehte, nichts bei sich hatte, saß zwei Sitze neben mir, zuckte alle paar Minuten mit den Schultern und brütete vor sich hin.

»Im Sitzen ist die Trostlosigkeit besser zu ertragen«, kam mir plötzlich in den Sinn. Ein Satz meines Vaters, einer der wenigen aus meiner Kindheit, an die ich mich überhaupt erinnerte. Wie lange war das her?

Papa hatte diesen Satz in geschwungener Schrift mit dem Lötkolben auf ein Frühstücksbrettchen gebrannt und dieses Mama zu Weihnachten geschenkt – vermutlich als witzig gemeinten Hinweis auf den Umstand, dass er mit einer Frau verheiratet war, die es nie länger als zwei Minuten sitzend am Esstisch ausgehalten hatte, bis ihr wieder etwas eingefallen war, das ein Aufstehen unausweichlich machte. Ein fehlender Salzstreuer, ein zu erledigendes Telefonat, Kopfschmerztabletten, der Abholzettel der Reinigung. An Mamas Reaktion auf das Geschenk erinnerte ich mich nicht, ebenso wenig an die Sätze, die auf den Brettchen von Ricarda und Pavel gestanden hatten.

Auf mein Brettchen hatte Papa »Ellenbogen vom Tisch!« geschrieben.

Immer wieder traten Leute an die Bushaltestelle. Die meisten guckten auf die Uhr oder auf ihr Handy, lasen dann den auf das Plexiglas geklebten Aushang der Verkehrsbetriebe und gingen wieder, die meisten fluchend und in Eile.

Auf der gegenüberliegenden Hauswand warb eine Modefirma mit dem Slogan »Damit der Sommer kommen kann – freche Farben für Sie und für Ihn«. Was mochten »freche« Farben sein? Das Gelb der Bluse, die das Zähne zeigende Plakat-Model trug? Die rote Hose des Mannes, den sie an der Hand hielt? Mein taubenblauer Anzug? Wie viele Menschen würden heute in ein Kaufhaus gehen, um sich Kleidung in Farben zu kaufen, die für ein Kommen des Sommers unerlässlich waren? Dabei hinkte die Werbung der Jahreszeit hinterher, es war Herbst, allerdings immer noch warm, wie die Anzeige der Apotheke unmissverständlich in die Straße blinkte: »23 °C«, »8:50 Uhr«, im verlässlichen Wechsel.

Eine ältere Frau riss mich aus meinen Gedanken, indem sie mich zaghaft am Ärmel zupfte und sagte: »Sie wissen aber schon, dass der Bus heute nicht fährt?«

Die Geste rührte mich so an, dass ich lächelte. »Ja, das weiß ich. Vielen Dank.«

Die Frau sah mich erwartungsvoll an, weil ich aber weder eine weitere Reaktion zeigte, geschweige denn aufstand, sondern einfach weiterlächelte, ging sie nach einem kurzen Augenblick wortlos und kopfschüttelnd davon. Für einen Moment war ich versucht, ihr nachzugehen, um ihr zu sagen, dass sie sich keine Sorgen zu machen brauche. Ich ruhe mich nur ein wenig aus, wissen Sie, ich habe vergangene Nacht nicht geschlafen. Danke noch mal für den Hinweis wegen des Busses, haben Sie noch einen schönen Tag.

Der Mann neben mir setzte seine Kappe auf und sagte: »Es reicht nicht. Es reicht einfach nicht.« Dann nahm er die Kappe wieder in die Hände und ließ sie schweigend kreisen. Die Apotheke morste »9:00 Uhr« und ich behalf mir bis auf Weiteres mit der Erklärung, dass die Welt aus den Fugen und die Menschen endgültig verrückt geworden waren. Ich selbst eingeschlossen.

Ich öffnete mein Köfferchen einen Spaltbreit, tastete im Futteral nach den Ventilen und drückte sie kurz. Dann griff ich nach dem Kuvert in meinem Sakko. Alles gut.

Es war an der Zeit, sich auf den Weg zu machen. Nicht zuletzt, weil der Mann mit der Schirmkappe seine Schlagzahl erhöhte. »Wir sind alle versehrt!«, ließ er in diesem Moment verlauten. Eine Mutter mit Kinderwagen, die zufällig vorbeikam, beschleunigte ihre Schritte. Ich stand auf, klopfte mir den imaginären Staub vom Jackett und ging los.

»Es reicht einfach nicht, verstehen Sie«, rief der Mann mir nach.

Sie täuschen sich, guter Mann, dachte ich, es reicht schon lange.

Herr Ridler freute sich, als ich vor seiner Tür stand.

»Lassen Sie sich ansehen.« Er musterte mich, zupfte einen Fusel vom Revers meines Anzugs und sagte dann: »Es ist immer noch Ihrer und er ist perfekt. Womit kann ich Ihnen heute helfen?«

»Ich brauche ein Tuch.«

»Das sollte ein Leichtes sein. Sie kennen ja den Weg.«

Während ich suchte, wich der alte Mann nicht von meiner Seite. Ich entschied mich für ein einfaches Leinentuch. Es war schwarz, quadratisch und erstaunlich weich.

»Wofür wollen Sie es denn gebrauchen?«, fragte er.

Ich antwortete nicht, sondern breitete das Tuch auf einem der Tische aus. Die Größe erschien mir ausreichend. Ich nahm meine Trompete aus ihrem Koffer und legte sie auf das Tuch, wobei ich darauf achtete, dass auf der Seite, an der sich der Schalltrichter des Instruments befand, Stoff überstand, während auf der anderen Seite das Mundstück freilag. Ich wickelte die Trompete vorsichtig in das Tuch und hatte mich nicht getäuscht. Die Größe war genau richtig. Den überständigen Stoff stopfte ich behutsam in den Trichter und drückte ihn fest.

»Passt, wackelt und hat Luft«, sagte der alte Ridler junior und begutachtete das schwarze Paket auf dem Tisch. Nur noch das Mundstück war zu sehen. Der alte Mann zog es mit einem Ruck ab und reichte es mir.

»Hosentasche«, befahl er. »Und warten!«

Er ging zu einem Korb, wühlte darin und brachte mir dann einen länglichen, schmalen Beutel. Er war ebenfalls schwarz und mit einem geflochtenen Lederriemen versehen. »Hinein damit!«

»Was bin ich Ihnen schuldig?«, fragte ich.

Herr Ridler lächelte. »Ich behalte den Koffer, wenn's recht wäre. Sie wollten doch ohnehin tauschen oder irre ich mich diesbezüglich?«

»Sie irren sich nicht.«

»Und ich gehe wohl ebenfalls recht in der Annahme, dass wir beide uns heute noch ein weiteres Mal begegnen werden, später auf dem Nordfriedhof?«

Ich bejahte.

Ridler junior begleitete mich nach oben. An der Türklinke hing eine Plastiktüte, welcher der alte Mann zwei in Klarsichtfolie verpackte, belegte Brötchen entnahm. Mit den Worten »Haben Sie Hunger?« reichte er mir eines.

Wir aßen. Im Stehen und schweigend.

Als wir fertig waren, sagte Herr Ridler: »Gut gemacht. Und nun Glück auf Ihrem Weg.«

2

Auf dem Friedhof gab es kaum noch ein Durchkommen. Die halbe Stadt schien auf den Beinen zu sein und es herrschte ein Gedränge, wie ich es noch nie erlebt hatte. Trotzdem stieß ich, als ich mir meinen Weg durch die Menge bahnte, nicht ein einziges Mal mit dem Trompetenbeutel irgendwo an. Kein Schubsen, kein Drängen, nicht der kleinste Anrempler. Es war, als berechtigte mich die über die Schulter gehängte Tasche zu einem ungehinderten Durchkommen. Ohne dass ich darum bitten musste, öffnete sich hier eine Schneise und tat sich dort ein Schlupfloch auf und ich gelangte unbehelligt bis zum Portal der Aussegnungshalle. Diese war, wie erwartet, verschlossen, die Abschiednahme fand im Freien statt. Ich lehnte mich an die schwere Holztür und ließ meinen Blick über den Platz schweifen. Er quoll über von Menschen. Bis weit in die angrenzenden Grabreihen hinein standen dicht an dicht Leute.

»Zum Glück haben wir es heute nicht weit, Sebastian bekommt ein Ehrengrab.« Berger stand plötzlich neben mir und drückte mir ein Glas Wasser in die Hand. Er tupfte sich den Schweiß ab, dann deutete er in Richtung der nördlichen Arkaden. »Er wird noch innerhalb der Mauer liegen, bei den unteren Achtzigern, direkt neben unserem Automaten.«

Ich kannte die Ruhestatt. Sie war wirklich nicht weit entfernt, etwa vierhundert Meter, so schätzte ich. Aus irgendeinem Grund war die Parzelle nie belegt worden. Vielleicht, weil sie für ein vorzeigbares Ehrengrab zu klein und verwildert war. Oder auch, weil die unmittelbare Nähe zu einer Gerätschaft, die nicht nur so aussah, sondern auch so funktionierte wie ein Zigarettenautomat, nur dass man an ihm statt Zigarettenschachteln rote Grablichter kaufen konnte, den betuchten Interessenten als zu profan erschien.

Vielleicht hatte diese Grabstelle aber auch nur auf Sebastian gewartet.

Berger nannte besagten Automaten »unseren«, aber streng genommen war es »seiner«. Er war – als einziger von den zahlreichen seiner Art, die über den gesamten Nordfriedhof verteilt aufgestellt waren – einmal aufgebrochen worden und funktionierte seitdem nicht mehr. Sowohl der Münz- als auch der Schließmechanismus waren kaputt und man konnte die kleinen metallenen Schubfächer, ohne vorher Geld einwerfen zu müssen, einfach aufziehen. Es lebten nicht wenige Menschen in der Stadt, die wussten, wo man umsonst eine windgeschützte Kerze bekam, und für die 1,50 Euro Ersparnis viel bedeutete.

Der Bestatter achtete stets darauf, dass die Schächte des Automaten gut gefüllt waren.

»Schau dir diese Menschenmenge an«, sagte Berger stolz, »das ist kein Abschlussball mehr, das ist eine Demonstration, die größte Trauer-Demo, die je stattgefunden hat.«

Eine Weile standen wir schweigend da und betrachteten das Treiben. In konzentrischen Kreisen wogten die Leute um Sebastians Sarg, der nicht seitlich, in der Nähe einer der Rotunden, aufgebahrt war, sondern zentral, in der Mitte des Platzes.

Die Menschen unterhielten sich, tranken, aßen, und trotzdem war es nicht laut. Ich erklärte mir diesen Umstand mit der besonderen Rücksicht, die an Abschlussbällen an den Tag gelegt wurde, dann aber wurde mir bewusst, dass die sonderbare Ruhe dem Fehlen von Musik geschuldet war. Zwar hatte ich bereits die beiden großen Lautsprechertürme an den Frontseiten der Säulengänge wahrgenommen, aber die Boxen blieben stumm. Ebenso hatte ich Mitglieder der »Express Brass Band« und auch zwei der drei »Musettinos« im Gewimmel erkannt, doch keiner von ihnen spielte. Es war auch keine Bühne aufgebaut.

»Ich muss etwas loswerden«, sagte Berger, »ich weiß, dass es darum heute nicht geht, ich weiß noch nicht einmal, ob es wichtig ist, aber es gehört hierher.«

Der Bestatter schaute mich an und wurde ernst. Sonia habe ihn gestern angerufen, erzählte er, und ihm merkwürdige Fragen zu unserem früheren Mitschüler gestellt, ich wisse schon, den wir im Mai verabschiedet hätten. Als sei die ganze Geschichte damals nicht schon seltsam genug gewesen.

Sonia also habe von ihm wissen wollen, Berger suchte nach den richtigen Worten, ob ... der Tote wirklich dieser Wilhelm gewesen sei. Und ob er eines natürlichen Todes gestorben sei. Der Bestatter atmete hörbar aus und wischte sich erneut den Schweiß von der Stirn.

»Und?«, fragte ich.

»Er ist erfroren, Marten, wie so manche, die den Himmel einem Dach vorziehen.« Berger seufzte. »Ich habe keine Ahnung, was ihr da am Laufen habt.« Aber er habe es gestern Sonia gesagt und er sage es jetzt auch mir: Wenn jemand so jung sterbe und sich dann auch noch das »Lied der Selbstmörder« für die eigene Beerdigung wünsche, dann schaue er, Berger, genau hin. Da gebe es Dokumente und Unterlagen, und wie oft komme es, meiner Meinung nach, wohl vor, dass da etwas nicht stimme?

Ich hob meine Schultern.

»Einmal in hundert Jahren, Marten. Wir leben in einem Beamtenstaat!«

Nach einer Weile sagte Berger: »Ich wollte einfach, dass du das weißt. Und jetzt Schluss damit.«

Die Toten ruhen lassen, richtig?

So sei es.

»Ich will es gar nicht wissen, was euch an der Geschichte dermaßen umtreibt«, sagte Berger, »wo ist Sonia eigentlich? Kommt sie nicht?«

Ich schluckte schwer und schwieg.

Der Bestatter legte eine Hand auf meine Schulter. »Kümmern wir uns jetzt um Sebastian, okay?«

Ich nickte.

»Bist du bereit?«

Ich gab ihm keine Antwort. Stattdessen griff ich in mein Jackett und reichte Berger das Kuvert.

Er nahm es entgegen und sagte, dass er das nachvollziehen könne und dass es völlig in Ordnung sei, mich dem Zweikampf zu entziehen und nicht zu spielen. »Sebastian hätte das verstanden.«

»Ich werde spielen.«

Aber wie denn, sagte Berger, ich hätte den Umschlag doch gar nicht geöffnet. Ich wisse ja noch nicht einmal, welches Lied?

»Doch«, sagte ich, »ich weiß es.«

3

Gregersen und Ulrich hatten sich zu uns gesellt.

Beide trugen ihre Violinen auf dem Rücken und nickten mir anerkennend zu, als sie meinen Stoffbeutel bemerkten.

Erst jetzt fiel mir auf, dass wir damit nicht allein waren. Nicht nur Bergers Musiker, die sich Jeremias Jensens kurze Rede im »Durnbräu« offensichtlich zu Herzen genommen und allesamt ihre Instrumente dabeihatten, auch die meisten der anderen Trauergäste schulterten Beutel, Taschen und kleine Rucksäcke. Die zahlreich anwesenden Handwerker hatten ihre abgeschabten Ledertaschen umgehängt, die allesamt in Kluft gekleideten Gesellen ihre farbenfrohen Charlottenburger und die auffallend vielen Männer in Anzug oder Smoking edle Mappen. Daneben sah ich Tüten, Börsen und Sackerl aller Art, kleine und größere, solche aus Plastik, Jute oder Stoff. Ein jeder schien seine Habseligkeiten mit sich zu führen. Als sei es für heute so abgesprochen. Man muss sein Werkzeug nicht nur gut behandeln, dachte ich, man muss es am Körper tragen.

Was mich allerdings am meisten erstaunte, war die Mischung und Zusammensetzung der Gäste. Anders als gewohnt, war heute nicht nur das übliche Personal erschienen, die Tippler und Schnorrer, die Ausgestoßenen und an den Rand Gedrängten, sondern auch viele gut situierte Bürgerinnen und Bürger sowie, an ihrer Kleidung unschwer zu erkennen, etliche Vertreter der »oberen Zehntausend«.

Sie alle waren hier, um Sebastian zu ehren, und so wie der alte Geiger nie einen Unterschied zwischen den Menschen gemacht hatte, bevölkerten diese nun gemeinsam und einträchtig den Platz. Ich entdeckte den Obdachlosen vom Friedhofsbänkchen gestikulierend neben einer Dame im Kostüm und das barfüßige Dreadlock-Mädchen im Gespräch mit dem »dicken Franz«, während dessen stark geschminkte Entourage aus dem »Leierkasten« umringt war von Damen und Herren, bei denen ich aufgrund ihres Habitus auf Oberärzte oder Richter nebst Gattinnen tippte.

Ich machte den irr gewordenen Eisbach-Surfer und den Stadtindianer in der Menge aus, des Weiteren den klein gewachsenen Giesinger Sandler mit dem großen Schnäuzer und den Bettler, dem Wilhelm einst das Motorrad geschenkt hatte. Daneben und dazwischen: Kleinbürgertum, Großkopferte, lokale Fernseh- und Theaterprominenz. Irgendwann, auf welchem verschlungenen Weg auch immer, musste Sebastian einmal für sie da gewesen sein. Und heute waren sie es für ihn.

Ulrich sagte: »Ein bunter Haufen für einen bunten Hund.«

Ich sog die Stimmung in mich auf, wurde nach und nach ruhiger und erfreute mich schließlich am Schlagen meines Herzens. Es machte jedes Mal einen kleinen Sprung, wenn ich ein bekanntes Gesicht sah: das von Jeremias Jensen, der seinen Homburg lüpfte, als er mich sah, das vom alten Ridler junior, der mich höflich grüßte, das von Frau Reiter, die mir – den Mosacher Karl untergehakt – einen herzlichen Blick schenkte, und schlussendlich das strahlende Gesicht von Ricarda, die mir aus der Entfernung lange zuwinkte.

Berger blieb meine Freude nicht verborgen. »Gern geschehen«, sagte er.

Als der Bestatter und Ulrich gegangen waren, um letzte Vorkehrungen zu treffen, und nur noch Gregersen und ich am Portal der Halle standen, erschienen plötzlich und nahezu zeitgleich zwei Personen in unserem Sichtfeld. Hektisch kamen sie uns näher und ich erkannte beide auf Anhieb: mit ein paar Schritten Vorsprung die bairisch sprechende alte Frau von Wilhelms Verabschiedung, ihr auf den Fersen die junge Schwangere, der ich gleich mehrmals auf dem Friedhof begegnet war. Bei genauerem Hinsehen bemerkte ich allerdings, dass sie gar nicht mehr schwanger war, sondern einen Säugling mit einem Tragetuch vor die Brust gebunden hatte.

Als sie nur noch wenige Meter von uns entfernt war, hob die alte Frau auf einmal ihren Blick und sah uns an. Sie stieß einen spitzen Schrei aus, machte abrupt kehrt und tauchte in der Menge unter. Die junge Frau sah ihr kurz verwirrt nach, ging dann aber zielstrebig weiter und stellte sich neben uns.

»Kennt ihr die Dame?«, fragte sie.

Gregersen und ich verneinten.

»Entschuldigung«, wandte sich die junge Frau an mich, »ich habe mich noch gar nicht vorgestellt. Ich bin Luisa.« Zu Gregersen sagte sie: »Ich habe Marten schon getroffen, aber da wusste ich noch nicht, wer er ist. Kannst du Jonas für einen Moment halten, ich muss mal.« Sie wickelte das schlafende Kleinkind aus dem Tuch, reichte es Gregersen und verschwand in Richtung der Toiletten.

Der Geiger sagte nur: »Meine Tochter. Ich habe ihr von dir erzählt.« Das schien ihm als Erklärung zu genügen. Danach galt seine ganze Aufmerksamkeit dem Baby.

Erst als Luisa zurückgekehrt war, erfuhr ich von ihr den Rest der Geschichte. Es war die wundersame Geschichte einer Wiederbegegnung und sie handelte von einer jahrzehntelangen Trennung, einem schwerwiegenden Entschluss, einer wochenlangen Suche und einer zaghaften Annäherung.

»Luisa wusste, wo sie mich finden würde«, sagte Gregersen und blickte über den Friedhof. »Ein guter Ort.«

Dann wachte Jonas auf und rieb sich mit seinen winzigen Händen übers Gesicht.

»Jetzt kann es losgehen«, sagte Gregersen.

Es fiepte zweimal kurz, dann hatte Arno von Bettini den Dreh mit dem Funkmikrofon heraus. Der große Mann stand auf der obersten Stufe einer kleinen Holzkonstruktion, die in der Zwischenzeit neben Sebastians Sarg platziert worden war. Sie erinnerte eher an ein behelfsmäßig zusammengezimmertes Siegerpodest denn an eine Bühne. Bettini suchte in aller Ruhe nach der Position, in der das Podium am wenigsten schwankte, und hielt, als er sie gefunden hatte, ohne weitere Umschweife das Mikro an den Mund.

»Servus, ihr lieben Menschen, im Namen von uns allen darf ich wohl sagen, wie gut und schön und richtig es ist, dass wir uns am heutigen Tage hier versammelt haben, um einen Mann zu geleiten, der uns durch sein Wirken derart an der Seele gepackt hat, dass sich eigentlich jedes Wort verbietet.«

Der heute ganz in Weiß gekleidete Dandy hielt inne. Wie beiläufig ordnete er mit der freien Hand seinen Frack und justierte anschließend seine Fliege. Dann fuhr er fort: »Aus diesem Grund werde ich heute die kürzeste Rede meines Lebens halten, eine Rede, in der außer dem Wort Dankeschön nicht viel vorkommen wird.« Der große Bettini pausierte ein weiteres Mal und sagte dann mit entschuldigender Geste, dass er es vorgezogen hätte, gar nicht zu sprechen, und er es überhaupt nur deswegen tue, weil Jeremias Jensen, welcher dem guten Geiger Sebastian der treueste Freund auf Erden gewesen sei, so hartnäckig darauf bestanden habe. Niemals, so habe er, Arno von Bettini, noch gestern zu Jensen gesagt, unter keinen Umständen stelle er sich heute hin und spucke große Töne. Dann solle er eben »kleine« Töne spucken, habe ihm Jensen daraufhin entgegnet, oder »leise« oder »unerhörte«, so wie es mir eben gefalle. »Es gefällt mir aber nicht, liebe Freundinnen und Kameraden, und ich sage euch auch, warum nicht. Weil Worte die Musik niemals aufwiegen können.«

Ausschließlich diesen Satz habe er – ein Beerdigungsredner aus Berufung – in den letzten Tagen und Stunden gedacht. »Wenn einer geht, den man liebt, sind die Worte blechern und welk, dann helfen einem all die Bücher mit den schlauen Sprüchen nicht, die Bibel oder ›Der kleine Prinz‹, dann bleiben nurmehr das Schweigen und die Musik.«

Die letzte Nacht, sagte Bettini nun leiser, sei er wach in seiner Stube gesessen und irgendwann habe er es kapiert, dass man nämlich eine wahrhaftige Rede über den Tod genau genommen immer nur vergeigen könne. »Und dann habe ich mich geschämt. Wegen dieses saublöden Verbums.«

Vergeigen, wiederholte Arno von Bettini langsam und abschätzig, ob irgendeiner der Anwesenden jemals über dieses Wort nachgedacht habe? Oder je die Verben »verbratschen« oder »verklarinetten« gehört habe, oder gar »vertriangeln«? Sicher, man sage »flöten«, um das Leisesprechen zu umschreiben, oder »herausposaunen«, wenn einer seinen Lärm nicht bei sich halten könne, aber das sei reiner Synonymen-Quatsch. Die Negierung eines aus der Welt der Klänge entlehnten Tätigkeitswortes jedoch, die Entwertung eines musikalischen Verbums durch die Vorsilbe »ver-« gebe es einzig bezüglich des Geigens, und das sei vielleicht die größte Schande überhaupt.

Vergeigen, wiederholte der alte Dandy erneut. Wenn der wunderbare Sebastian eines nie getan habe, dann das! Und auch gegeigt habe uns dieser Mann nie etwas, am wenigsten seine Meinung! »Und wenn ich nun doch, obwohl das nicht mein Ansinnen war, bei den billigen Wortspielereien angelangt bin, so will ich abschließend dem Vergeigen das erste ›g‹ klauen und durch ein ›n‹ ersetzen.« Dann werde »verneigen« daraus und mehr könnten wir nicht tun. Als uns in aller Stille vor Sebastian zu verneigen, denn dieser habe zeit seines Lebens etwas getan, durch das uns allen das Hören und Sehen vergangen sei. »Bis da nur noch das Fühlen war. Sei bedankt dafür und abermals bedankt, du großer, guter Totengeiger. Lebe wohl und ruhe sanft, Sebastian Johann Nepomuk Schwarzbach, geboren am elften Februarius neunzehnhundertsechsunddreißig in Starnberg, gestorben zu München, heuer am siebzehnten September.«

Arno von Bettini verbeugte sich tief und für einen Moment erkannte noch der Letzte im Rund, was es bedeutet, wenn einer fehlt.

Und wenn einer unter euch sei, der etwas sagen möchte, der tue das jetzt …

Der große Bettini hatte auf seinen gewohnten Schlusssatz aus gutem Grund verzichtet. Und doch schien ihn die Trauergesellschaft gehört zu haben, zu oft war er in der Vergangenheit gefallen, zu sehr gehörte er zur Liturgie des Abschiednehmens dazu. Die Anspannung der Leute war mit Händen zu greifen, das Dilemma spürbar. Es verbot sich wie von selbst, jetzt – nach Bettinis Rede – den Mund aufzumachen, der Wunsch jedoch, dass einer genau dies tun möge, stand unbeirrbar im Raum und wartete auf Erfüllung.

Nach ein paar Minuten, in denen es auf dem Nordfriedhof so still war wie nie zuvor, war es schließlich Berger, der schweigend an Sebastians Sarg trat und mittels einer einladenden Handbewegung ein Zeichen setzte.

Gregersen machte den Anfang. Er hatte seine Violine bereits in der Hand, als er das Podest erklomm, und schon während er fast tonlos das Instrument stimmte, begannen die Menschen zu heulen.

Ihm folgten weitere von Bergers Geigern. Wie Gregersen spielten sie kurze und schlichte Stücke. Ich hatte keines von ihnen je gehört, aber ich kannte sie alle. Es waren Sebastians letzte Lieder und sie wurden beweint, wie es ihnen gebührte.

Ulrich, der als Fünfter oder Sechster an der Reihe war, machte weder einen Hehl aus seiner Trauer noch daraus, woher das Stück, welches er zu spielen vorhatte, stammte. Von Weinkrämpfen geschüttelt zog er aus dem Umschlag, den der alte Geiger ihm vermacht hatte, zwei Notenblätter heraus und wusste dann nicht, wohin damit. Er versuchte, sie auf die oberste Podeststufe zu legen, aber der leichte Spätsommerwind wehte sie ein ums andere Mal fort.

Da fasste sich einer der Zimmermänner ein Herz. Er schnappte sich kurzerhand die Noten, entnahm seiner Werkzeugtasche, was er brauchte, und nagelte das Papier vorsichtig an die Seitenwand des Sarges. Als sei es das Normalste der Welt. Und das war es auch. Denn schon kurz darauf pinnten dort drei, dann vier, dann viele Blätter und schließlich hingen ganze Partituren an der Kieferntruhe und flatterten im Wind.

Die Musiker warteten nicht mehr darauf, bis der jeweilige Vorgänger mit seinem Spiel geendet hatte. Noch während der Vorträge wurden bereits die Papiere der Nachfolgenden ans Holz geklopft oder gepappt. Die Lieder vermischten und überlagerten sich auf diese Weise, gingen bruchlos ineinander über und fanden im leisen Schlagen der Hämmer und im Ratschen der Klebestreifen ihren eigenen, sachten Rhythmus.

Als hätten die Gäste nur darauf gewartet, dass sich aus den Einzelstücken mehr und mehr ein Ganzes formte, trugen nun sie ihren Teil dazu bei. In rascher Abfolge und bisweilen sogar als spontan gebildete Grüppchen bahnten sie sich ihren Weg an den Sarg, um mitgebrachte Zettel, Notizen und Bilder daran zu befestigen und sich anschließend wieder zu entfernen, um andere vorbeizulassen. Manche kritzelten noch im Gehen ein paar Sätze auf einen Papierfetzen oder gaben einen beschrifteten Wisch nach vorne durch. In Tüten und Taschen wurde gesucht, es klapperte, raschelte und klirrte.

Da niemand ein Wort sprach, kontrastierten die Geräusche einzig mit den musikalischen Vorträgen und standen doch gleichzeitig ganz für sich. Das Scharren der Stifte. Das Knistern des Papiers. Das Klopfen, Kramen und Gruschen vermengte sich zu einem eigenartigen Gesumm, das sich mal unter, mal über das unentwegte Schniefen der Menschen legte und schließlich in ein pochendes, feines, vielstimmiges Rauschen mündete.

All dies geschah mit einer bewundernswerten Rücksichtnahme und Ehrfurcht. Es war, als achteten die Leute nicht nur aufeinander, sondern vor allem auf den Klang. Auf die Melodie, die Lautstärke und die Klangfarbe dessen, was sie in diesem Augenblick taten.

Niemals würde einer der Anwesenden den Moment beschreiben können, an dem aus dem Abschlussball für Sebastian, den Geiger, das größte und erstaunlichste Konzert wurde, das je in der Stadt gegeben wurde, den Moment, an dem es begann, den Moment, in dem über eintausend Menschen schlagartig begriffen, dass sie gemeinsam Musik machten.

Es ließ sich nicht ergründen, wer den Einsatz gab, wer dirigierte, wer die Führung übernahm, wenn es denn überhaupt einer tat. Allein, irgendwann spielten nicht nur sämtliche von Bergers Instrumentalisten gleichzeitig, sondern auch die »Musettinos«, die Brasser und viele andere mehr. Der Stadtindianer hatte eine Mundharmonika zwischen seinen gelb gerauchten Zähnen, zwei der Dirnen intonierten ein Ständchen, der »dicke Franz« pfiff leise ein Lied und drei Anzugträger trommelten an der Seite einer Gruppe von Berbern selbstvergessen mit ihren Fingern gegen das Holzpodest. Daneben, dazwischen, mal Untermalung, mal Motiv: das unablässig ratschende, schabende, klopfende Summen.

Nichts passte zusammen und stimmte doch perfekt überein. Alles war richtig. Und laut und leise zugleich. Man hörte das Schmettern der Blasinstrumente so gut wie das Knistern der Zettel und die Geigen nicht weniger als den Wind in den Bäumen und das Schluchzen und Jauchzen der Leute.

Alles tönte und alles wurde Klang, alles fügte sich und alles wurde eins.

Die Lebensfreude. Die Trauer. Der Lärm. Die Stille.

Musik. Die einfachste Sprache der Welt. Der großartige Menschenvereiner.

Irgendwann stand Jeremias Jensen an Sebastians Sarg, den man unter dem vielen Papier nur noch erahnen konnte. Er stand einfach nur da und lauschte dem An- und Abschwellen des berauschenden, unerhörten Klangs. Dann begann er zu singen.

Und obwohl niemand ganz aufhörte mit dem je eigenen Tun, sondern sich alle nur zurücknahmen auf ein Minimum, und obwohl das Mikro längst abgeschaltet worden war, war Jeremias Jensen klar und deutlich zu vernehmen.

Er sang das plattdeutsche Lied ›Min Jehann‹, in dem ein alter Mann am Grab seines verstorbenen Freundes von der gemeinsamen Kindheit und Jugendzeit erzählt.

Keiner verstand den Text, aber alle wussten, was gemeint war.

Das Trauerkonzert endete, als dem Paternostermacher die Stimme brach. Mitten im Lied. An der Stelle, an der der Freund die Erinnerung an den einsamen Gesang des Schäfers auf dem Feld beschwört, die zu Musik geronnene Kindheit, die nicht mehr gewesen war als ein einziger Ton.

Wenn dor de Schäper süng / Allen in't wiede Feld / ni wohr Jehann, dat weer een Ton / De eenzig op de Welt.

Das Trauerkonzert für Sebastian, den Geiger, endete, wie es begonnen hatte. Wortlos, andächtig und tränenreich.

4

»Ein Duell ist freiwillig. Aber es bleibt ein Kampf, ein Zweikampf, in dem es um nichts anderes geht, als eine Ehrenstreitigkeit auszutragen. Ihr seid Musiker und keine Kontrahenten! Und auch, wenn es niemand merken wird … Was ihr hier vorhabt, hat an einem Grab nichts verloren.«

Berger sprach so leise, dass nur Dittmar und ich ihn hören konnten.

Es war offensichtlich, dass sich unser Bestatter seine Worte zurechtgelegt hatte. Sein Tonfall verriet, wie schwer es ihm gefallen sein musste, zwischen der Erfüllung und der Verweigerung eines letzten Willens abzuwägen. Aber er hatte sich entschieden und diese Entscheidung unmissverständlich kundgetan. Nun lag es an uns, sie zu respektieren oder nicht.

Ich verstand, dass Bergers Worte weniger Dittmar galten, der starr zu Boden blickte und mit jeder Faser seines Körpers auf den Wettstreit eingestellt war, als vielmehr mir, und ich erkannte auch, dass Berger recht hatte und mein Tun Konsequenzen haben würde. Und doch missachtete ich seinen Wunsch, um Sebastians zu entsprechen.

Dittmar trat vor und ergriff das Wort.

»Sebastian Schwarzbach ist tot. Er bat um dieses Stück.«

Dann führte er seine Trompete an den Mund und begann. C – D – E …

Wer gedacht hatte, er hätte schon alles gesehen oder gehört im Leben, sah sich getäuscht.

Wer der Meinung gewesen war, ihn könne nichts mehr aus der Bahn werfen und erschüttern, der hatte noch nicht diesem glatzköpfigen Bläser gelauscht, der ohne jede Regung in der Achtziger-Grabreihe des Nordfriedhofs stand und seinem Instrument Klänge entlockte, die sich jeder Fassbarkeit entzogen. Die Melodie setzte sich nur aus einer Handvoll Töne zusammen, aber wie Dittmar sie entstehen ließ, wie er sie anordnete, durcheinanderwürfelte, verlor und wiederfand, spottete nicht der Beschreibung, sondern führte diese binnen kürzester Zeit ad absurdum. Dittmar wusste, dass der Tod nicht beschreibbar war, dass er vielmehr die Grenze jeden Beschreibens und Verstehens markierte, und bis an diese Grenze ging er in seinem Spiel. Sein Vortrag war mehr als ein Herantasten, er war ein Aufzeigen, ein unaufhörliches Innehalten und Weitergehen. »Bis hierher und nicht weiter«, sagte sein Spiel immer und immer wieder, und irgendwann: »Bis hierher und dann ...«

Ja – was dann?

In seiner Improvisation umkreiste der Trompeter nur diese Frage, er stellte sie stets aufs Neue, beleuchtete sie von jeder denkbaren Seite, ließ nie locker und lotete auf diese Weise Tiefen aus, die keiner der Anwesenden bislang auch nur erahnt hatte. Niemand der tausend Menschen, die an diesem Herbstsamstag ihre Trauer feierten, hätte es je für möglich gehalten, wie ungläubig Staunen sein konnte, wie nackt Panik, wie unsagbar Wut und wie süß, wie unerträglich süß Verführung.

Dittmars letztes Lied stürzte niemand in den Abgrund, aber es führte ausnahmslos jeden so nah an die Kante, dass nicht hineinzublicken schier unmöglich war. »Trau dich«, sagten die Töne, »hab keine Angst, wir halten dich fest. Sieh hin!«

Und die Leute folgten den Tönen. Sie gaben auf, fassten Mut, schlossen die Augen und sahen: die bittere Erkenntnis der eigenen Sterblichkeit. Aber auch die unendliche Dankbarkeit, am Leben zu sein.

So unnachgiebig Dittmar das Publikum in sein Stück hineingezogen hatte, so versöhnlich und sanft entließ er es. Er nahm die Menschen bei der Hand, trat vollständig hinter seinem eigenen Vortrag zurück und machte Platz für die je eigene Trauer und Freude. Er lenkte den Blick behutsam auf Sebastian, machte Platz für Erinnerungen aller Art und bereitete im siebten und letzten Teil seiner Darbietung einen Boden, auf dem nichts anderes wartete als ein fester und sicherer Stand.

Kurz bevor er zur Ausgangsmelodie zurückkehrte, gestattete sich der Trompeter den einzigen musikalischen Schlenker seines Auftritts, aber diese Eitelkeit war so winzig und dabei so treffend, dass sie von den wenigen, die sie überhaupt wahrnahmen, gerne und umgehend verziehen wurde. Unmittelbar bevor er endete, intonierte Dittmar eine Phrase aus Beethovens ›Egmont‹-Vertonung. Er zitierte den Vers, in dem Goethe davon kündet, dass nur eine liebende Seele glücklich sein könne, einen Vers, der durch die Musik verfängt wie kaum ein anderer: *Himmelhoch jauchzend, zum Tode betrübt.*

Der Rest waren Tränen und Applaus und beides wollte kein Ende nehmen.

Was im Folgenden geschah, entzieht sich mir. Ich habe nur Bruchstücke vorliegen, herausgerissene Momente, an die ich mich klar entsinne, das meiste jedoch verbirgt sich im Dunklen. Es ist da, ich fühle es, es ist abgespeichert in meinem Körper, aber ich komme nicht heran.

Einiges weiß ich aus Erzählungen, anderes durch Erinnerungsfetzen, die mich von Zeit zu Zeit blitzartig heimsuchen, um sofort wieder zu verschwinden.

In Gänze allerdings ist es mir nicht möglich, mein eigenes Tun nachzuvollziehen: wie ich bis ans Grab kam. Wie ich es schaffte, mich auf den Beinen zu halten. Wann ich zu rennen begann. Zu springen. Zu tanzen. Ob ich auf die Knie sank oder stürzte. Wie oft ich mich wieder aufrappelte. Woher ich die Kraft nahm. Wann ich anfing, an dem Automaten zu rütteln. Wie viele Grablichter ich zerschlug, bis es mir gelang, eines von ihnen in den Schalltrichter zu stopfen, um so mein Spiel zu dämpfen. Wie ich es hinbekam, mit der frisch aufgeschaufelten Erde den blauen Anzug komplett zu ruinieren. Ob mein Auftritt nur wenige Minuten dauerte oder Stunden. Wie es überhaupt möglich sein konnte, so weit weg von allem zu sein und zugleich so nah bei mir.

Es gibt Menschen, Ricarda gehört zu ihnen, die fest davon überzeugt sind, dass sich vor dem Tod das Leben noch einmal abspult wie ein Film. Ich vermag nichts dazu zu sagen, aber ich habe diesen Film gesehen. Und ich bin nicht gestorben. Ich habe lediglich ein Lied gespielt.

Denn dies eine weiß ich sicher: dass ich während der ganzen Zeit nicht ein einziges Mal aufhörte, in die Trompete zu blasen. Und ich wusste auch, warum nicht.

Der Grund dafür lag in Dittmars Augen.

Er sah mich nicht an, nachdem er seinen Vortrag beendet hatte und die Trauergesellschaft nicht aufhören wollte zu heulen und zu jubeln, er sah niemanden an. Er stand wie versteinert da, den Blick nach innen, auf die eigene Erschütterung gerichtet. Ich folgte diesem Blick, und es war nicht der eines Siegers und auch nicht der eines Gegners, sondern der eines Beschenkten. In Dittmars Augen lag eine Demut, die mich begreifen ließ, was er begriff: Für ihn war es nicht darum gegangen, einen Zweikampf auszutragen. Das Duell war nichts weiter als ein Winkelzug Sebastians gewesen, ein Kunstgriff, um ihm, Dittmar, zu offenbaren, was in ihm steckte, zu was er in der Lage sein konnte, wenn er wirklich wollte.

Ich erkannte nicht nur Dankbarkeit in Dittmars Augen, sondern auch Scham, die tiefe Scham darüber, dass es nur über den Preis der eigenen Dünkelhaftigkeit gelungen war, freizulegen, was längst da gewesen war. Sebastian hatte den ältesten Trick der Welt angewandt und einen Könner beim Ehrgeiz gepackt. Und doch war es ein Geschenk gewesen, ein persönliches und wunderschönes, denn es stand außer Frage, dass Dittmar von nun an ein anderer sein würde, einer, der nachsichtiger, behutsamer und aufrichtiger zu Werke gehen würde, weil er unverhofft etwas gewonnen hatte.

Das Vermögen des alten Geigers war das unerschütterliche Vertrauen in den Klang und das unbedingte Ernstnehmen von Musik.

Er hatte es einem Trompeter vermacht.

Das ist der wahre Grund, warum ich mich nicht verweigerte, warum ich spielte, als gäbe es kein Morgen mehr, warum ich das Instrument noch an den Lippen hatte, als es vorbei war und ich längst in den Armen meiner Schwester hing: Auch ich wollte von Sebastian beschenkt werden.

Ich wollte nicht das Gleiche wie Dittmar, aber etwas Vergleichbares. Etwas, das nur mir gehörte, das einzig mich betraf. Es ging mir nicht um den Sieg, sondern um meinen Gewinn. Ich wusste nicht, was der alte Geiger mir zugedacht hatte, aber irgendetwas musste es sein. Etwas, das außerhalb der Musik liegen würde, etwas, das mich zur Ruhe kommen ließe, mir den Weg wies, mir endlich meinen Ort zeigte.

Im Moment, in dem ich zur Trompete griff, sah ich ein letztes Mal Sebastian. Dann verschwamm sein Gesicht mit dem meines Großvaters, dieses mit dem meines Vaters, dieses mit meinem und dann wurde es schwarz.

In meinem letzten Lied, das ich je auf einem Friedhof vortrug, besang ich nicht den Tod. Ich spielte um mein Leben.

5

Meine ersten Töne sind Schritte.

Kleine Schritte durch dieses große, laute und zerbeulte Haus. Mein Elternhaus. Nur ohne Eltern.

Was zum Teufel habe ich hier zu suchen?

Meine Töne sind Wünsche. Stumme, unerhörte. Sie wollen einfach nicht raus, wollen im Koffer bleiben und ruhen in der Mulde aus Samt.

Ist das gut so, Herr Barcagiu?

Meine Töne sind C – D – E …

Die Stadt sagt: »Du musst!«

Meine Töne sind Buchstaben, sie stehen im Regal. Wo sie hingehören!

Gern nenne ich dich Ismael.

Wenn es mir gelingt, alle Geschichten der Welt zu verstecken, wird die Welt dann kleiner?

Meine Töne werden langsam verrückt. Aber sie sind da. Gute Töne! Brave Töne!

Sie fragen: Wieso? Weshalb? Warum?

Das ist doch einfach!

DAMIT ALLES SEINE ORDNUNG HAT.

Meine Töne sind Zahlen. 1, 2, 3, 4, 5, 6 … Es waren sieben, oder? Wilhelm? Sieben Mal hast du auf mich eingeredet und einbezahlt. Genau sieben Mal.

Ein perfektes Totenlied hat sieben Teile.

Meine Töne wollen wissen, wie das gehen soll?

KEINE GEDANKEN MACHN.

Ich verzichte einfach auf das E. Einverstanden? Weglassen kann ich. Nur das behalten, was unbedingt nötig ist. Ein Teller, ein Messer, ein Glas.

Es ist schwierig, Trompete zu spielen ohne das E.

Auf der Geige wäre es leichter. Stimmt's, Sebastian? Die Geige hat vier Saiten, eine jede ein Ton: G – D – A – E. Wie ging der Merkspruch? »Geh Du Alter Esel.«

Ohne die E-Saite wird die Geige zur Totenfiedel. »Geh Du Alter!«

Geh du – Alter! Hau ab! Geh! Geh!

Stopp! Das G fehlte doch auch irgendwo. In welchem Wort war das? Ich lass es ebenfalls weg. Kein E mehr und kein G.

Meine Töne werden immer weniger.

Viel bleibt von der C-Dur-Kadenz ja nicht übrig, wenn man die Terz und die Quinte nicht spielt. Nur das C. So ein feiner Ton! Mein erster. Ich kann ihn stundenlang halten.

Um auf der Trompete einen Ton zu erzeugen, muss man die Lippen zusammenpressen und »Mama« sagen.

Ist das gut so, Herr Barcagiu?

»Mehr Kraft, Marten. Blas stärker!«

Meine Töne sind trotzig und wütend.

Weil Mama nicht mehr in mein kahles und leeres Zimmer kam, in dem Tisch, Stuhl und Bett genügten für ein Lob.

Die Lippen zusammenpressen und »Mama« sagen.

Ein Kopf platzt doch, wenn man nicht darüberstreicht!

Mama. – Ich. –

»Was machst du nur für Geschichten, Kind?«

Meine Töne sind Tränen.

Soll ich dir eine Kerze anzünden?

Meine Töne sind Scherben. Sie bringen kein Glück. Sie müssen leiser werden.

Wer verpasst mir einen Dämpfer?

»Lass die Toten ruhen, Marten.«

Meine Töne denken ja gar nicht daran. Sie rappeln sich auf und schauen sich um.

Siehst du die vielen Menschen, Wilhelm? Die auf den Friedhof gekommen sind, um zu weinen?

Aber sie weinen nicht. Keiner von ihnen!

Meine Töne sind nicht für sie gedacht, sondern nur schief und krumm und voller Erde.

Was soll ich tun?

AUFHOERN. BITTE. SORRY

Siehst du die Frau? Die alte Frau, Wilhelm? Sie winkt.

Winkt sie dir zu oder mir?

Meine Töne sind auf der Flucht vor den Menschen, die hier trauern wollen.

Es geht um die Lebenden, nicht um die Toten.

Und der einzige Mensch, der neben mir weinte, ist nicht da.

Denn Sonia würde.

Das weiß ich bestimmt.

Hörst du mich, Sonia?

»Mehr Kraft, Marten, blas stärker, du bist doch kein alter Mann!«

Meine Töne pfeifen aus dem letzten Loch.

Meine Töne kriegen keine Luft mehr.

DAMIT ALLES SEINE ORDNUNG HAT.

Aber welch ein Lärm auf dem Friedhof! Welch Lachen!

DANKSCHOEN.

VI

Von nun an musst du alleine weitergehen.
Es wird dir gelingen.
Du hast deinen Ton gefunden.

1

Von den großen Friedhöfen der Stadt ist mir der Nordfriedhof der liebste. Daran hat sich nichts geändert.

Ich bin gerne hier. Ich mag diesen Ort einfach. Seine Lage, seine Größe, seine Unscheinbarkeit. Ich mag die Gerüche. Die Geräusche.

Das gehört zu den Dingen, die mir früher tatsächlich nicht aufgefallen sind, zumindest nicht in dieser Deutlichkeit: Es ist nie vollkommen still hier. Im Gegenteil, meist herrscht sogar ein ordentlicher Lärm, weil ständig irgendwo gebaut, gekehrt, geschippt oder gebaggert wird oder weil, so wie jetzt, das Brummen der Mähmaschine über den Vorplatz hallt.

Als »Ort der Ruhe« rühmen die Menschen den Nordfriedhof, aber diese Ruhe ist relativ. Ich glaube, in Wirklichkeit sind es vielmehr die Geräusche, die die Menschen an diesem außergewöhnlichen Ort so schätzen, die ganz alltäglichen, normalen und jahreszeitlich notwendigen Geschäftigkeiten. Erdarbeiten. Laub saugen. Straßen und Wege ausbessern. Hecken schneiden. Rasen mähen. Schnee räumen.

Man kann den Winter hier wahrhaftig hören, man hat den Frühling nicht nur in der Nase, sondern auch in den Ohren, man wird ständig akustisch daran erinnert, dass es im Herbst nicht still sein kann.

Der entscheidende Unterschied zum Lärm in der Stadt ist nicht der vermeintlich niedrigere Pegel, sondern, so kommt es mir vor, dass die Geräusche hier nicht so überlagert und zugedeckt sind, sondern irgendwie voneinander separiert und klar zuordenbar.

Der kleine Traktor mit dem angehängten Mähwerk zum Beispiel, er wird heute den ganzen Tag über präsent sein und niemand wird sich daran stören. Es ist Sommer und das Gras muss nun mal gekürzt werden. Bis zum frühen Abend wird das Tuckern des Diesels vor der Aussegnungshalle zu hören sein, mal leiser, mal lauter, je nachdem, wo sich das Fahrzeug eben befindet. Befährt es den Ehrenhain, rollt das Motorengeräusch in Intervallen und tief wie anbrandende Wellen über den Platz, schneidet es dagegen die viel näher gelegenen Wegränder der Zweihundertfünfziger-Grabreihe, vernimmt man hier nur ein gleichbleibendes, hochfrequentes Surren.

Eine Pause wird es nicht geben, das hat der Gärtner vorhin schon unmissverständlich klargemacht, ich habe ihn belauscht. Bevor er sich auf den Sitz seines Gefährts schwang, sagte er zu einem Kollegen: Heute nicht, unmöglich, die Halbvierer hin oder her, aber er müsse fertig werden, für morgen sei Regen angekündigt.

Wenn Berger nachher kommt, wird er es gar nicht erst versuchen, den Gärtner irgendwie davon zu überzeugen, dass 15:30 Uhr der ideale Zeitpunkt für einen Tankstopp im Gerätelager wäre, der Bestatter wird dem wummernden und ruckelnden Traktor nachschauen und sagen: »Das geht sich schon aus.«

Ich werde Berger nicht treffen, heute nicht, um halb vier muss ich längst wieder zurück sein. Die Pflicht ruft.

Es hat seine Zeit gebraucht, bis ich wieder unbeschwert hierherkommen konnte, bis ich meine Rolle gefunden hatte. Die Rolle des Besuchers. Des Zaungasts.

Ein Jahr lang habe ich den Ort gemieden, anfangs, weil ich ohnehin nicht herkommen konnte, später, weil ich es so wollte. Noch später fehlte mir die Zeit.

Mittlerweile bin ich wieder oft hier. In diesem Sommer, dem zweiten nach der Geschichte, verbringe ich regelmäßig meine Mittagspausen auf dem Nordfriedhof, er liegt ja nur wenige Minuten von meiner Arbeitsstätte entfernt. Ich laufe rüber und dann gehe ich spazieren oder sitze rum und ruhe mich aus.

Manchmal begleitet Sonia mich.

Wenn genau dann, was selten vorkommt, eine Abschiednahme gefeiert wird, hören wir zu. Wird die Wehmut zu groß, stehlen wir uns leise davon.

An der südlichen Rotunde kommen mir Helga und Josef entgegen. Sie bemerken mich nicht. Zu sehr sind sie mit sich beschäftigt. Von Weitem könnte man sie für Teenager halten, ihre Hand in der seinen, die Außenwelt komplett ausgeblendet. Nur ihr gebeugter und schleppender Gang verrät, dass sie beide alt sind, sie neunundsiebzig, um genau zu sein, und er sechsundachtzig. So stand es in der Zeitung. Sie haben sich hier auf dem Friedhof kennengelernt. Die Ruhestätten ihrer verstorbenen Ehepartner liegen in derselben Reihe, sie sind sich zufällig begegnet, bei der Grabpflege, so hat es angefangen. Josef half Helga mit der schweren Gießkanne, sie ihm beim Auswechseln der Kerzen. Als Helga Josef einmal ein paar Tage nicht antraf, hinterlegte sie ihm einen Zettel mit einer Nachricht. Das erzählt Josef oft und jedes

Mal lacht er dabei: »Sie hat mir Brieferl geschrieben. Und ans Grab meiner Frau gebeppt. Was für eine Frechheit!«

Josef und Helga sind nicht die Einzigen. Da sind mehr Seelenverwandte. Frisch Verliebte. Greisinnen und Greise, die das Alleinsein satthaben. Christa und Hans, Waltraut und Hermann, Olga und Joachim, der hinkende Friedrich und seine Gitti, Karl und Eveline. Die ›Süddeutsche‹ hat das letzte Sommerloch mit ihren Geschichten gefüllt. Klaus und Anatol schafften es sogar ins Fernsehen. ›Der Friedhof – Partnerbörse für Senioren‹ hieß die Dokumentation. Ein paar Tage lang waren die beiden regelrechte Berühmtheiten in der Stadt.

Auf der zweiten Bank neben dem Hauptausgang sitzt Werner. Wie immer. Seit zehn Jahren sitzt er jeden Tag hier, um ein paar Stunden in der Nähe seiner geliebten Else zu sein, die in Sichtweite begraben liegt.

Als er mich sieht, zückt er sein Taschentuch und wischt sich damit über die Augen.

»Der Spitzwegerich raubt mir den letzten Nerv«, sagt er, und dass es früher besser gewesen sei mit dem Heuschnupfen, als er noch gearbeitet habe, im Verwaltungsbunker in Feldmoching, weil es da keine Pflanzen gegeben habe.

Werner weint viel. Letzte Woche war es die Hasel, nächste wird es die Kiefer sein, im Herbst dann Ambrosia und Beifuß und zu Weihnachten »die g'schissene Purpur-Erle«, die nicht einmal bei Schnee Ruhe gebe. Werner ist ein lebender Pollenkalender, aber seine allumfassende Allergie nimmt ihm kciner ab, kein Allergiker der Welt reagiert auf alle Pflanzensamen, die durch die Luft fliegen. Werner vergießt einfach gerne Tränen und ich bin mir sicher, dass die meisten davon solche des Glücks sind. Er hat seinen Platz gefunden und ohne Gesellschaft ist er dort nie lange. Er pflegt wechselnde Frauenbekanntschaften und niemand glaubt, dass es da immer nur bei Friedhofsplaudereien bleibt. Den »Herrn Bank-Direktor« nennt man ihn hier insgeheim, weil er immer auf derselben Bank sitzt. An der Rückenlehne ist sie schon ganz weiß gescheuert.

Dass ich Werner oder auch Helga, Josef und die anderen erst so spät kennengelernt habe, dass ich sie erst jetzt überhaupt wahrnehme, ist auch so etwas. Bis vor einem Jahr hatte ich keine Ahnung von ihrer bloßen Existenz. Ich habe ihre Geschichten einfach nicht mitbekommen, schlimmer noch: Ich kann mich nicht daran erinnern, auch nur eine oder einen von ihnen früher je getroffen zu haben. In all meinen Jahren auf dem Nordfriedhof habe ich sie nicht ein einziges Mal gesehen!

Sonia glaubt mir das nicht. So blind und unromantisch könne niemand sein. Aber es ist die Wahrheit. Sie erstaunt und ängstigt mich bis heute gleichermaßen.

Kürzlich habe ich der Psycho-Tante davon erzählt, habe sie gefragt, wie das möglich sein konnte, über eine so lange Zeit Wesentliches einfach nicht mitgekriegt zu haben. Immer nur den Tod im Blickfeld und nie die Liebe?

»Wie kann das sein? Ich muss dem Bank-Direktor täglich über den Weg gelaufen sein! Und Helga und Josef auch. Auf der Beerdigung von Helgas Mann habe ich sogar gespielt! Können Sie sich das vorstellen?«

Bei mir könne sie sich mittlerweile alles Mögliche und Unmögliche vorstellen, sagte die Psycho-Tante, und ob ich das wirklich so bedrückend fände? Ich sähe diese Menschen doch jetzt, reiche das nicht?

»Betrachten Sie es doch einmal so, Marten«, sagte sie, »hätten Sie sich vor zwei oder drei Jahren vorstellen können, dass eine Steuerprüfung jemals ihr drängendstes Problem sein könnte? Dass Sie sich dermaßen auf einen Urlaub freuen würden? Dass Ihnen Ihr Bauchansatz Anlass zu Sorge bereiten könnte? Hätten Sie geglaubt, Marten, vorletzten Herbst, als Frau Reiter Sie bei mir abgeliefert hat wie ein trauriges Bündel etwas, dass Sie nur acht Monate später regelmäßig und gern in eine Musikschule gehen würden, um Schwabinger Wohlstandskindern Trompetenunterricht zu geben?«

2

Die Psycho-Tante heißt Lotte Jacobii, aber für mich nenne ich sie meist nur »Psycho-Tante«, nicht weil ich die beiden aufeinanderfolgenden »i« so seltsam finde und nie genau weiß, wie man sie aussprechen soll, sondern weil das Frau Reiters Worte waren.

»Ich kenne eine Psycho-Tante«, sagte meine Vermieterin, als es mir nach dem Fiasko auf Sebastians Abschlussball zwar schon wieder besser ging, sie aber mein weiterhin apathisches Herumgeliege einfach nicht mehr mitansehen wollte und es auch leid war, mich andauernd mit Tee und Gebäck zu versorgen, weil ich nichts anderes herunterbrachte.

»Die ist eine Gute«, sagte Frau Reiter, »ich habe einen Termin gemacht und da fahren wir jetzt hin. Taxi habe ich schon bestellt.«

Die Praxis von Frau Jacobii befindet sich in der Eduard-Schmid-Straße, auf der anderen Seite des Flusses, genau in der Mitte zwischen der Wittelsbacher- und der Reichenbachbrücke. Mit dem Taxi bin ich nur dieses eine, erste Mal gefahren. Seither gehe ich zu Fuß. Von der Palmstraße benötige ich exakt fünfzehn Minuten, egal auf welcher der beiden Brücken ich die Isar überquere, ob ich erst flussabwärts laufe und dann durch die Frühlingsanlagen flussaufwärts zurück oder umgekehrt.

Die Psycho-Tante hat nicht mit allem recht, was sie sagt. Oder genauer: Manchmal erzähle ich ihr Dinge, die einfach nicht wichtig sind, nur damit das Gespräch nicht versiegt, und sie nimmt diese Dinge später wieder auf, und manchmal werden sie dann doch wichtig. Mein Bäuchlein allerdings ist mir in Wirklichkeit ziemlich egal und auch die Steuerprüfung, die Berger nicht nur mir, sondern allen seinen Musikern eingebrockt hat, ist allenfalls lästig und zeitraubend. Zugegeben, manchmal bohrt die Prüferin auch, ohne es zu wollen, in alten Wunden, aber ein »drängendes Problem« ist das nicht.

Meistens jedoch trifft Frau Jacobii mit dem, was sie sagt, ins Schwarze.

Ich freue mich wirklich auf den Urlaub. Ich genieße die Arbeit mit den Kindern sehr. Ich staune darüber, wie gut es mir geht.

»Da hat es Sie sauber zusammengefaltet.«

Das war der erste Satz, den die Psycho-Tante sagte, nachdem sie sich ein Bild von mir und meinem Zustand gemacht hatte. Nachdem sie meine Unterlagen eingesehen, mich zur Abklärung zu einem Spezialisten geschickt und mir dessen

Einschätzung ausführlich erläutert hatte. Nachdem sie meinen Schilderungen gelauscht, mir unzählige Fragen gestellt und mich viele Male auf eine Matte gelegt hatte, um auf irgendwelchen Triggerpunkten auf meinem Kopf und meinem Bauch herumzudrücken, was zur Folge hatte, dass ich hemmungslos weinte, manchmal lachte und oft binnen weniger Sekunden einschlief.

Nachdem sie mir erklärt hatte, was Depressionen eigentlich sind, und ich das auch verstanden hatte, klappte sie eines Tages ihr Notizbuch zu und sagte: »Da hat es Sie sauber zusammengefaltet.«

Frau Jacobii spricht das Bairisch, das man nur in der Stadt hört, diesen typischen Münchner Singsang.

Sie sagte nicht »zusammen-«, sondern »zamgefaltet«.

Und dann fragte sie mich, ob es nicht an der Zeit wäre, mich zu »entknittern« und herauszufinden, was ich eigentlich wolle im Leben, was mich wirklich erfülle, worauf ich keinesfalls verzichten könne, was mir Spaß mache.

Ich nickte.

Und seitdem tue ich genau das: mich entknittern.

Woran ich mich noch erinnere, ist, wie ich mit Berger vor der Aussegnungshalle saß, an jenem Samstag im Herbst, nachdem alle anderen gegangen waren, wie ich da hockte, in meinem verdreckten Anzug, zitternd und aufgewühlt, mit der verkratzten Trompete auf dem Schoß. Wie ich dem Bestatter zu erklären versuchte, dass es vorbei sei und ich bei ihm aufhören wolle.

Ich muss wohl ein paarmal zu oft den Ausdruck »Schluss machen« verwendet haben, denn Berger wurde immer aufgeregter, er brüllte mich an, rüttelte an meiner Schulter und beschimpfte mich. Irgendwann, nachdem ich ihm weiß Gott was versprochen hatte, ließ er von mir ab und brachte mich nach Hause. Dort legte ich mich ins Bett und verließ es in den nächsten Wochen praktisch nicht mehr.

Mir wurde schnell bewusst, dass dieser Zusammenbruch der schlimmste und heftigste war, den ich je erlitten hatte, aber er fühlte sich komischerweise nicht so an. Ich wusste von Anfang an, dass diesmal etwas anders war, und zwar nicht nur eine Nuance, sondern fundamental anders. Ich kann es nicht besser beschreiben: Es ging nicht darum, dass es mir gelungen wäre, meine Trauer und meine Ängste niedergekämpft zu haben, dass ich meine Dämonen besiegt, die Dunkelheit vertrieben, das Altern überwunden hätte, all das würde erst noch kommen und ich würde Kraft und Hilfe brauchen. Nein, diesmal war ich von Anfang an sicher, es ausgestanden zu haben. Oder überstanden. In mir war nicht ein Knoten geplatzt, das ganze Seil war weg!

Nichtsdestotrotz war ich zu Tode erschöpft, konnte kaum Nahrung bei mir behalten und wand mich vor Schmerzen. Ich wurde von Panikattacken und anderen Gespenstern heimgesucht. Ich schwitzte, fror und die einfachsten Handgriffe des Haushalts stellten mich vor schier unlösbare Aufgaben.

Ich war schwer krank, aber das Gefühl von Sicherheit und seltsamerweise auch von Befriedigung trug mich durch die Tage und die Nächte und verließ mich nicht ein einziges Mal.

Ich muss diese Gewissheit ausgestrahlt haben. Anders ist es nicht zu erklären, dass sich die Sorgen derer, die mich besuchten und sich um mich kümmerten, in Grenzen hielten.

Sie hatten Angst um mich, das schon, und sie ließen mich nicht aus den Augen, aber sie teilten mein unerschütterliches Vertrauen darin, dass dies mein letzter Kollaps sein, ich gesund werden und nie wieder so tief fallen würde.

Und sie gaben mir das, was ich brauchte: Ruhe und Zeit.

Erst als sich abzeichnete, dass dieses Vertrauen gerechtfertigt gewesen war, bedachten sie mich mit all den Vorschlägen, Ideen und Plänen, den kleinen Hilfestellungen und Schubsern, die ich benötigte, um ins Gleis zu kommen.

Meine lieben Gefährten, meine guten Geister.

Frau Reiter, die mich zur Psycho-Tante schleppte.

Gregersen, der mir von dem Stellengesuch der freien Musikschule erzählte.

Ricarda, die nicht lockerließ, bis ich mich endlich bewarb.

Berger und Dittmar, die gute Worte für mich einlegten, sodass ich die Stelle tatsächlich bekam.

Und Sonia. Weil sie da war.

Ohne sich zu erklären.

Und ohne eine Erklärung einzufordern.

Den großen Tritt aber, den Tritt, der mich durchschüttelte und vom Kopf wieder auf die Beine stellte, der mich vom Friedhof zurück ins Leben katapultierte, der mich zu dem werden ließ, der ich jetzt bin, diesen Tritt hat mir jemand anderes gegeben.

Und nur, weil ich nie wissen wollte, wer dieser Jemand war, nur weil ich mich hartnäckig gegen jede Form der Nachforschung sträubte, heißt das nicht, dass ich nicht dankbar gewesen wäre. Und es immer noch bin.

Niemand konnte meinen Unwillen und meine Passivität nachvollziehen. Selbst die Psycho-Tante fragte immer wieder nach: Warum ich nie versucht habe, herauszufinden, ob Wilhelm Schocht noch lebe? Warum ich dem nicht nachgegangen sei? Das müsse mich doch interessiert haben.

Ich zuckte mit den Schultern.

»Also, Wilhelm kann die Überweisungen nicht getätigt haben«, sagte Berger, »das ist schon mal Fakt. Weil er tot war. Wer war es dann?«

Schulterzucken.

»Herrgott, Marten, ruf doch einfach bei der Bank an, die werden das ja wohl wissen.«

Ich schüttelte den Kopf. »Es ist nicht mehr wichtig.«

»Ich verstehe dich nicht.«

Sagte mein Bestatter.

Sagte meine Schwester.

Sagten alle, die davon erfuhren.

Nur Sonia sagte etwas anderes.

In einer ruhigen und schönen Stunde wiederholte sie ihren Satz, dass es meine Geschichte sei, und fügte hinzu, dass ich entscheiden könne, ob da ein blinder Fleck bleibe, ein Geheimnis, ein Rätsel. Dann lächelte sie, als hätte sie dieses Rätsel längst schon gelöst und spielte es deswegen keine Rolle mehr. Sie sah mir in die Augen und sagte: »Mal angenommen, du würdest nie erfahren, von wem du das Geld gekriegt hast. Würde das etwas ändern?«

Ich habe nie nach Abenteuern gesucht, im Gegenteil, ich habe mein ganzes Leben darauf ausgerichtet, Abenteuer zu vermeiden. Aber manchmal, davon bin ich überzeugt, schert sich das Abenteuer nicht darum, was du willst, es findet dich und zwingt dich hinein in den Strudel der Ereignisse, es beutelt dich, es spielt Katz und Maus mit dir, und wenn du Glück hast, spuckt es dich am Ende halbwegs heil wieder aus. Vielleicht bist du dann ein Held. Vielleicht bist du gebrochen. Vielleicht geläutert. Aber eines bist du mit Sicherheit nie: der, der du warst.

Ich weiß nicht, ob mein Abenteuer an jenem Tag begann, an dem Wihelm Schocht zu Grabe getragen wurde, oder nicht schon viel früher, und ich bin mir auch nicht sicher, ob es wirklich mit dem Brief endete, der mich ein Jahr, nachdem ich das letzte Mal ein Lied am Grab gespielt hatte, erreichte.

Entscheidend ist, dass ich das Abenteuer bestanden habe.

3

Der Brief war lange unterwegs gewesen. Er war um die halbe Welt gereist und anschließend ein paarmal kreuz und quer durch München.

Adressiert war er an mein Elternhaus in Berg am Laim. Weil der Nachsendeauftrag jedoch längst erloschen war und die neuen Besitzer nicht wussten, wie sie mich erreichen konnten, schickten sie ihn nach einigem Hin und Her an die Zentrale des »Münchenstift« in Giesing. Von dort wurde er ins »Haus Rümannstraße« weitergeleitet, wo er mehrere Wochen im Postfach lag. Irgendwann fiel einer Mitarbeiterin auf, dass der Brief nicht für meinen Vater (der ohnehin keine Post las) bestimmt war, und schickte ihn an Ricarda, wo er dann einen weiteren Monat (oder eher zwei) ungeöffnet auf dem Schreibtisch verbrachte. Vielleicht lag es daran, dass der Brief mittlerweile in einem neuen Umschlag steckte und nun wie ein offizielles Schreiben der Wohneinrichtung wirkte und dass Ricarda zu dieser Zeit keinen Nerv für solche Schreiben hatte, auf jeden Fall dauerte es, bis ihn meine Schwester endlich in ihre Handtasche packte, um ihn mir bei nächster Gelegenheit zu geben. Was sie allerdings umgehend wieder vergaß. Sie musste sich erst eine neue Handtasche kaufen, um beim Umräumen ihrer Utensilien wieder auf den Brief zu stoßen und ihn bei noch späterer Gelegenheit Frau Reiter auszuhändigen, die sie statt meiner in der Palmstraße antraf. Aus irgendeinem Grund beschloss meine Vermieterin, mir den Brief persönlich überreichen zu wollen, anstatt ihn einfach bei mir einzuwerfen, aber aus anderen Gründen kam es nicht dazu, in erster Linie, weil wir uns ständig verpassten. Schlussendlich gab Frau Reiter, als sie eines Tages in Schwabing war, um ihre Nichte zu besuchen, den Brief in der Musikschule ab (nachdem sie geschlagene zwei Stunden auf mich gewartet hatte, ehe ihr gesagt wurde, dass ich an diesem Tag gar nicht da sein würde).

Zu den Merkmalen von »freien Musikschulen« gehört es, dass Verwaltungsabläufe dort nicht besonders ernst genommen werden, dass sie während der Sommerpause gar gänzlich zum Erliegen kommen und dass man Post, die auch nur den Anschein von Amtlichkeit erweckt, erst einmal auf den Stapel mit den unerwünschten Mahnungen packt und dort liegen lässt.

So dauerte es fast ein Jahr, bis ich den Brief in den Händen hielt.

Er trug keinen Absender.

Aber ich musste ihn nicht öffnen, um sofort zu wissen, wer ihn geschrieben hatte.

Weil er mit dem Stempel der »Australia Post« versehen war.

Weil die Bemerkung auf dem Umschlag in einer ungelenken, alt wirkenden Handschrift verfasst war.

Weil ein »e« fehlte.

»Bitte nicht aufmachn. Dem Marten weiterleiten!«

Ich hätte es von Anfang an wissen oder zumindest ahnen können.

Es war so naheliegend, so logisch, so schön.

Aber wer, wie ich, immer nur das Schwere, das Verschlungene und das Dunkle sehen wollte, hatte keinen Blick für das Einfache.

Wer stets das Lesen dem Sprechen vorzog und die Menschen lieber floh, als ihnen wirklich zuzuhören, hatte kein Gehör dafür, dass fehlende Buchstaben auch einfach dem Dialekt geschuldet sein konnten.

Wer die profansten Dinge des Alltags aus seinem Leben verbannte, hatte keine Ahnung davon, dass Kontobevollmächtigte so gut wie immer die nächsten Verwandten sind.

Und wer, wie ich, so lange ohne Mutter war, konnte sich nicht vorstellen, dass es sich bei anderen nicht so verhielt.

Woher hätte ich wissen sollen, dass Mütter immer Mütter blieben. Ganz egal, was geschehen sein mochte. Dass sie am anderen Ende der Erde sein konnten, aber nie vollkommen aus der Welt.

Und dass sie im entscheidenden Moment da waren – und sei es nur, um Abschied zu nehmen.

Als ich den Brief aufriss, kamen mir die Tränen und ich sah sie vor mir: die alte, bairisch sprechende Frau am Grab. Wilhelms Mutter.

4

Lieber Marten,

hast du dich manchmal gefragt, ob es besser gewesn wär, wenn du nicht hättst mutwillig Ordnung bringen wolln in eine Geschichte, die eigentlich in Ordnung war?
Ich hab mir diese Frage immer wieder gestellt und erst jetzt, da ich sie mit Nein beantwortn kann, hab ich genug Courage gefunden, dir zu schreiben.

Daß ausgerechnet du bei der Beerdigung trumpeten würdst, hab ich nicht gwußt, aber erkannt hab ich dich gleich. Obwohl ihr als Kinder ja keine Freunde wart, der Wilhelm und du. Aber deine Familie hat ja schließlich um die Ecke gewohnt damals und euer Schicksal ist mir nicht verborgen bliebn. Natürlich hab ich dich sofort erkannt!
Und trotzdem, Marten, oder vielleicht grad deswegen: Ich würd das Ganze wieder tun! Weil es sich richtig angefühlt hat und echt! Nicht wie ein Spiel, mehr wie reden miteinand. Fast wie ein Gespräch, das ich als Mutter nie hab führn können und du vielleicht auch nie als Sohn. Und wahrscheinly würd ich wieder panisch dagegensprechen

und alles abbrechen und quit an dem Punkt, wo es zu schwer wiegt. (Er ist und bleibt mein Bua, Marten, verstehst du!) Daß es einer von Bergers Bällen sein soll, haben wir gemeinsam entschiedn. Ich kannte sie ja auch, weil ich früher oft auf welchen war, als ich noch reglmäßig von Adelaide hergeflogn bin, for solace in sorrow. Nur das mit dem Lied, den Wunsch konnt ich ihm nicht erfülln. Ich wollt, aber dann gings nicht. Es hätt einfach nicht gstimmt, für die, die überbleibn. Das ›Wooden Heart‹ dagegen, das war für mich und ich dank dir so viel. (Das bedeuted mir mehr, als man je mit Geld aufrechnen könnt.)

Ich wollt dir das alles schon eher sagen, aber als wir uns dann später noch mal über den Weg liefen und ich dacht, jetzt fass ich mein Herz, bin ich doch weggerannt, wie du mich bemerkt hast. Hinter den Menschen hab ich mich versteckt und hinter Büschen. Aber da bliebn bin ich, bis zum Schluß. Ich hab dich gesehn, so einsam und mit Tränen, in deinem schönen Anzug. (Gell, das war der Anzug!) Ich hab dich trumpeten hörn am Grab vom schwarzen Geiger, wo alle lachn mussten. Da hast du nur noch für dich gespielt und es war gut so.
Aber glaub nicht, daß du der Einzige warst, der geweint hat!

Es gibt einen berühmten Spruch, den ich sehr mag: »Tears do not burn except in solitude.« Du bist nicht allein, Marten!

Deine Helene Schocht

5

Ich habe mir einen Koffer gekauft.

Für den Urlaub. Weil Verreisen ohne Koffer schwierig ist.

Aber ich hätte nicht gedacht, dass es mir so schwerfällt, den Koffer auch zu packen.

Ständig lege ich Dinge hinein, nur um sie sofort wieder herauszunehmen. Weil nichts richtig reinpasst, in den Koffer. Und weil ich nicht wirklich weiß, was ich tatsächlich brauchen werde.

Ein oder zwei Paar Schuhe?

Es wird doch bestimmt warm sein, oder?

Also die langen Hosen zuunterst. Und dann die T-Shirts, aber so kriege ich die Unterwäsche nicht mehr darüber ... Und wohin mit dem Kulturbeutel, der so voll ist, dass die Pflaster und die Zahnseide keinen Platz mehr darin finden?

Wenn der Koffer wenigstens Fächer hätte! Oder Ablagen! Damit klar ist, was wohin gehört!

In drei Tagen geht es los.

Sonia hat ihre Sachen längst gerichtet. Jetzt sitzt sie auf der Bettkante und sieht mir belustigt zu. Irgendwann hält sie es nicht mehr aus.

»Marten, es sind nur zwei Wochen und wir fahren nach Österreich und nicht nach Australien!«

Ich zucke zusammen. Nur ganz kurz, aber Sonia hat es gemerkt. Sie zieht ihren Kopf ein und hebt beschwichtigend die Hände.

Ich lasse den Koffer Koffer sein und setze mich zu ihr aufs Bett.

»Du hast doch mal gefragt, ob es etwas ändern würde. Wenn ich es nie erfahren hätte, meine ich.«

Sie nickt.

»Ich glaube nicht. Aber so ist es schöner!«

Der Tisch in Bergers Büro ist mit Papier übersät. Überall liegen Abrechnungen herum, Kassenzettel, lose Blätter mit Zahlen und Tabellen darauf. Die meisten davon habe ich nie zuvor gesehen.

Wenigstens können wir das hier bei Berger abwickeln und müssen nicht extra einen Raum dafür suchen oder in den Betonkasten an der Arnulfstraße fahren.

Nachdem das Finanzamt bei der Außenprüfung des Bestattungsunternehmens derart viele Unregelmäßigkeiten und Fehler festgestellt hat, ist es kein Wunder, dass nun auch die Unterlagen sämtlicher Musiker durchforstet werden.

Wir arbeiten schichtweise. Vor mir saß Ulrich hier und später, wenn ich zur Musikschule muss, wird Gregersen an der Reihe sein.

»Geht es Ihnen gut?«

Die Steuerprüferin sieht mich an und ich nicke. Aber ich bin nicht bei der Sache. Ich habe keine Ahnung, was sie von mir will. Ich will es auch gar nicht wissen. Es interessiert mich nicht, ob ich nun aufgrund einer »direkten Vergütung von Leistungen« veranschlagt werde oder ob es sich um eine »unentgeltliche Zuwendung unter Lebenden« gehandelt habe. Letzteres sei natürlich erheblich besser, aber bitte, es sei mein Geld.

Ich weiß nicht, was sie damit meint, ich verstehe ihre Sprache nicht.

Ich kaue auf einem Bleistift und schaue in die Luft.

»Hören Sie mir überhaupt zu?«

Die Finanzbeamtin wird langsam ungehalten. Sie erläutere mir das jetzt zum letzten Mal, der Freibetrag liege bei zwanzigtausend Euro und dann greife die Schenkungssteuer, aber dazu müsse ich klar belegen, dass es sich auch um eine Schenkung gehandelt habe und nicht um ein Honorar.

Sie blättert zum wiederholten Male in dem kleinen Bankordner und deutet dann auf den relevanten Auszug. Ich müsse ihr das erklären und plausibel machen, diese Geschichte sei einfach nicht … Sie rollt mit den Augen.

Ich hebe nur die Achseln. Geschichten kann man nicht erklären.

Am meisten mag ich die Schüler, die gar nicht Trompete lernen wollen.

Jene, die ihr Köfferchen lieber zulassen würden, die mich in Gespräche verwickeln und sich die unglaublichsten Ausreden einfallen lassen, warum sie in der letzten Woche wieder nicht zum Spielen gekommen seien.

Von den siebzehn Kindern, die ich an der freien Musikschule momentan unterrichte, ist nur eines dabei, das wirklich gut ist. Talent haben einige, aber nur dieses eine, ein Junge, verfügt zudem über die nötige Ausdauer, den Ehrgeiz, den Willen. Der Kleine lernt sagenhaft leicht und vor allem schnell. Es ist beeindruckend, in welch rasanten Schritten er sich weiterentwickelt. Im Grunde genommen müsste er aufs Konservatorium wechseln, schon vor Monaten habe ich dazu geraten, aber weder das Kind noch seine Eltern wollen das. Sie wollen mich.

In den Stunden, die ich dem Jungen gebe, wird mir bewusst, wie sehr ich aus dem Vollen schöpfen kann, wie viel ich noch aus meinem eigenen Unterricht erinnere, welch herausragend guter Lehrer Radu Barcagiu gewesen war. Es ist sein Verdienst, dass ich mit traumwandlerischer Sicherheit weiß, was zu tun ist, wann ich streng sein und wann ich es laufen lassen muss.

Ich mag die Arbeit mit dem Kleinen sehr. Und trotzdem sind mir die anderen Stunden lieber. Es beschämt mich, aber ich kann es nicht ändern. Am meisten freue ich mich an den kleinen und großen Verweigerungen der Kinder, an ihren Ausflüchten, Notlügen und Geschichten.

Zwei Schüler habe ich, die bislang noch keinen einzigen Ton gespielt haben, einen Jungen und ein Mädchen.

Dass ich den Bub von Anfang an in mein Herz geschlossen habe, verwundert mich nicht. Er ist ausschließlich an technischen Aspekten der Trompete interessiert. An ihrer Herstellung und ihrem Material, an Wartung, Pflege, Funktions- und Bauweise. An seinen Instrumentenkoffer hat er ein Zahlenschloss montiert, dessen Code er wöchentlich ändert. Trotzdem ist die Trompete andauernd kaputt. Er macht das absichtlich, nur um sich mit mir über die Möglichkeiten der Reparatur unterhalten zu können. Ich habe ihm versprochen, dass wir nach den Ferien eine Meisterwerkstatt und Trompetenmanufaktur im Westend besuchen werden. Seitdem ist er selig.

Bei dem Mädchen liegen die Dinge anders.

Es heißt Anne und ich kann nur Vermutungen darüber anstellen, warum es sich so vehement weigert, das Instrument auch nur anzufassen. Anne spricht nicht darüber. Sie spricht ohnehin fast nie. Meist sitzt sie schweigend da und schaut mich mit großen Augen aufmerksam an.

Anne ist neun. Sehr viel mehr weiß ich nicht über sie.

Dafür weiß sie mittlerweile einiges von mir. Denn wenn sie mal den Mund aufmacht, dann nur, um mir Fragen zu stellen. Fragen, die ich durch Gegenfragen nicht ausgehebelt bekomme, Fragen, die mich, ob ich es will oder nicht, ins Erzählen zwingen. Mehr als einmal habe ich mir schon gedacht, dass ich Anne mit der Psycho-Tante zusammenbringen sollte, nicht zu Therapiezwecken, sondern weil die Fragen so klug sind, so frech und unerhört.

»Wie ist das so?«, fragt Anne.

»Wie ist was?«, frage ich zurück.

»Wenn man so ist wie Sie.«

»Was meinst du genau?«

»Wenn man so alt ist.«

»So alt wie ich? Wie das ist?«

Wie es sich anfühlt, willst du wissen?
Nun … Eines Tages beginnst du –

6

Wir sitzen im »Aumeister« und Berger lässt sich wortreich über die angebliche Willkür des Finanzamtes aus. Immer wieder weist er mich darauf hin, dass es in jedem anderen europäischen Land besser sei. »In jedem, Marten!« Am liebsten würde er nach Österreich umsiedeln. In Österreich sei es steuerlich perfekt. »Und fürs Sterben eh.«

Er trinkt. Dann fragt er mich, wann es losgehe.

Ich sage es ihm.

»Morgen früh schon?«

»Ja.«

»Salzburg, richtig? Und dann erst Wien?«

»Genau.«

»Salzburg wäre ja gar nicht so weit ...«

»Was hast du auf dem Herzen, Berger?«

Er erzählt, dass Jeremias Jensen in die Stadt käme. Am Wochenende. Und dass ein Treffen anberaumt sei, mit allen, eine kleine Feier zur Erinnerung an Sebastian.

Berger spricht es nicht aus, aber es ist eindeutig, dass er mich gerne dabeihätte.

Diesmal nicht, sage ich, es komme bestimmt wieder eine Gelegenheit.

Der Bestatter nickt. Er habe es sich schon gedacht.

Er kramt in seiner Umhängetasche und reicht mir das Gesuchte.

Es ist der Umschlag. Das Kuvert mit den Noten für das Trauerduell. Der letzte Wille des alten Geigers.

»Ich hab's nicht aufgemacht«, sagt Berger.

»Ich auch nicht«, sage ich.

»Nimm es einfach«, sagt er.

Ich laufe durch den Englischen Garten zurück. Das Kuvert steckt in der Innentasche meines Anzugs. Ein anderer Anzug. Überhaupt ist alles anders.

Ich setze mich auf ein Bänkchen direkt am Schwabinger Bach und warte, bis der Jogger neben mir seine Dehnübungen beendet hat und mit großen Schritten verschwunden ist.

Dann reiße ich den Umschlag auf.

Das Notenblatt ist alt und vergilbt, aber in gutem Zustand.

Ich erkenne jeden Ton. Die Melodieführung. Den Paternoster am Anfang.

Ich erkenne sogar die Stellen, an denen etwas ausradiert und überschrieben wurde.

Ich erkenne es.

›Das Lied des Fährmanns‹.

Textnachweise

Gerbrand Bakker: Der Umweg. Suhrkamp Verlag, Berlin 2012.

E. M. Cioran: On the Heights of Despair (1934). University of Chicago Press, Chicago 1996.

E. M. Cioran: Auf den Gipfeln der Verzweiflung (1934). Suhrkamp Verlag, Frankfurt 1991.

E. M. Cioran: Syllogismen der Bitterkeit (1952). Suhrkamp Verlag, Frankfurt 1980.

E. M. Cioran: Vom Nachteil, geboren zu sein (1979). Suhrkamp Verlag, Berlin 2013.

E. M. Cioran: Cahiers 1957–1972. Suhrkamp Verlag, Frankfurt 2001.

Johann Wolfgang von Goethe: Maximen und Reflexionen (1833). Deutscher Taschenbuch Verlag, München 2006.

Rohan Kriwaczek: Eine unvollständige Geschichte der Begräbnis-Violine. Eichborn Verlag, Frankfurt 2008.

Bernd Mattheus: Cioran. Portrait eines radikalen Skeptikers. Verlag Matthes & Seitz, Berlin 2007.

Herman Melville: Moby-Dick (1851). Übersetzung von Matthias Jendis. btb Verlag, München 2003.

Der Verfasser ist den Autoren, Übersetzern und Verlagen zu größerem Dank verpflichtet, als es durch einfaches Zitieren zum Ausdruck gebracht werden kann; das gilt vorrangig für das wunderbare Werk von Rohan Kriwaczek.

Das Zitat auf S. 121 stammt aus dem Film ›Die Lady von Shanghai‹, 1948. (Drehbuch: Orson Welles, nach dem Roman ›If I Die Before I Wake‹ von Sherwood King.)

Dank

Sonja Westerbeck. Edwin Gantert. Schroeder.

Robert Blöchl. Inka Bachmann. Jeannette Kummer. Lina Muzur. Kirsten Fuchs. Olaf Reuter.

Till Hofmann. Alexander Paeffgen. Esther Berger. Silvia Less. Alexia Agathos. Katharina Wimmer. Sibylla Huerta Krefft. Dietrich Roeschmann. Peter Blöcher. Jane Mumford. Caroline Günther. Katharina Festner. Cornelius Traub. Günther Opitz. Michael Zöllner. Martin Breitfeld. Urs Wiegering. Karin Schickinger. Regina Leonhart.

Palma Müller-Scherf.